貴妻 1

文創風 181

油燈 著

目錄

181

自序

油燈

一直以來，油燈都是個喜歡胡思亂想的人，所以每次準備寫新書的時候，那些曾經在腦子裡幻想過的人物就會一個一個蹦出來，《貴女》中的敏瑜是這樣，《貴妻》中的拾娘也是這樣。

寫拾娘源於一部賺足人們眼淚的電影，油燈自己也是一邊哭一邊看，看完之後，印象最深的卻是那個因母親選擇弟弟放棄自己的女孩。因為被人放棄讓女孩心中有了極深的陰影，這種陰影讓她在內心深處對自己極度不自信，而拾娘與那女孩很相似，卻又極為不同。

心中的執念，讓她有些偏執，曾遭受的苦難，讓她對人心、人性帶了懷疑，而她最親最愛的「父親」莫夫子給了她常人無法擁有的智慧，這樣一個女子無疑是吸引人的，哪怕她與眾不同地頂著一張醜臉……

說到這裡，不得不提一下這書裡一開文就死翹翹卻影響深遠的莫夫子。唔，怎麼說呢，他是油燈所能想出的最優質的男人了——高貴的出身，風流倜儻的外貌，近乎妖孽的智慧，略帶偏執的專情，當然，腹黑和小心眼也是他的特質之一。

與莫夫子相比，董禎毅顯得較不起眼。曾經有讀者說過，說男主角配不上女主角，本文是這樣，《貴女》中的男主角楊瑜霖也是這樣，為什麼偏偏要將那麼好的女主角嫁給那麼平常的男人呢?為什麼不精挑細選一番,給女主角找個好男人呢?當然,也有讀者說,油燈是女主角的後媽、男主角的親媽!哈哈!

對於這個,油燈只想大叫一聲:冤枉啊~~

在油燈看來,拾娘也好,敏瑜也罷,最需要的都是一個能夠認可她、欣賞她、包容她,和她一路相扶相持的伴侶,而不是一個出色得能夠為她撐起一片天,將她養成溫室花朵的男人。

有句話說,女人那麼厲害,還要男人做什麼?這話反過來說似乎也是可以的,不是嗎?

★編註:作者燒燙燙新作《貴女》也即將在狗屋出版,敬請期待!

第一章

將眼前看起來很是鎮靜，一點都不怯場的女子上上下下打量了好幾遍，林太太才淡淡對身邊的牙婆道：「郭槐家的，這就是妳特意挑選了給我送上門的？別的都不說，妳看看她的那張臉，我要是把她給留下了，還不讓人笑話我們林家的下人連個周正模樣都沒有？」

那被人上下打量的女子倒也不是長得難看，她的皮膚白皙，五官也很精緻，尤其是那一雙丹鳳眼，讓瘦瘦小小的她多了一種不一樣的明媚。光看她的左臉，那是一個難得一見的美人兒，比林太太的心頭肉，林家的二姑娘還更出色。可是也就半邊臉這樣了，她的右臉生了極大的一塊青黑色胎記，生生把半張臉都占去了。

或許是因為她的膚色實在太白，顯得胎記是那麼的囂張和刺眼，看過她一眼的人，腦海中也只剩下那一塊青黑了。

林太太的話一說出口，身側的大小丫鬟婆子就噗哧笑了起來，尤其是那些知道林太太到底為什麼要挑這麼一個人的，更是笑得誇張，彷彿這麼一笑，就能打消了林太太的念頭一般。

「我的好太太啊，您別看拾娘臉上有個胎記，顏色不好，可不是我老婆子誇口，她真的是最合適您心意的人選了。」郭槐家的笑吟吟對林太太道：「要不是因為拾娘的老子去了，無力好好安葬，她一個姑娘家獨門獨戶也不大妥當的話，她也不會落到要賣身為奴的地步。」

「身上還帶著孝？」林太太更不滿意了。這個時候她才留意到，眼前的拾娘雖然沒有一身白，但是衣著也素得可以，除了頭上不起眼的兩朵白色小絨花之外，什麼花兒、朵兒都沒有。原以為是家境貧困寒酸，穿戴不起，現在才知道居然帶了孝。

她的臉色沈了下去。郭槐家的把一個帶孝的丫頭片子往家裡領可不是什麼讓人覺得愉悅的事。

「是啊。」郭槐家的彷彿不知道林太太心頭的不悅，點點頭，解釋道：「太太，拾娘是城西巷莫夫子的女兒。太太可能不知道他的名聲，但不妨派人去打聽一下，他可是個好人啊。城西巷前前後後不知道多少人家的小子在莫夫子跟前唸過書，得過啟蒙，就連我家那半大小子也跟著莫夫子讀了半年書，雖然也還沒有什麼學問，但好歹是個識字的，看個榜什麼不用求人。半個月前，莫夫子去了，整個城西巷都自發為他送葬呢。」

林太太皺了皺眉。她當然不知道什麼城西巷的莫夫子，那人再有名也不過是個上不了檯面的。但是她身後一個婆子卻動容了，看著拾娘的眼神也溫和許多，輕聲道：「太太，這莫夫子老奴也知道，如郭槐家的說的那樣，真正是個好人，也是個有學問的人。」

「喔？」林太太沒有想到這個什麼莫夫子居然還真是有些名聲，連她身邊的嬤嬤也都聽說了。

「太太，您忘了，我家那丫頭得您的恩典，放出去嫁了人……」那婆子說到這裡，臉上帶了一絲榮耀，顯然對女兒嫁的人很是滿意。

「算不得什麼恩典，不過紅芍這丫頭倒真的是很有福氣，嫁過去不到兩年，就成了秀才娘子。」林太太自然不會忘記，王嬷嬷是她以前的陪嫁丫鬟，沒有什麼姿色，但人倒是個精明厲害的，由她做主配了個不大不小的管事，一直留在她身邊伺候。她女兒紅芍是在府裡生的，長得也不算頂漂亮，卻也有王嬷嬷的幾分精明，從來就沒有起過留在府裡當姨娘或管事媳婦的念頭。

兩年前年紀到了，林太太就給了她一個恩典，發還了身契，讓她自行婚配，嫁了一個家境勉強過得去的讀書人。當時有人還笑話，說嫁那麼一個沒出息，手不能提、肩不能扛的一輩子都出不了頭。沒想那讀書人倒也是個爭氣的，半年前縣裡的童生試(注)，那人居然一舉考上了秀才，紅芍也變成了人人欽羨的秀才娘子。

「那是沾了太太的福氣，要不然的話，紅芍也就和我一般，一輩子當個丫鬟婆子的命。」王嬷嬷臉上笑出了一朵花，然後接著道：「我聽紅芍說，我那姑爺平日裡最愛往城西巷跑，說那裡有個莫夫子，人好、學問也好，但凡他有什麼不懂的，只要去問莫夫子，莫夫子定然仔仔細細教他。還說，他能夠中秀才那也是虧了莫夫子的悉心教導。」

注：明、清時取得秀才資格的考試，簡稱童試。童生試包括縣試、府(或直隸廳、州)試與院試三個階段。每三年舉行兩次。

「這般有學問的人卻住在城西巷那種小地方？」林太太反倒不信了，要真的是有學問的話，完全可以開館授徒，也不至於貧困潦倒到死了，女兒還要賣身為奴。

「太太不知，莫夫子學問好不假，可是身子骨卻不好，幾乎是靠藥養著。」郭槐家的知道得更清楚一些，連忙解釋道：「要不是因為這樣的話，他們家也不至於窮得他去了沒錢安葬……唉，其實有沒有錢安葬都不是大事，城西巷附近也不知道有多少戶人家承了莫夫子的情，大家都願意拿出錢來為莫夫子辦後事。只是拾娘這孩子倔強，說大家討生活都不容易，怎麼都不願意讓大家破費，寧願賣身為奴安葬爹爹，真正是個有孝心的好姑娘。」

林太太縱使是鐵石心腸也被郭槐家的和王嬤嬤說得有些心軟，看拾娘也沒那麼不順眼了，但是要把她留下來，卻還是有些遲疑。

「太太，拾娘打小就跟著夫子，不但能讀會寫，還會下棋、畫畫，她畫的畫可好了，附近的姑娘、媳婦要畫花樣子都是找拾娘幫忙。」看林太太的神情，郭槐家的馬上誇讚起拾娘來，道：「沒有比拾娘更合適您的需要的了。」

「能讀會寫還會畫畫下棋？還會什麼？」林太太臉上終於帶了幾分認真的神色，她自己大字不識，對能讀書的人有一種天生的敬畏。

「拾娘自幼跟爹爹讀過四書五經，不敢說是熟讀詩書，但也能背得幾首詩。至於琴棋書畫，也都跟著爹爹學過一點，勉強也算拿得出手。」這是拾娘第一次開口說話。她的聲音很脆，要是換一個人，定然能夠讓人有那種嬌俏可人的感覺；但是她不，她的語調很是舒緩，聽在耳中除了悅耳之外，只有沈著穩重的感覺。

聽起來好像是很合自己的心意。林太太看著莫拾娘平靜的神色，從進來到現在，她就一直那麼平靜，自己的挑剔、丫鬟婆子們的嘲笑，都沒有讓她的表情鬆動過，只有郭槐家的和王嬤嬤說起莫夫子的時候，才露出一絲悲傷，看起來是個很穩重的丫頭。只是……想到兒子的性情，林太太又遲疑了，兒子定然不滿意這麼一個丫鬟的。

「太太，依老奴看，這拾娘留下來，在書房裡伺候大少爺是再合適不過的了。」王嬤嬤能夠看出林太太的矛盾和遲疑，她原本不想說什麼，要知道家裡好幾個丫鬟都往她這裡塞了好處，求她在太太面前美言幾句，讓她們過去伺候大少爺的。但是，想到當了秀才娘子的女兒，想到女兒對莫夫子的感激之情，再想到自己的秀才姑爺，王嬤嬤還是說話了，她生怕真的什麼都不管的話，以後落了女兒姑爺的埋怨。

「說說妳的想法。」林太太心中正天人交戰，很需要有人給她一個主意。

「您想想大少爺的性子……」王嬤嬤說這話的時候把聲音放得很低，不讓別人聽見，她低聲道：「這莫拾娘識文斷字卻又沒什麼姿色，這樣的人留在書房裡伺候才不會讓大少爺分心，能夠讓大少爺安心讀書啊。」

是啊。林太太立刻坐直了身。她真是糊塗了。要真的是照著兒子的喜好，給他挑一個出挑丫鬟的話，他還能靜下心來讀書嗎？想到這裡，林太太忽然看莫拾娘無比順眼起來。就她這副模樣，就算她有什麼心思，兒子也會坐懷不亂的。

「好了，我知道妳是覺得紅芍承了莫夫子的情，所以想要關照一下拾娘。」雖然認同了王嬤嬤的話，但是該敲打（注）的時候林太太還是不會忘記敲打的，她希望王嬤嬤就算是要報答什麼，也記住分寸。

她再看看順眼的拾娘，淡淡地道：「我想妳都走這一步，也是沒有什麼親戚可以投奔依靠的，看著也怪可憐的，好吧，留下來吧。」

「謝太太。」嘴上說這謝，但拾娘的臉上卻不見歡喜，還是一派的沈靜。

這個時候，郭槐家的連忙道：「太太，拾娘今年十三歲，她只願簽活契。」

活契？林太太的眉頭又皺了起來。林家的下人都是簽了死契進來的，她喜歡將下人們的一切死死捏在手心裡，那樣才會讓她安心，要是活契的話……

「郭媽媽，我們太太可從來不要這種明明要賣身為奴，卻還要端著點的下人啊。」林太太還沒有說話，她身邊的大丫鬟楊柳立刻搶過話去。她是林太太面前最得寵的丫鬟之一，一直想著讓林太太把她調到大少爺身邊去伺候，到時候憑她的姿色和資歷，一定能夠飛上枝頭當個姨娘什麼的。拾娘剛出現的時候，她就只當個笑話，但是現在，拾娘被視為擋路的螳螂了。

第二章

看著林太太沈吟的表情，郭槐家的也不知道該說什麼好了。

她當然知道林家的規矩，也知道拾娘簽活契，林太太心裡一定不會歡喜，要是換了一個人的話，她才沒有精神費那個事。但這是拾娘，是給了她和隔壁兩鄰恩惠的莫夫子閨女，她也不希望拾娘簽了死契，然後一輩子成了奴才。

其實照她的意思，這姑娘完全可以在家中做點針線什麼的度日，等過了三年，除了孝，找個合適的人家嫁了也就是了。雖然她臉上那塊胎記讓人看了心裡犯怵，但是她做事有章法，又是個識文斷字的，再加上莫夫子留下的好人緣，定然也能嫁個過得去的男人，到時候一家子和和美美地過日子，多好啊。

可是，這姑娘不知道為什麼做了這樣的決定，還死心眼地不聽人勸，還好她只願意簽活契，要不然，郭槐家的也不會攬這個差事了。

「太太可容拾娘說兩句？」拾娘到這會兒還是不慌不忙的態度，眼神也很從容，似乎一點都不受他人態度的影響一般。

「妳說吧。」林太太點點頭，她倒要聽聽這小姑娘有什麼好說的。

注：敲打，意指用言語刺激。

「拾娘自幼跟著爹爹識文斷字，也是個有心氣的，如果不是因為爹爹早逝，家中又因爹爹常年湯藥不斷，沒有積蓄，拾娘一介孤女，無力安葬爹爹，拾娘斷然不肯自賣自身的。」拾娘臉上還是一片沈靜，但眼中卻充滿了深深地悲切，那一種悲哀讓林太太也受了些感染，忍不住心軟起來。

「當然，或許有人會說，安葬爹爹用不了多少銀錢，有爹爹對四鄰的舊情在，大家都會自發地為爹爹辦理喪事，讓他早日入土為安。」眼光瞟都沒有瞟想要插話反駁的楊柳，拾娘就把她可能要說的話給堵了回去，繼續道：「事實上也正是如此。街坊鄰居都是些熱心的，爹爹生前不過是做了一點點力所能及的小事情，就讓大家那般感激，爹爹去世之後，都不用拾娘請求，大家就熱心幫著拾娘將爹爹的後事辦理得妥妥貼貼，更安慰拾娘，讓拾娘節哀順變。還說辦理喪事的錢是他們自願出的，不用拾娘還……」

說到這裡，拾娘有些哽咽，但她只是微微頓了一會兒，將湧上來的淚意生生壓了回去，沒有抹眼淚，然後接著道：「拾娘知道，這都是大家的心裡話，可是大家的日子過得也不寬鬆，拾娘又怎麼忍心接受大家的好意呢？再說，拾娘一介孤女，無力養活自己，但是拾娘也不願意再給大家添麻煩了。所以，拾娘思來想去，託了郭家嬸子，讓她為拾娘找一戶人家，賣身為奴。

「當然，有人會說，既然下了這樣的決定，那麼就做得乾脆一些，簽了死契就是，一來可以多得些銀子，二來也不用擔心契約期滿無處可去。拾娘所要的銀子不多，能夠償還街坊鄰居的就足矣，而期滿的問題卻還太久，拾娘不去想那麼多。再說，拾娘一直受爹爹教誨，可以委身為奴一時，卻不願意委身為奴一世。一時可以說拾娘賣身葬父，孝行可佳，但一世的話，那就枉費了爹爹的苦心教導，不孝至極。」拾娘看著林太太，道：「這些是拾娘自己賣身的緣由，也是拾娘堅持簽活契的理由，太太聽過便是。」

「為了妳那些理由，就讓我答應簽活契？」林太太心裡對說話很有條理，又很有主見的拾娘好感大增，但是這還不足以讓她點頭同意。要知道林家不是沒有那種簽了活契的下人，但是那樣的下人很少，而且都是個個有用。

「來之前我就聽郭家嬸子說了，太太這一次要找的是伺候大少爺讀書的丫鬟，所以要求識文斷字。」

拾娘還是不慌不忙。她來之前就已經做好了充分的準備，爹爹說過，不打沒有準備的仗，也說過凡事預則立，不預則廢。

「不錯。」林太太點頭，這一點不光是郭槐家的，另外幾個牙婆也知會了一聲，不過能夠識文斷字又願意賣身為奴的人本來極少，她又只要十六歲以下的丫頭，就更難找了，另外幾個牙婆手上暫時沒有那樣的人，讓郭槐家的搶了先而已。

「太太對大少爺一定寄予了厚望，希望他勤讀詩書，他日能夠高中，光宗耀祖，也為太太掙一個誥命回來吧。」拾娘說的是所有讓兒子讀書的母親的願望，林太太自然也不會例外。

「不錯。」林太太點點頭，她很喜歡聽到那句「掙一個誥命回來」的話，要是兒子能夠那般爭氣的話，她這一輩子也就別無所求了。

「那麼，太太更需要一個簽了活契的丫鬟了。」拾娘看著林太太，再看看林太太身側的丫鬟，道：「光看太太身邊有這麼多的人伺候就知道，府上的丫鬟數量極多，找一個完全符合太太條件的或許很難，但是卻不可能找不出來。太太之所以非要到府外找，無非不過是擔心她們不敢違背大少爺，什麼都順著大少爺的性子來，不但不能好好地伺候大少爺耕讀，還可能影響，甚至讓大少爺荒廢了時日。」

又被她說中了。林太太這一次只是沈默地點了點頭，沒有多說。林家畢竟是望遠城有名有姓的富貴人家，更有良田千頃、商鋪近百，家中的丫鬟雖然識字的極少，但卻不是完全沒有。她才把那個勾引兒子不上進的死丫頭處理掉，其他的丫鬟就眼巴巴看著空出來的位置，私底下不知道做了多少的小動作。

前車之鑒不遠，她又怎麼可能放心那樣的丫鬟陪著兒子讀書呢？本來林太太是要給兒子找書僮的，可是林家大少爺死活不要，甚至施展出在地下打滾這樣的招數。林太太是希望兒子長進，好好讀書，以期有一天能夠光耀門楣，但是看兒子那般強烈反對，也只能鬆口答應還是讓丫鬟伺候，但是也說了，不准他再和丫鬟眉來眼去的。

「簽了死契的丫鬟，生死未來也都掌握在主子手裡，一樣也不敢違背主子的話，照樣事事順著大少爺，和府上已經在當差的相比，並沒有勝出的地方。」林太太的沈默讓拾娘猜到了某些事情。爹爹說過，紅袖添香夜讀書是雅事；但也說過，這樣的雅事對無所為功名或已經功成名就的人來說挺好，但對那些需要奮發上進，卻又沒有足夠毅力的學子而言，卻不是什麼好事，只會讓他們分心，耽擱他們耕讀，甚至會讓他們從此荒廢學業。

而這位未曾謀面的林家大少爺，應該就是沒有毅力卻又被寄予厚望的那一類。

想到這裡，拾娘對自己能夠說服林太太又多了一分信心，看著林太太若有所思的樣子，道：「不但沒有勝出的地方，可能還有所不如。太太身邊的丫鬟想必都是些機靈聰慧的，對伺候主子定然都有自己的獨到之處；但是剛剛買進來的不同，她們還沒有習慣伺候人，也不大會伺候人，難免會有生疏或者遺漏的地方。太太若是想要再買一個簽了死契的，還不如就在自己身邊信得過又得力的丫鬟中挑選，不用那麼麻煩和周折，還能夠讓大少爺更舒服一些，不是嗎？」

「接著說下去。」

林太太已經被拾娘說服了大半，只是心裡總還是有點膈應。

「是。」拾娘點點頭，道：「但是簽了活契的就不一樣了，生死不在主子的手上，督促大少爺讀書的時候，也就不用擔心自己的行為會讓大少爺不悅，底氣足，自然就能把事情做得更好，也才不枉費太太的一片苦心。」

「這話說的……」

楊柳是清楚林太太心思的，知道林太太十有八九要被拾娘給說服了，心裡十分不服氣，怎麼都不想見這麼一個醜女占了自己求之而不得的位置，也不管適不適合，便插話道：「這家裡的事情都是太太說了算，太太說了讓誰去伺候大少爺，誰又敢不好好伺候？太太，我看莫拾娘不過是為了不簽死契狡辯。」

「這位姊姊一定很希望到大少爺身邊伺候吧。」拾娘了然地看著楊柳，看她那副彷彿自己搶了她的飯碗的樣子，就知道其中的緣由了。

「我……」楊柳語塞，說是也不好，說不是也不妥，就這麼愣在了那裡。

不過，拾娘也不需要她回答什麼，繼續道：「誠然，或許也有那種唯太太之命是從的，兢兢業業督促著大少爺好生讀書，也不會有什麼不該有的心思，但是那樣的丫鬟或許並不如大少爺的意，如果大少爺要換人，太太又不准，大少爺一個發狠，直接打死了了事也不是沒有可能的。如果簽的是活契，想必大少爺多少會有些顧忌，也不會用那種極端的方式逼著太太換人吧。」

林太太點點頭，再看看身側那些各有打算的丫鬟，嘆了一口氣，道：「算了，就簽活契吧。至少簽五年的契約，要不然的話就再找合適的。」

五年？拾娘原本只打算簽三年的，剛好守完孝，但是她也知道打算終究只是打算，林太太絕對不會同意的。她也沒有再說什麼，而是朝著郭槐家的點點頭，表示自己沒有意見。

郭槐家的鬆了一口氣，這件事情總算是成了。

第三章

簽下身契，拾娘就是林家的人了，本來林太太是難得善心大發，給她一天的時間，讓她去收拾一下東西，但拾娘卻沒有接受這樣的好意。

林家的丫鬟穿戴的，都是固定的，她只要去針線上領便是，家裡的衣物就算是帶過來也沒有機會穿，沒有必要多此一舉。

「嬸子，這些錢就勞煩妳給大夥兒送去了，並請妳謝謝他們對拾娘的照顧。」將所得的六兩銀子交給郭槐家的，拜託她將這些錢還給那些出錢為莫夫子安葬的街坊。

「我知道。」郭槐家的點點頭，接過銀子。這不是她第一次拿別人的賣身銀子回家，也不會是最後一次，但唯獨這一次讓她有沈甸甸的感覺。

「家裡就拜託嬸子隔段時間過去看看，不要讓那些書受了潮，也不要讓鼠蟻咬了去。」拾娘心裡唯一放心不下的就是莫夫子留下的那一架子書，別的都不擔心。

「妳放心吧。」郭槐家的拍拍她的手，道：「我讓二妞隔天過去看看，不會讓那些書受潮，更不會讓它們被蟲鼠啃了。唉，妳這孩子，寧願賣了自己也不願把那些書給賣了。」

「那些都是爹爹的心愛之物，爹爹也說了，就算他不在了，也要讓那些喜歡讀書卻無力購書的人有書讀，我又怎麼能把它們給賣了，讓爹爹在天之靈不得安身呢？」拾娘搖搖頭，然後道：「我不在家，家中門戶就不要關了，讓那些想看書的人隨時都能去取書。」

「知道，妳就放心吧。」郭槐家的又嘆了一口氣，也不大放心地交代道：「拾娘，在人家府上當差，不比在家中，事事都要小心，都要留意，不能任性也不能馬虎大意……」

林家在望遠城的聲譽還不錯，對下人也並不苛責，相對那些動輒將下人奴婢杖責致死的人家來說，已經是難得一見的慈善人家了；但是就算是這樣，當下人也要多一分小心，畢竟大宅裡的骯髒事從來都不少。

「我會小心的。」拾娘點點頭，她也知道大宅子中是非多，那麼多的女子關在一個只能看到巴掌大的天的院子裡，除了整天勾心鬥角之外，哪有什麼事情呢？而林太太買下自己，就是為了給大少爺讀書做準備的。那位據說很俊朗，天分極高卻按不下性子讀書的林家大少爺可是個香餑餑，不知道多少荳蔻年華的美貌丫鬟，盼著能夠巴上他，從此不但能夠享受錦衣玉食，也能高人一等，自己的出現定然打破了不少人的期望。她們明面上也只敢說說酸話，占點嘴上的便宜，但是暗地裡卻敢給自己使絆子、挖陷阱，自己要防備的東西多著呢。不過，對即將到來的暴風雨，拾娘並不畏懼，她早就已經做好了充足的準備。

「好了、好了，妳也別這麼依依不捨的，我們這裡又不是什麼龍潭虎穴，不會把拾娘給吃了的。」主動向林太太領了命，帶拾娘去領衣裳、安頓住處以及帶她熟悉林家的王嬤嬤在一邊皺著眉頭，很是受不了她們這般左交代、右交代的模樣，要不是因為女婿和莫夫子的香火情，她才沒有這麼大的精神做這種隨便一個小丫鬟就能做的事情。

「王嬤嬤說得對，嬸子快回去吧。」拾娘笑了笑，然後道：「王嬤嬤照顧我，在百忙之中抽出空來陪我的，可不能耽擱她的時間，她還要回太太跟前覆命呢。」

拾娘的話讓王嬤嬤的臉色好了不少。人啊，不怕賣人情給聰明人，就怕遇上的是不知趣的傻子。

她笑著道：「郭槐家的，能關照的地方我會關照的，妳就放心吧。再說，妳也是在府裡常來往的，想和拾娘說話，以後機會多的是，不急這麼一時半刻的。」

「看我……」郭槐家的自嘲地笑笑，然後又交代了兩聲，才慢慢離開。

「我先帶妳去領衣裳，然後帶妳去看妳住的地方，再讓小丫鬟帶妳到處逛逛。大少爺現在去了先生那裡，等到了晚上，大少爺回來之後，妳再去給大少爺請安。」王嬤嬤不想再耽擱時間，一邊走一邊對拾娘道。

「多謝嬤嬤指點。」

拾娘點點頭，雖然她從來沒有進過這種大宅院，但對大宅院的一切卻不陌生……她怎麼又想起那些令人不愉快的往事呢？拾娘心裡苦笑，看來爹爹的去世，不僅僅是讓她失去了唯一的依靠和親人，更讓她多愁善感起來了。

「也不是什麼麻煩的事情，妳也不用太客氣。」王嬤嬤笑笑，然後道：「大少爺的書房就在他自己的清熙院，妳也會被安排住在那裡。除了妳之外，大少爺身邊的丫鬟婆子都是在府裡伺候了好幾年的，妳新來乍到，一定要和她們打好關係，要不然的話這差可不好當。」

「拾娘明白。」拾娘點點頭，這點她還是清楚的，在什麼地方都一樣，要想站穩腳跟，和前輩打好關係是必不可少的。她輕聲問道：「不知道大少爺身邊有多少嬤嬤和丫鬟，哪幾位在大少爺和太太面前有臉面？」

「大少爺身邊也就兩個嬤嬤，一個是大少爺的奶娘方嬤嬤，另一個則是周嬤嬤。周嬤嬤和我一樣，也是跟著太太嫁到林家又配了管事的老人，不過她比我能幹，太太就讓她做了大少爺的管事嬤嬤。」王嬤嬤笑呵呵道：「周嬤嬤和我是老姊妹了，我一會兒會和她多說兩句，讓她關照妳一下。」

「謝王嬤嬤，以後拾娘在清熙院有什麼事情都會找周嬤嬤商量的。」拾娘一邊道謝，一邊向王嬤嬤表示了自己會以周嬤嬤馬首是瞻的態度。兩個管事嬤嬤定然會有一些矛盾，她必須選擇其中的一方。

拾娘這般的識趣和上道讓王嬤嬤很滿意，她繼續道：「大少爺身邊有兩個大丫鬟，四個二等丫鬟和六個小丫鬟。大丫鬟一個叫清溪，一個叫碧溪，大少爺的起居都是她們兩個伺候，別人是不能插手的。四個二等丫鬟，分別是迎春、伊蓮、丹楓和傲霜，她們四個主要是配合清溪、碧溪伺候大少爺的。六個小丫鬟的名字我倒是記不大清楚了，她們主要是負責灑掃什麼的，妳也不用太在意她們。大少爺的書房以前有個專門伺候的丫鬟叫花溪，不過因為有些不老實，不但不好好督促大少爺攻讀，還起了不該有的心思，好在太太發現得早，沒有出什麼大亂子，要不然的話還不知道會怎樣呢。不過，太太也很生氣，叫了人牙子把她給發賣出去了，妳補的就是她留下來的空缺。她以前是一等丫鬟，不過妳不可能一來就當一等大丫鬟，太太也說了，妳畢竟是個讀過書識字的，讓妳當個小丫鬟也不合適，就破格讓妳領二等丫鬟的分例，每個月有兩百文錢的月錢，也可以買點姑娘家喜歡的小東西。」

「謝謝太太恩典。」

拾娘對月錢什麼的反倒不在意，她比較在意的是那個被攆出去的花溪是真有了不該有的心思，影響了林家大少讀書，還是僅僅是內院鬥爭的犧牲品？不過，她也沒有問王嬤嬤，只是記在心裡。

說著就到了針線房。有王嬤嬤在，沒有人敢怠慢，針線房管事嬤嬤黃二家的殷勤地給拾娘拿了三身衣裳，襖子、裙子和褙子都有，不過褙子都是青色的，襖子和裙子的顏色卻都撿了素色，一點花樣都沒有的挑了遞過來。顯然，黃二家的不但知道拾娘是要到大少爺書房伺候的，也知道她身上還帶著孝。

拾娘心裡凜然。看來這內院裡的消息傳得還真是快啊。

眼睛飛快瞟了王嬤嬤一眼，她臉上沒有一點詫異，也不知道是對這樣的事情習慣，還是沒有察覺到其中的微妙。

但不管是哪一種，都讓拾娘對這宅院裡的丫鬟嬤嬤另眼看待。

領了衣裳，王嬤嬤就帶著拾娘去了清熙院。

清熙院是一個三進的院子，王嬤嬤才帶著拾娘進了垂花門，一個穿了銀紅色襖子、鵝黃色裙子，外罩青色褙子，看起來大約十五、六歲的漂亮丫鬟就笑盈盈地迎了上來，笑著道：「王嬤嬤，妳來了啊。這個妹妹就是太太派過來收拾大少爺書房的吧。」

「可不是？」王嬤嬤笑呵呵道：「她叫莫拾娘，太太說了，讓她頂替花溪留下的空缺。碧溪，妳先安排她的住處，再帶著人熟悉一下環境。等少爺回來之後，再讓她正式給少爺請安。」

「嬤嬤放心，我一定會好好安頓拾娘的，妳把人交給我就是。」碧溪笑盈盈地點頭。

「誰不知道碧溪姑娘又漂亮又能幹，人交給妳自然最好不過。」王嬤嬤笑著，然後對拾娘道：「拾娘，妳就聽碧溪的安排便是，有什麼不知道的多問問，別悶著不出聲。」

「是。」拾娘點點頭，再一次向王嬤嬤道謝道：「煩勞嬤嬤帶著拾娘跑這麼一會兒了。」

「好了，人我交給妳了，這差事我也就算完了，我回去找太太覆命去了。」王嬤嬤不再耽擱，又說了一句就走了。

拾娘正式在陌生的環境裡面對一群完全陌生的人。

第四章

碧溪對拾娘倒也客氣，簡單寒暄了幾句，就帶著她去了西廂房，讓兩個小丫鬟一個叫鶯歌，一個叫燕鳴的幫著她收拾起住處來。

清熙院說是一個三進的院子，但是卻沒有堆放雜物的後罩房，不過就算是這樣，這院子也很大了，再加上伺候的丫鬟婆子不算頂多，拾娘雖然算是二等丫鬟，卻又頂了一個大丫鬟的缺，倒也有單獨的房間。

清熙院的正房不用說，自然是大少爺林永星的住處，右側則是他的書房，拾娘還沒有來得及進去看。東、西廂房各有三個房間，東廂房是林大少爺的奶娘方嬤嬤和兩個一等大丫鬟的房間。西廂房的第一間，也就是最靠近書房的那一間是以前的大丫鬟花溪的房間，拾娘就被安排住在這裡，另外兩個二等丫鬟則住在西廂房的另外兩間，她們是兩人共用一間。

周嬤嬤帶著六個小丫鬟住在二門外的倒座房，不同的是周媽媽是單獨住一間，小丫鬟則是三個一間。拾娘不知道這些住所是誰安排的，丫鬟的倒也無所謂，但是兩個嬤嬤一個在東廂房，另外一個卻去了二門外，這倒是挺值得玩味的。這其中是不是表示了林大少爺的親疏——唔，一個是他的奶娘，是看著他長大的，情分自然不一樣；另外一個雖然也不陌生，卻是太太派過來的，多少帶了些監督的意味。如果這位大少爺是個生性不喜束縛的，對周嬤嬤肯定會有些不喜和疏遠。不過這對拾娘來說倒是個好消息，她相信要真是那樣的話，自己對周嬤嬤來說更有用，而她對自己也會比想像中的稍好一些。

「碧溪姊姊，她就是太太給少爺選的人？這速度還真快啊，上午才簽了身契，這還沒有吃午飯，就過來了。」房間還沒收拾好，就聽到門口傳來一個聲音，不管是語氣還是所說的話都不是那麼和善。

「花溪都走了半個月了，拾娘早點過來接手花溪的事情也好啊。」碧溪溫和地笑笑。她知道伊蓮心裡定然是不滿的，事實上，清熙院的四個二等丫鬟心裡都很不平，她們都以為花溪走了，理所當然應該從她們四個之中提拔一個上來。為了這個位置，在大少爺面前獻殷勤的，找太太身邊的管事嬤嬤套關係的，一夜之間忽然上進了，開始讀書識字的……都使出了渾身的解數，一副志在必得的樣子。可是沒想到半途殺出一個程咬金，把她們的美夢給打碎了。

如果是太太身邊的大丫鬟或者破格提拔的二丫鬟的話，她們多少還會有些顧忌，畢竟都是在府裡的老人了，在太太面前又有體面，心裡再不服氣，也會掂量著輕重，暗地裡給她使個絆子，讓她丟丟醜也就是了；但拾娘是從外面買進來的，在府裡無根無底，她們自然沒了顧忌，當面就能給個難堪。

「拾娘？這名字還真難聽。」伊蓮撇撇嘴，然後再看看都沒有回過頭來看她一眼的拾娘，把聲音放大了一些，道：「聽說長得也很難看，碧溪姊姊，妳說少爺會不會把她給攆出去？少爺可容不下長得難看的人在他面前晃悠。」

林府的人都知道，林家大少爺身邊的丫鬟最重要的不是有多能幹、多勤快，最重要的是要長得漂亮，也正因為林大少爺的這一愛好，清熙院上下的丫鬟沒有一個長得差的，幾乎聚集了林家最漂亮的丫鬟。

「她是太太派過來的。」碧溪簡單地道，伊蓮的臉色一沈。她不笨，自然知道碧溪那是什麼意思，大少爺再任性也要聽林太太的話，他或許會不滿，但只要林太太堅持的話，他也只能接受拾娘的存在。

「碧溪說的沒錯，她是太太看上了安排過來的，我們要做的是好好地把她安頓下來，別做多餘的事情。」門外傳來一個柔美的聲音，不用看人，就知道那定然是一個溫柔的美人兒。

「清溪姊姊……」屋裡屋外的丫鬟不管是不是心甘情願，都叫了一聲，就連正在幫拾娘鋪床的鶯歌和燕鳴也暫時放下手中的工作，叫了一聲。拾娘見狀，也隨大流（注），暫時不做事，看了過來——

好一個美人兒。

清溪是拾娘從進林府到現在為止，所見到最美的丫鬟，她穿一件玫紅色的掐絲綾襖、月白灑花的裙子，外罩的青色褙子並沒有讓她失色，反而多了一種讓人憐惜的味道。她長得很

注：隨大流，意指跟著大多數人說話或做事。

美，但不是碧溪那種明媚的豔麗，也不是伊蓮那種小辣椒的火熱，而是一種溫柔似水的美麗。

「妳就是拾娘吧？」清溪見拾娘看著她，露出一個和善的微笑，道：「我是清溪，這院子裡的姊妹中我年紀最長，妳可以直接叫我的名字，也可以跟她們一樣，叫我一聲姊姊。」

「清溪姊姊。」拾娘福了一福，算是和清溪見過禮，然後簡單地自我介紹，道：「我姓莫，莫拾娘，今年十三。」

看著拾娘臉上的胎記，清溪眼中閃過一絲嫌惡，不過只是一瞬間的工夫，除了在她對面的拾娘之外，無人察覺，而拾娘對此只當未見。

「聽說拾娘妹妹不但熟讀四書五經，還識得琴棋書畫，這在我們清熙院還真是獨一呢。」清溪盈盈地走近拾娘，親熱地牽著她的手，笑道：「我們都是些榆木疙瘩，除了自己的名字之外也只識得簡單的幾個字，以後還要拾娘妹妹多教教呢。」

「不敢。以後要是姊姊用得著，拾娘又幫得上忙的地方，姊姊儘管吩咐就好。」拾娘微微一笑，臉上的胎記隨著笑容更顯得有些猙獰，清溪正好在她的右手邊，看得胃裡一陣翻騰，握著拾娘的手也微微一僵。拾娘自然知道是為什麼，這樣的眼神她看得多了，早就沒有了感覺，而是笑著道：「拾娘除了識文斷字之外，也就沒有什麼優點了。」

還算有自知之明。清溪放下拾娘的手，笑著道：「馬上就要用午飯了，等用過午飯，讓鶯歌陪妳在院子裡到處轉轉，熟悉一下環境，尤其是書房，更是需要熟悉一下。」

「是。」

拾娘點點頭。需要熟悉的不光是地方，還有人也需要熟悉一下，林家似乎比她想像中更有錢，也更有排場，一個大少爺身邊就有這麼多的人伺候，還不知道別的主子那裡又有多少下人呢。

「那我就不打擾妹妹了。」清溪再笑笑，卻不想再待下去，她實在是受不了那張難看的臉，說完就施施離開。伊蓮眼珠子一轉，跟著她離開了。

「看來伊蓮很不喜歡我。」拾娘都不用想就知道伊蓮對自己的敵意何在，不就是和那個在林太太身邊，一再插話的丫鬟存了一樣的心思嗎？可是她們卻都沒有想到，之前的那個花溪就是因為有了某些心思才被處理掉了，林太太又怎麼會再放一個那樣的人在兒子身邊呢？她們越是這樣，在林太太那裡印象就越是不好，說不準哪一天就像那個花溪一樣被發賣出去了。

「不管是誰來她都一樣不喜歡，不是特別針對妳的。」碧溪撇了下嘴，相比起來，她倒是更樂意接受拾娘，這麼一個除了些許學識之外，既無姿色又無根基的人，再怎麼著都不會影響她在清熙院的地位——清溪的地位是無人可以撼動的，她卻不一樣，將下面的二等丫鬟壓下去已經很費神了，要再來一個和她旗鼓相當的，她還怎麼活啊。

「看來我這個位置還真是個搶手的。」拾娘苦笑一聲，然後感嘆道：「清溪姊姊長得可真美啊。」

「清溪姊姊可是這府裡的第一美人呢。」碧溪這話說得淡淡的，並沒有與有榮焉的感覺，而是帶了些說不清、道不明的感情，有嫉妒，有怨懟，還有讓拾娘迷惑的淡淡憐惜。不過她似乎並不想再說關於清溪的事情，而是簡單道：「輕舞差不多也該把午飯領回來了，快點把東西收拾妥當了出去吃飯吧。」

「好。」碧溪既然不想說，拾娘也沒有繼續追問，如果她能順利留下來，那麼有的是機會知道這背後的故事，如果那位習慣以貌取人的大少爺抵死不要自己，自己留不下來，那麼就更沒有必要知道的太多了。

因為主子不在，一群嬤嬤丫鬟的也就沒有那麼講究，在小廚房裡分兩桌而坐。兩個嬤嬤和兩個大丫鬟一桌，四個二等丫鬟和六個小丫鬟剛好坐滿一桌。碧溪讓拾娘和她們一起坐，清溪微微皺了皺眉頭。她心裡是不大願意讓拾娘同她們一桌的，覺得光是看到拾娘的那張臉就讓她沒了胃口，可是另外一桌人已經坐滿了，不管是讓拾娘過去和那些丫鬟擠，還是換個人過來都不妥當，她也只能默默地接受了碧溪的安排。

拾娘這下總算是把清熙院的丫鬟都認齊了，不得不說那位還沒有見到的大少爺真正是個以貌取人的，這院子裡的丫鬟還真是個個漂亮，不說算得上絕色的清溪，以及初見風情的四個二等丫鬟，就連那些還沒有長大的小丫鬟也都是清秀可人。兩個嬤嬤，方嬤嬤有幾分富態，周嬤嬤精明卻不討人厭，不過兩個嬤嬤的關係應該不怎麼樣，從始至終都沒有見她們相互說上一句話。周嬤嬤對拾娘很親切，而方嬤嬤只是冷笑一聲，連一句話都懶得說，似乎認定了拾娘不可能留下來一樣。

其他的人，除去碧溪一貫的和氣之外，清溪對拾娘倒也很和善，不過她眼底的嫌惡卻從來就沒有消失過；至於四個二等丫鬟那不曾掩飾的敵意，以及六個小丫鬟擺出一副事不關己、高高掛起的旁觀者模樣，都讓拾娘看在眼中，記在心裡。

她在心裡微微一笑。看來這院子不大，人也不算多，但也一點都不平靜和簡單，自己要是留下來的話，恐怕會更不平靜了……

第五章

「少爺，上午太太讓王嬤嬤送了一個叫拾娘的妹妹過來，讓她補上花溪離開後空出來的缺，你是不是先見見她再去給太太請安？」和碧溪一起伺候著剛剛回來的林永星換上一身簡單清爽的牙白色直裰，再伺候著他擦了一把臉，洗去從外面歸來帶著的塵埃，清溪笑盈盈輕聲道：「要不然的話，去了太太那裡，太太問起來你卻什麼都不知道，豈不是讓太太難過？」

碧溪垂下眼，遮住了眼中的譏諷——說的還真是好聽，彷彿是為了少爺著想一般，實際上誰知道她是不是想藉著大少爺的手，把拾娘給攆了出去？想想她中午因為和拾娘同桌，幾乎沒有怎麼動筷的樣子，碧溪心裡就肯定清溪絕對不想讓拾娘留下來。

不過，碧溪卻什麼都沒有說。一個是不好得罪的清溪，大少爺跟前的第一人；一個是新來乍到，雖有兩三分好感，卻沒有什麼交情的拾娘，她還是當一個旁觀者比較合適。

「喔？」林永星驚訝地應了一聲，然後看著清溪問道：「娘這麼快就找到合適的人了？我還以為她翻遍了府裡之後，會再把望遠城也給翻遍了呢。」

對於林太太以花溪不老實安分，勾著他不上進的名義發賣出去，林永星還是頗有些不滿的。他知道花溪有那種念頭，每次他練字，她在一旁磨墨的時候，總是用一種既嫵媚又勾人的眼神期待地看著自己，一有機會就會貼近他，讓她身上薰染的香氣傳到自己鼻中。雖然自己沒有想過將她收房或者怎地，但也有好幾次被她勾引得心猿意馬，林太太那樣說並沒有冤枉花溪。可是花溪畢竟已經伺候他兩年了，也有了情分，林太太好好訓斥一頓，讓她改過也就是了，根本就沒有必要那麼大驚小怪的，非要乘著自己到學堂的時候把人給發賣出去，弄得自己心裡也不自在起來。之後，又要興師動眾找一個合適的人選填補花溪留下的空缺，真正是自找煩惱。

「少爺，太太也是為了你好，才會那般緊張。」清溪笑著為林太太辯解了一聲，然後笑著道：「說來也巧，太太昨兒個才讓人和相熟的牙婆子通了聲氣，今兒一早，郭槐家的就帶著拾娘妹妹上門了，太太見了人，覺得合適，就簽買了她。」

「喔？」林永星終於有了幾分好奇，能讓林太太見了之後就覺得合適，沒有再挑三揀四一番就留她下來，這個拾娘定然有些獨特之處。

「還別說，奴婢也覺得拾娘妹妹很是難得。」清溪笑得更甜美了，說話也是那種輕聲細語的，道：「聽說拾娘妹妹可不僅僅會識字那麼簡單，而是飽讀詩書，熟讀四書五經，就連琴棋書畫也都很精通，真正是難得一見的才女呢。」

這話的水分還真大。碧溪半蹲下去，為林永星拉了拉後襟，裝作什麼都沒有聽到。她早已經習慣了在清溪對林永星說話的時候裝聾作啞，當自己不存在了。

「這麼好？我不信。」林永星雖然認為清溪是不會騙他的，但還是很懷疑清溪所說的話，或者說是對還沒有見面的拾娘起了疑心。熟讀四書五經，飽讀詩書，精通琴棋書畫的女子也不是沒有，但那樣的女子不是在書上，就是在豪門世家之中，怎麼可能賣身為奴？

「少爺是覺得清溪在說謊？」林永星想都不想的回答讓清溪明白自己說得有些過火了，只想著誇大拾娘，讓林永星見了人之後失望，再將她退回去，卻忘了把握尺度。但是這下將話收回也來不及了，清溪只能委屈地看著林永星，一副傷心的樣子。

「我沒說不信妳，我只是不相信那個拾娘真的有那麼好。」林永星自小就喜歡看美人，身邊伺候的丫鬟也都是一個賽一個漂亮，美人落淚也看得多了，不會像有些男人那般，見了美人垂淚就慌得什麼似的，但還是解釋了一聲，然後對清溪道：「她要是真有妳說的那麼好的話，豈不是成了落難的豪門貴女，那樣的人豈可能到我們這樣的人家為奴？一定是告訴妳消息的人胡亂編些話騙妳的。」

「少爺就是英明，知道這些話是別人告訴奴婢的。」林永星的話讓清溪噗哧一聲笑了起來，然後道：「奴婢說了這麼多，少爺總該有了見拾娘妹妹的心思了吧？」

「見、見。」林永星無奈點點頭，道：「我要是不見的話，一會兒娘那裡不好交差，妳也要用眼淚淹死我。」

「少爺，奴婢哪敢啊。」清溪不依地嗔怪了一聲。美人就是美人，嬉笑怒罵都是那麼賞心悅目。

看著清溪忙著和林永星逗笑，碧溪只能善解人意地主動攬了活，親自去叫拾娘，反正這樣的事情她也做慣了。

「拾娘，少爺回來了，妳先去給少爺請安吧。」碧溪是在書房找到拾娘的，她正在整理書架上的書，將它們按經史子集來歸類擺放。這書房每日都有人清掃，自然是一塵不染，但是丫鬟們就算識字，也未必就知道那書裡講的到底是什麼，應該怎樣擺放才合適。是以，擺放得很是雜亂無章。拾娘在家中的時候，每天最最要緊的事情就是打理書籍，哪裡見得這般樣子的書房？一見之下，也沒心思出去轉轉、熟悉環境了，先把書房整理得看得過眼才是正經事。

「我這就去，謝謝姊姊叫我。」拾娘將手上的書快速放進書架，朝著碧溪露出一個感謝的笑容，道：「姊姊只管叫鶯歌她們叫我一聲就是，哪裡用得著姊姊親自過來呢？」

「就幾步路的，不礙事。」碧溪笑笑，然後輕輕提醒了一句，道：「真要謝的話，妳該謝清溪姊姊，她可是在少爺面前說了妳不少好話呢。說妳熟讀詩書，精通棋琴書畫，是個真正難得的才女呢。」

「喔，是嗎？那我可真要好好謝謝清溪姊姊的關照了。」拾娘眉角微微一挑。看來那清溪還真是不想自己留下來礙她的眼睛啊，居然給自己挖了這麼一個陷阱。這林家大少爺本來就是個以貌取人的，自己的胎記已然成了留下來的一道障礙，她還覺得不夠，再給自己挖個坑？不過，這坑固然是要坑人的，但到底是坑了誰卻還不一定呢。

碧溪聽到那加重了語氣的「關照」兩字，知道拾娘已經有了警惕，臉上的笑容深了些，點點頭，帶著拾娘回正房。

「謝謝碧溪姊姊特意過來叫我，我們這就過去吧，別讓少爺和清溪姊姊等急了。」

書房就在正房的一側，走過去不過是幾步路的事情，留在房裡的清溪也沒有和林永星說上幾句話，碧溪就在門口笑著道：「少爺，拾娘來了，可是讓她進來給您請安？」

「嗯。」林永星隨意應了一聲，剛剛在外間的炕几上坐下，清溪正給他泡了一壺濃香的猴魁（注），斟滿一杯，他正將茶杯放到鼻下，輕嗅猴魁那股沁人的蘭香，眼角瞟都沒有瞟往跟著碧溪進來的拾娘一眼。

「奴婢莫拾娘給大少爺請安。」雖然剛剛簽了身契，但拾娘請安的動作卻一點都不含糊，一直睜大了眼睛看著她的清溪也挑不出什麼錯來。

「嗯……」林大少爺淡淡發出一聲鼻音，喝了一口茶，這才好整以暇地抬起頭往拾娘看過來——

「噗。」林大少把剛入嘴裡，還沒有嚐出滋味的茶水就這樣噴了出來，然後不管自己剛剛換上的直綴沾了可能洗不乾淨的茶漬，手指顫悠悠地指著拾娘，帶了些驚嚇後的神志不定，問道：「她是誰？她怎麼會在這裡？」

「少爺……」雖然早就知道林永星定然不喜歡臉上有胎記的拾娘，但是他的激烈反應還

注：猴魁，指產於安徽黃山區的一種綠茶，名列十大綠茶之列。屬綠茶類的尖茶，被譽為中國的「尖茶之冠」。

是讓清溪意外。她一邊忙著上前用手帕為林永星將衣服上的茶漬擦去，一邊也不忘回答林永星的話：「少爺，她就是莫拾娘，太太派過來補花溪缺的那位妹妹……」

「不行。她不能留在清熙院。」林永星想都不想就將拾娘否決了。什麼熟讀詩書，什麼精通琴棋書畫都是天邊浮雲，他可不想留一個頂著一張會讓他作噩夢的丫鬟在身邊。

「少爺……」清溪掩住了眼底的笑意，臉上帶了些為難，擺出了準備苦口婆心勸說林永星的架勢。

「什麼都別說，說什麼我都不想聽。」林永星忍不住看了一眼平靜站在那裡的拾娘，雖然也覺得長得醜不是她的錯，但是她不該出現在自己面前，更不該想著替代花溪的位置。想到眼前這樣的女子陪著自己夜讀，林永星就心裡發寒起來——他膽子小，消受不起這張鍾馗一般的鬼臉。

「可是，太太……」清溪心裡已經篤定了拾娘留不下來了，但還是不忘提醒一聲，要知道拾娘可是林太太特意為林大少爺挑選的呢。

「娘那裡我自然會去說。」林永星被這麼一嚇，連喝茶的心思都沒有了，他再瞟了拾娘一眼，又打了個寒顫，起身道：「我這就去和娘說。」

「少爺，換身衣裳再去吧。」清溪看著那怎麼都擦不乾淨的頑固茶漬，有些心疼。這件直裰剛做好，這可是第一次上身呢。

「不換了。穿著過去，也好讓娘知道我被嚇成什麼樣子了。」林永星連清溪的話也聽不進去了，不敢再看拾娘，大步就往外走去。

「少爺，等等奴婢。」清溪叫了一聲就小步追了上去，到拾娘身邊的時候，腳步微微一頓，帶了些歉然道：「拾娘妹妹，真沒想到少爺會這樣……唉，妳也別擔心，我一會兒再勸勸少爺，就算不能留下來，也一定給妳找個好差事。」

「那麼就麻煩清溪姊姊美言了。」場面話誰都會說，拾娘也不例外。

等清溪離開之後，拾娘神情不變往外走。碧溪連忙叫住她，擔心她受了刺激——拾娘再怎麼說也是荳蔻年華的少女，正是敏感的年紀，可不要因為少爺的反應，傷心地做了什麼傻事。

「拾娘，妳去哪裡？」

「繼續收拾書房啊。」拾娘揚起一個笑容，然後道：「碧溪姊姊，妳放心吧，這樣的事情我見得多了，不會傷心難過的。而且，我相信太太既然讓我過來，定然已經做好了準備，大少爺再怎麼反對也只能接受，我不著急。」

第六章

「娘，您重新給我換一個人吧，我不要那個醜丫頭，要是娘一時半刻的找不到合適的人，暫時不派人過去也可以，反正她不能留在清熙院。」給林太太問過安之後，林永星就直接請求，他是一刻都不願意耽誤了。

「為什麼，就因為她臉上的胎記？」林太太瞭解地看著兒子，她猜想林永星極有可能見了拾娘之後，不曾多問一聲就過來了。

「這還不夠嗎？」林太太不當一回事的口氣讓林永星很是受傷，他嘟囔著，道：「您都不知道，我剛剛被她的那張臉給嚇成什麼樣子。娘啊，您不希望兒子因為整晚作噩夢，夜不安寢，休息不好吧。」

「星兒，要是連這個你都受不了的話，你還能接受什麼？」林太太回來之後越想越覺得拾娘是留對了，林永星被老太太和自己嬌慣壞了，什麼事情都要如他的意，這樣下去，別說是讓他上進，指望著他掙個功名回來，恐怕是連他爹都比不上了。

「娘，別的都無所謂，就這個我不能接受。」林永星沒有林太太想像中的那麼嬌慣，他只是喜歡美的事物而已，畢竟那看起來賞心悅目啊。他指著自己身上的茶漬，帶著控訴道：「娘，您看，我被嚇得都噴茶水了。」

「被那個長了半邊臉的丫鬟嚇的？」林永星的嫡妹，林太太最溺愛的女兒林舒雅饒有興致地問道。看到林永星點頭，林舒雅扼腕嘆息道：「哎喲，這麼好玩的事情我怎麼不能親眼見到啊。」

「妳還敢幸災樂禍。」林永星和這個親妹妹一向不對盤，他認為妹妹刁蠻任性又市儈，而林舒雅則覺得他吹毛求疵、難以伺候，反正誰看誰都不順眼。

「有什麼不敢的？」林舒雅朝著他冷冷一哼，然後纏著林太太道：「娘，您別被哥哥幾句話說得動搖了，他一院子的美人丫鬟，整天為了爭寵勾心鬥角，鬧得烏煙瘴氣的，是該找個不會生事的丫鬟進去了。」

「妹妹要是覺得是個好的的話，她給你好了。」林永星沒有好氣地看著林舒雅，兄妹倆唯一的共同點就是都喜歡好看的事物，林永星就不相信妹妹敢要那麼一個丫鬟。

「好啊，好啊。」林舒雅令人意外地連連點頭，然後帶了幾分狡黠道：「要是我有這麼一個丫鬟，我交給她的唯一任務就是在你可能出現的地方出現，嚇不死你也煩死你。」

「你——」林永星憤怒地看著林舒雅。

「好了，你們兩個別吵了。」林太太受不了的看著這一雙成了鬥雞眼的兒女，先訓斥林舒雅道：「妳那是什麼話？什麼叫做嚇不死人也要把人給煩死？他是妳哥哥，妳怎麼能這樣對哥哥說話？一點禮貌都沒有。還有你也一樣，她是妹妹，不是仇人，你就不能和她好好說話嗎？」

嘴。

「娘，都是——」兄妹倆異口同聲地想把責任推到對方的身上，然後又不約而同住了嘴。

「好了，都別說了。」林太太不想聽他們推來推去的，將手上的茶杯重重往茶几上一放，發出一聲重響，看到他們噤口之後，不容辯駁道：「拾娘的事情就這麼定了。從今天開始，她就是你院子裡的丫鬟，頂的是花溪空出來的缺，暫時領二等丫鬟的分例，要不要升等，過一段時間再說。」

「娘，我——」林永星怎麼肯依，還想對林太太撒賴。

「當然，如果你抵死不要拾娘也可以，那麼連著你院子裡的清溪、碧溪，還有那些個迎春、伊蓮什麼的也都別要了，一起換了就是。」林太太淡淡地道。真要到了那一步的話，她一定會把清熙院都換成其貌不揚的下人，看他怎麼辦。

「娘，您不能不講理啊。」

林永星沒有想到林太太會這樣威脅自己，他不願意讓拾娘留下來，但如果趕拾娘走要連累他身邊其他丫鬟的話，他還真是需要小心斟酌了。

「和你有的時候不能講理。」林太太才懶得理他呢，她淡淡看了進門之後一直靜靜侍立在一旁，連大氣都不曾出一口的清溪一眼，交代道：「清溪，妳是星兒身邊的得力丫鬟，也是清熙院的大丫鬟，拾娘在清熙院，妳要多關照。還有，少爺只要在家中，就讓拾娘到一旁伺候，就算用不著她搭把手，也讓她在一旁站著，讓少爺早點適應拾娘的存在。」

「是，太太。」清溪雖然滿心不願意，卻只能恭敬應是。

「要是妳做不到這一點的話，那麼妳也就沒有留在清熙院的必要了。」林太太又加了一句。她不相信清溪會認真執行自己的吩咐，這個丫頭看起來老實，實際上心思多得很，但是再多的心思也要看面對的是什麼人。

「娘，您這不是連坐嗎？」林永星更不滿了，憑什麼要讓清溪為那個醜丫頭負責，清溪和那個醜丫頭能一樣嗎？

「就是連坐。」林太太看著林永星黑黑的臉，點點頭，承認了他的控訴，然後問道：「清溪，妳覺得妳能做到我所說的嗎？」

「奴婢一定盡力而為。」

清溪心裡現在恨死了拾娘，要不是因為她的話，自己至於被林太太這般為難嗎？

「那就盡力去做吧。」林太太點點頭，然後像是安慰又像是警告一般地道：「我知道妳也是個實心的，既然說了這樣的話就一定會去盡力，如果做不好的話，我也不會怪妳；不過，如果妳連這個事情都做不好的話，也就不用再做別的事情了。」

「娘，您這不是在為難人嗎？」林舒雅冷冷瞟了一眼清溪，眼中帶著憤恨和嫉妒，然後再撇撇嘴，道：「府裡上下誰不知道清溪姑娘除了伺候哥哥以外，什麼事情都不做，也不屑去做的？她可矜貴著呢。」

「林舒雅。」林永星連名帶姓地喊。他不敢想林太太要是對她的這番話認真了會有怎樣的後果，或許清溪會像花溪一樣……他甩甩頭，不敢再想下去。

「你聲音小點，我耳朵不背，不用你這麼大聲地吼。」林舒雅被林永星吼習慣了，一點都不覺得有什麼好害怕的，老神在在地掏了一下耳朵，然後道：「哥哥心疼了嗎？唉，我就知道，在哥哥眼中，我這個親妹妹還比不上一個賤丫頭。」

「好了，都閉嘴。」在林永星反擊之前，林太太重重拍了一下茶几。

看娘親真的是很生氣了，兄妹倆不敢再鬥嘴，只是用眼神凌遲著對方。

林太太有些頭疼，但是現在不是勸說他們的時候，她再輕輕瞟了一眼正乖乖地站在下方，連氣都不敢出的清溪，然後淡淡地道：「這件事情就這麼定了，誰來說什麼都沒用。」

「哼……」林永星沒有想到自己求了半天，除了被林舒雅冷嘲熱諷一頓之外，什麼都沒有得到，也沒有心思留下來吃飯了，站起身來就要離開。

「星兒不吃飯了嗎？」林太太看著兒子一動就跟著動的清溪，眼神一冷。

「沒胃口，不吃了。」林永星冷冷哼了一聲，然後帶了些威脅道：「想到那個醜丫頭要在我眼前晃悠，我就沒胃口。娘什麼時候把她給調走，我什麼時候吃飯。」

「吃不吃由你。」林太太這一次真的是怒了，冷冷道：「吩咐下去，從今天開始，清熙院所有人的飯菜和點心都停了，讓她們陪大少爺一起餓著。」

「娘，這個主意好，讓他們一起同甘共苦。」林舒雅歡喜得在一旁拍起手來，然後笑著對林太太道：「娘，我倒是餓了，傳飯吧。唔，我今晚可得多吃半碗飯，有得吃可真是幸福啊。」

林永星氣得轉身就走，清溪連忙跟上。

「少爺，您別生氣，太太這麼看重拾娘，定然是覺得拾娘很合適伺候您，可是您乍見拾娘的模樣就要太太換人，太太不高興是肯定的。」出了正房的院子，清溪就靠近了林永星一些，努力勸說著道：「要不然先讓拾娘伺候一段時間，實在是不滿意，覺得她伺候得不好，再和太太說？」

看來也只能這樣了。林永星無奈地嘆了一口氣，看著清溪溫柔的臉，帶著歉意道：「清溪，剛剛委屈妳了。」

「少爺別說這樣的話，清溪不覺得委屈。」清溪臉微微紅了，眼中有著脈脈情意，輕聲道：「只要能夠在少爺身邊伺候，能夠天天看著少爺，清溪就心滿意足了。」

第七章

「什麼，沒飯吃？點心瓜果也都沒有？」林永星瞪大了眼睛看著碧溪，回到清熙院，這位大少爺總算覺得餓了，也沒有多想，就吩咐碧溪準備飯菜，卻沒有想到會得到這麼一個答案，他沒有想到林太太會認真。

「少爺回來之前，太太先一步派了人來，說清熙院一應的飯食點心暫停供給，少爺什麼時候好好回太太院子裡吃飯，清熙院什麼時候可以到廚房領飯食。」碧溪低下頭，不敢看林永星的臉。不用想，那張臉一定黑如鍋底。

林永星氣得肺都要炸了，但是想到林太太的話，又想到這一切也算是由他引起的，又把怒火強按下去，問道：「那妳們吃了沒有？」

「回少爺的話，奴婢們都沒有吃。」碧溪老實回答著，沒敢說晚飯都已經領回來了，卻被林太太派的媽媽又拎走了，還把清熙院的點心什麼的一併抄走，說那是太太的吩咐，既然要絕食，就徹底一點。

林永星狠狠一咬牙，摸了摸空空的肚子，道：「去給我泡一壺茶來。」

「是，少爺。」碧溪連忙下去了。林大少爺餓極了的時候脾氣最不好，還是躲著點比較安全，她不是清溪，林大少爺對她可不一定有什麼憐香惜玉的心思。

「少爺，這是奴婢藏著的桂花糖，我知道少爺不愛吃甜食，可除了這個別的都被太太讓人給抄走了，多少吃一點吧。」清溪在林永星之前就知道沒得吃了，也知道院子裡明面上的東西都被那些拿著雞毛當令箭的丫鬟婆子給抄走了，不過她們也不敢做得太過分，並沒有把小丫鬟們自己藏的小零嘴也給抄了，所以清溪才能找到桂花糖。

「抄走了？」林永星聽出清溪話裡的意思，問道：「太太不光是讓人過來說不給清熙院供應飯食點心，還把所有的吃食全部抄走了？」

這做得也太絕了吧。林永星恨得咬牙，當然他恨的不是林太太，而是讓他和林太太發生衝突的那個人。

看著清溪帕子上的桂花糖，林永清皺了皺眉頭。他這會兒真餓了，也知道院子裡真沒吃的，一時半刻的也不願向林太太低頭，也不管自己喜歡不喜歡，拿過清溪帕子上的桂花糖就咬，但終究是他最不喜歡吃的東西，吃了兩塊也就沒有了胃口，嘆了一口氣，對清溪道：「妳也餓了吧，妳快吃一點充充飢。」

「奴婢不餓。」清溪說著言不由衷的話。她中午和拾娘坐在一桌，看著拾娘的臉就沒了胃口，並沒有吃多少東西，早就已經餓了，但是她現在卻也不能叫餓。

「怎麼可能不餓呢？」林永星倒也沒有天真到相信清溪的話，他嘆了一口氣，道：「不過，我這一次一定不能這樣就服軟（注），一定要堅持到底，只能暫時委屈妳了。等明天，我從學堂回來的時候一定給妳帶好吃的。」

「有少爺這句話，再大的委屈，清溪都甘之若飴。」清溪笑著，然後道：「我相信院子裡的其他姊妹，包括新來的拾娘妹妹也都會這樣想，她們一定會站在少爺這一邊的。」

「別的人我相信，但是那個莫拾娘一定不會這麼想。」林永星冷冷哼了一聲，然後道：「清溪，妳去把莫拾娘給我叫過來，我就不信我不能把她給攆出去。」

「少爺，您別衝著拾娘妹妹發火，她又沒有什麼錯。」清溪勸慰著道：「我們都是下人，都要聽主子的安排，太太讓她到清熙院伺候，她難道還能說不？」

「她沒有什麼錯？她也是聽娘的安排？她可沒有妳想得那麼無辜，她可是衝著這個位置進府的。」林永星冷笑一聲，道：「好了，我自有分寸，妳叫她來就是了。」

清溪嘆了一口氣，一副無奈模樣地去了，留下吃了糖之後愈發覺得肚子餓得難受的林永星一個人在房裡坐立不安。

很快，拾娘就跟著清溪進來了。清溪手上端著在門口從碧溪手上接過來的茶水，她帶著笑，給林永星倒了一杯茶，道：「少爺，先喝口茶，沖沖嘴裡的甜味。」

「怎麼又是妳去泡的茶，碧溪呢？」林永星輕輕地皺了一下眉頭，對碧溪的偷懶很是不滿。怎麼交代她做點事情就這麼難？

「奴婢喜歡伺候少爺。」清溪笑盈盈回了一聲，沒有說茶是她泡的，但也沒有為碧溪解釋一句。

注：服軟，意指低頭、認錯。

拾娘帶著嘲諷冷笑一下，卻被林永星看了一個正著，他怒道：「妳笑什麼？妳不知道妳笑得有多難看嗎？」

「奴婢自知相貌醜陋，入不了大少爺的眼，但不知道奴婢連笑都不能笑了。」拾娘不亢不卑地看著林永星，然後道：「不過，我現在知道大少爺不願看到奴婢笑，以後奴婢不笑便是。」

林永星氣惱地看著拾娘，不知道是不是因為腹中空空，讓他不能專心的緣故，他忽然覺得雖然拾娘看起來還是不順眼，但也沒有剛剛看上去那麼嚇人了。他冷哼一聲道：「我聽說妳飽讀詩書，熟讀四書五經、詩詞歌賦，就連琴棋書畫也很精通？」

「奴婢不知道大少爺是從哪裡聽到這樣的謠言，也不想問個究竟，拾娘好奇的是大少爺為什麼會相信這樣的話。」拾娘平靜地看著林永星。她自然知道這些話都是清溪說的，但是她不會說出來，而是平靜地說著事實。「大少爺也是讀書之人，理當知道像拾娘這般年紀的，能夠熟讀詩書、四書五經的，必然是書香門第的閨秀，若是棋琴書畫也能夠精通的，那必然是豪門貴女，那樣的女子又怎麼可能淪落到賣身為奴的境地？」

林永星噎住。他也是不相信那番話的，但那卻是他用來為難拾娘的理由，原本以為那樣說的話，拾娘要麼會著急解釋，要不然就會硬著頭皮應下；若是前者，那麼自己可以順勢為難她一番，要是後者，也能用此作文章，把她給攆了出去，可是沒有想到拾娘不緊不慢地就把自己的的話給堵了回來。

「那麼這些話都不是妳自己說的嘍？」林永星冷眼看著拾娘。這個醜丫頭膽子倒是不小，敢這樣和他回話，聽這一口一句奴婢的，可是卻沒有半點畏懼的感覺。

「奴婢不傻，自然不會說那等連自己都騙不了的胡話。」

拾娘的話讓清溪一陣氣悶。敢情她才是個傻子？

「那妳說說妳有什麼本事，能讓娘把妳派到清熙院來。」林永星一樣有些氣悶，不過更讓他不舒服的是肚子裡傳來的飢餓，他從來就沒有嚐過這樣的滋味，分外不能忍受。

「奴婢能讀會寫，能識文斷字，可以將書房收拾得乾淨整齊，大少爺找起書來會很方便；奴婢自幼在爹爹書房裡忙碌，伺候紙筆都是做慣做熟的，大少爺練字畫畫，奴婢可以伺候得很好；更主要的是奴婢沒有姿色，既不會干擾大少爺讀書，也不會有什麼妄念，太太對奴婢也就更放心了。」拾娘簡單說著自己的優點，前面的都還順耳，後面的讓林永星愈發惱怒起來——原來娘是特意挑個醜丫頭的啊。

「所以妳覺得妳很適合這個位置？」林永星看著拾娘的臉，惱怒道：「可是妳有沒有想過，我不喜歡像妳這樣的人在身邊晃悠？看到妳的臉，我連看書的心思都沒有了。」

「那是因為大少爺還不習慣，習慣了也就沒有什麼了。」拾娘平靜地聽著林永星評價自己的容貌，一點都不覺得有什麼傷自尊的，她倒是覺得現在這模樣挺好，不會給自己招來不必要的麻煩。

女子，尤其是像她這種無依無靠只能靠自己的女子，長得漂亮未必是福。

「少爺，奴婢覺得拾娘妹妹說的也不錯，等習慣了也就好了。」清溪又在一旁勸說著林永星，又捂著嘴笑道：「再說，拾娘妹妹也沒多難看，就只是那胎記嚇人了些，少爺可不能因為這個就一直挑剔。」

清溪的話林永星哪裡能聽得進去，什麼叫做只是胎記嚇人了些，他看過拾娘之後，腦子裡除了那可怖的胎記之外，什麼都不記得了。

他擺擺手，示意清溪別插話，然後看著拾娘道：「妳可知道都是因為妳，才害得整個院子的人都沒晚飯吃？」

「不是因為大少爺要絕食，太太讓我們陪著大少爺一起挨餓嗎？」拾娘才不會背這個罪名，就算她知道起因確實是她也一樣。如果不是因為他林大少爺挑剔自己的容貌，還要絕食相逼的話，至於這樣嗎？

「如果不是因為妳的話，我至於用這招和娘嘔氣嗎？」林永星怒了，指著拾娘就怒斥起來，一旁的清溪朝著拾娘使了使眼色，示意她順著林永星一點。

「大少爺，我以為您不管怎樣都算是男人，可是現在看來……」拾娘搖搖頭，嘆了一聲氣，一副失望之極的模樣。

「妳什麼意思？」拾娘的欲言又止讓林永星暴跳起來。難道她想說自己沒有男人的樣子嗎？

「沒別的意思，只是覺得大少爺身邊都是些鶯鶯燕燕，所以大少爺也受了些影響，遇事只知道找母親長輩撒嬌賣乖，長輩不允的話就耍賴撒潑，一點都不像男子，反倒像是女孩兒的習慣。」拾娘的話說得很尖銳，不光是林永星聽了一愣，一旁的清溪更是臉都綠了——這話要是傳到了林太太的耳中，把她們這些近身伺候的丫鬟發賣了都是輕的，一頓棍棒下去打死了都是有可能的。

「以妳說，怎樣才算男人？」林永星瞪著拾娘。

拾娘就等他這句話呢，當下微微一笑，道：「眼下就有一個證明的機會。」

「妳說說看。」林永星看著拾娘，覺得自己怎麼都不能讓一個醜丫頭給看扁了去。

「大少爺不是要絕食嗎？那麼就看看大少爺能夠熬幾天。」拾娘看著林永星，淡淡地道：「奴婢知道，大少爺和太太嘔氣，絕食相逼不過是為了將奴婢攆走而已。這樣吧，只要大少爺能夠堅持三天粒米不進，那麼不用大少爺說什麼，奴婢會向太太自請離開，但是如果大少爺熬不了的話，那麼也請大少爺接受奴婢留下來。」

「就這麼簡單？」林永星看著拾娘，想著這件事情的可行性，要是讓拾娘自己向母親請求的話，母親或許不會像現在這麼又是連坐又是威脅的吧。

「看似簡單，但事實上卻一點都不簡單。」拾娘笑了。這位大少爺從小養尊處優，從來就沒有吃過什麼苦，自然會覺得簡單。她微微一笑，道：「除非，大少爺在奴婢看不見的地方吃了東西，要不然的話奴婢敢肯定，輸的人一定是您。」

「少爺可不能答應。」清溪是最瞭解林永星的，一看他那副若有所思的樣子，就知道他認真了，她連忙勸著，然後輕斥拾娘一聲，道：「拾娘妹妹，妳不知道少爺是千金之軀嗎？妳怎麼敢……」

拾娘理都不理她，只是輕聲道：「大少爺怎麼選擇？」

「我一個大男人，幾天不吃無所謂，但是不能連累清熙院其他的人……」林永星唯一擔心的就是餓壞了院子裡的丫鬟們，她們可不比自己。

「她們自然不用陪著大少爺挨餓，不過，奴婢倒是可以奉陪。或者換一個方式，大少爺和奴婢同時禁食，看哪一個先撐不住認輸？」拾娘看著林永星，眼中有著不容錯認的挑釁，似乎在問林永星敢不敢一樣。

「好，本少爺應了。」林永星也是血氣方剛的少年人，哪裡禁得住這麼一再地挑釁，也不管清溪在那裡急得跳腳，立刻就應了下來。

拾娘微微一笑。她敢肯定，林大少爺輸定了，他怎麼能和自己相比呢？她可是真正嚐過那種餓肚子滋味的人啊。

清溪這下不跳腳了，但是她也決定在最短的時間內把這件事情告訴林太太，到時候，林太太自然會把眼前這個一點規矩都沒有的拾娘給攆出去……

第八章

清熙院的丫鬟嬤嬤都知道，林大少爺有多麼熱愛他的被窩，每天早上都要三催四請，林永星才會百般不捨地起身，但是這一早，清溪、碧溪才帶著迎春和伊蓮推開林大少爺的房門，就看見林大少爺已經在昨晚值夜的丹楓伺候下穿戴整齊了。

「少爺，今天有要緊的事情嗎？」清溪詫異地問了一聲。她深知林大少爺的習慣，如果不是因為有要緊的事情，需要早點出門的話，他一定還在床上和被子難捨難分地纏綿著。可是，如果真有什麼要緊的事情，為什麼昨晚大少爺一字沒說？

「沒有。」林永星有氣無力地搖了搖頭。他能說他是半夜被餓醒了之後就怎麼都睡不著了嗎？他已經後悔那麼衝動，和拾娘定下賭約了，他也明白為什麼拾娘那麼篤定自己會輸了，原來餓肚子的滋味真的不好受啊。

「那……」清溪看著林永星，腦子裡面靈光一閃，立刻明白是怎麼一回事——昨晚因為肚子餓，臥不安枕的不止林大少一個人啊。

「沒什麼，快點伺候我洗臉，我早點出門。」林大少爺臉色訕訕的。他知道聰穎的清溪定然猜到了自己為什麼睡不著，但是他卻不想讓清溪說破。

「是，少爺。」清溪不愧是他身邊最體貼、最知道他心意的丫鬟，一個眼神、一句話就能明瞭林大少爺的心思，她笑著和碧溪等人一起伺候著林大少爺梳洗。

可能是餓狠了，清溪沒什麼力氣，也沒有像往常一樣，搶碧溪正要做的事情，倒讓碧溪詫異地多看了她好幾眼。

梳洗好之後，林永星雖然肚子裡飢餓難耐，卻是咬緊牙關，連問都沒有問一聲有沒有早飯就直接出門，倒讓不知道他和拾娘之間賭約的碧溪等人，驚詫地相互交換了一個眼神，只以為大少爺這一次是真的要和林太太賭氣到底了。

「少爺，出了這扇門，想要做什麼，也就由得你了，不會有人干涉更不會有人多嘴的。」送著林永星到了二門上的時候，清溪還是多了一句嘴。她可不希望林大少爺認真，然後把自己給餓出什麼毛病來。

「我曉得。」林永星隨意回了一聲，他知道清溪是在提醒自己沒有必要太較真兒，出了府之後想吃什麼就去吃，沒有必要真的餓著。實際上，他昨晚餓得難受的時候也曾想過這個，甚至都想好了去吃什麼，反正拾娘也不可能時時刻刻盯著自己。可是現在被清溪這麼一說，他心裡忽然有些不是滋味起來——難道在清溪眼中，自己是個連賭約都不能守住的人嗎？

清溪自然不知道自己的話讓林永星反感起來，她輕輕一笑，帶著一股少女的清新氣息，道：「少爺別忘了，奴婢還等著少爺帶好吃的回來呢。」

「我知道了。」林永星點點頭，帶著在二門外等候的小廝柱子上了馬車，車伕得福一揮鞭子，馬車就駛了出去。

「少爺，想吃點什麼去？」

馬車駛離林府了一會兒，外面的得福就高聲問了一句。他媳婦在內院伺候，昨晚他就知道了大少爺和太太賭氣不吃飯的事情，他相信林永星出門的第一件事情應該是去找吃的，只是不知道他今兒想吃什麼，才多問了這一句。

「怎麼這樣問？」也不知道是不是心中有鬼，本是平常的一句話，硬是讓林永星聽出了不一樣的意思，他的眉頭擰成一團，口氣也不好起來。

「大少爺，您和太太賭氣，昨兒晚上什麼都沒吃，今天早飯也沒有吃的事情，我們都知道了。」柱子笑笑，本是憨厚面容上帶了一絲狡獪，道：「大少爺，和太太賭氣是一回事，但是總不能真的虧了自己不是？您出了府想吃什麼就吃一點，也好有力氣回去繼續餓著啊。」

這話讓林永星更不是滋味了，但是他忽然之間想知道柱子是怎麼看自己的，也不發火，而是笑罵道：「怎麼這麼瞧不起你家少爺我，難道我連一、兩天餓都扛不住嗎？」

「少爺，您不會是要來真的吧？」柱子可不相信林永星是認真的，他笑呵呵道：「餓肚子的滋味可不好受，少爺您可吃不了那個苦。」

原來在眾人眼中自己真是嬌生慣養，連這麼點苦都吃不了的。林永星這會倒是嚐出滋味來了，可是那滋味實在是不好受，甚至讓他暫時忘卻了飢餓。他臉色微微一沈，道：「直接去學堂。」

呃？不先去吃點東西祭祭五臟廟？柱子沒有想到林永星忽然之間變了臉，心裡滿是不情願。要知道林永星對身邊伺候的人一向都很好，他要是去用早飯的話，一定少不了他和得福的一份；可是柱子也是個慣會看人眼色的，知道林永星這會兒心情欠佳，只能悻悻地應了，再高聲和得福說了一聲。

得福雖然也很意外，卻聰明地沒有多問，直接趕著馬車往學堂方向走，要知道林家到學堂可有一段不近的路呢。

林永星上的學堂名為「望遠學舍」，是望遠城最大最好的學堂，位於望遠城外的鳳麓山上，裡面坐館（注）的先生不是有名的飽學之士，就是從朝堂之上退下來，回到故里安養晚年，卻又因為太過清閒而出來為故鄉做最後一分貢獻的大人。能夠進這學堂的，不是資質特別好，可能在未來成為望遠城驕傲的學子，就是官宦人家的子弟，再不然就是像林永星這種家裡很有錢，也有些門路的少爺公子。

「少爺，董少爺的馬車在前面。」沒有走多遠，得福就看到一輛熟悉的馬車正慢騰騰在前面走，連忙對車裡的林永星回報一聲。

「趕上去，我和禎毅打聲招呼。」林永星難得在去學堂的路上和董禎毅碰上，自然要上前打招呼，而得福聽了他的話之後，熟稔地打了兩個響鞭，馬兒加快了速度，很快就和董家的馬車並轡而走了。

林永星一把掀開車簾，而董家的馬車這個時候也掀開了簾子，熟悉的面孔帶了些微的驚訝，笑道：「永星，今天很早啊。」

林永星老臉一紅，訕訕地笑了笑。怎麼他身邊的人都知道他喜歡賴床的習慣呢？不過好在董禎毅也不算是外人，沒有那麼讓人覺得太丟臉。他笑笑，道：「禎毅是學堂最勤奮的學生，和禎毅一比，我不就是那個懶散的了嗎？禎毅，是我過去你那車裡還是你過來，這樣說話可不怎麼方便啊。」

董禎毅更訝異了。往常要是見了面，林永星都是隨意打了個招呼就鑽到自己馬車裡的，怎麼今天有了這麼一齣——他當然不明白，林永星從昨晚到現在都沒有吃什麼東西，早就餓得手軟腳軟了，哪裡還有力氣爬到他的馬車裡啊。

奇怪歸奇怪，董禎毅卻沒有多問什麼，而是讓車伕欽伯停了車，再上了林家的馬車，等柱子出去之後，才問道：「你今天看起來不大一樣，是不是發生什麼事情了？」

「沒什麼事。」林永星順口說了一句，卻又忍不住抱怨道：「你不知道，我娘昨天不知道從哪裡找了一個醜ㄚ頭來頂花溪的缺……真的很醜，把我都給嚇了一跳。」

董禎毅忍俊不禁地笑出聲來。他和林永星相處得極好，自然明白他那些無傷大雅的小愛好和小缺點，雖然不能理解，但也能接受。

「所以，林大少爺被嚇得一夜不能安眠，然後早早起床，早早上學？」董禎毅笑意滿滿

注：坐館，意指擔任塾師或幕客。

道：「這樣說來，伯母的苦心還真是沒有白費，別的不說，讓你早起這一點，就值得把她給留下來了。」

董禎毅的取笑讓林永星黑了臉，想到林太太可能因為這一點，更堅定了讓拾娘留在清熙院的決心，就讓林永星的頭更疼了。難道只能用賭約來逼著拾娘離開？哎喲，他的肚子真的好餓啊。

「咕嚕咕嚕……」一陣不和諧的聲音響起。這樣的聲音董禎毅並不陌生，但卻很詫異是從林永星身上發出來。他似笑非笑地看著林永星，道：「你不會是因為這個和伯母賭氣不吃飯吧？」

看著董禎毅的神色，林永星忽然覺得不好意思起來。一樣的年紀，董禎毅已然是董家的支柱，而自己卻還在父母的庇護之下生活，現在自己的這番作為，更像一個沒有長大的孩子一般。

「我也是沒有辦法才這樣的，娘聽不進去我的話……」在董禎毅的眼神下，林永星的聲音越來越小。他怎麼覺得自己像是一個無理取鬧的頑童呢？

「你啊，伯母自然有她堅持的道理，你今天回去之後，還是好好地向伯母道歉認錯吧。」董禎毅搖搖頭，卻又有些感慨，如果不是因為那場禍事的話，自己或許也不會比眼前的林永星好多少吧？

「我也有我要堅持的理由。」林永星忽然想起和拾娘的賭約。在他心裡，董禎毅也不是外人，立刻嘰哩呱啦地將拾娘和他的賭約說了一通，然後狠狠道：「我就不信，我贏不了她。我已經迫不及待想看到她向娘請辭的樣子了。」

「哈哈……」董禎毅笑得前俯後仰，然後看著臉色不佳的林永星道：「你這個丫鬟倒真正是個人才，居然才到清熙院，就把你的性格摸了個八九不離十……你如果不玩花樣，偷偷地在外面吃東西的話，一定輸定了。你一定不知道餓肚子的滋味有多難受。」

「難不成你就知道了？」林永星瞪著董禎毅。他就不相信董禎毅能吃多少苦，董家雖然大不如從前，但是還不至於讓他這個嫡子受太多的苦吧。

「我當然知道。」董禎毅微微嘆了一口氣，似乎想起了什麼讓他難過的往事，但只是一瞬間，他就把那些拋到腦後，然後笑著道：「你啊，要是不想受罪的話，就趁早認輸，你是贏不了的。」

「我還不信了，我非得贏了她不可。」林永星發狠。怎麼一個兩個的都看不起他啊。

第九章

「妳說什麼？妳和永星定了這種賭約？妳怎麼敢！」林太太兩眼冒火地看著拾娘。

她萬萬沒有想到拾娘竟然有這麼大的膽子，居然敢刺激兒子和她定下賭約。她昨晚是很生氣兒子用絕食這一招來威逼自己，也做出一副絕不妥協的樣子，甚至還把事情做到絕；但那是在氣頭上，等到氣歇了之後，她又開始心疼起來。雖然沒有主動的讓步，但也吩咐下去，今早清熙院的一切都照舊了，可是沒有想到的是，拾娘居然不徵求她的意見，就和兒子定了那樣的賭約。

拾娘冷靜看著發怒的林太太，一點都不為林太太的樣子而動搖，還平靜道：「太太這是在心疼大少爺嗎？」

「我的兒子我能不心疼嗎？」林太太看著拾娘，忽然有些後悔把這麼一個有個性的丫鬟給留下來了，她或許很不錯，卻並不合適留在林府。

「大少爺好像還沒有考童生試，對吧？」拾娘沒有就心疼不心疼的話題繼續糾纏。今天早上看到輕舞從廚房領回早飯，她就知道林太太所謂的一起餓肚子不過是說說而已。也正是因為這樣，她才透過周嬤嬤在第一時間見到了林太太，並把自己和林永星之間的事情全盤托出。她相信就算自己不說，清溪也會向林太太告自己的狀，與其讓她討好了林太太，讓自己落到被動的境地，還不如爭取主動。

「這和妳的膽大包天有什麼關係？」林太太看著拾娘，雖然還是滿臉的氣惱，卻也緩和了一些。林永星到現在都還沒有去考童生試是她的心病之一，他今年已經十四歲，按理來說早應該去考童生試了；可是先生直接說了，林永星聰慧有餘，努力不足，就算去考了，通過的把握也不大，建議等他再安心讀兩年書再說。林老爺因為這個還對林太太發了一通脾氣，說都是她把林永星給寵壞了，所以他才不專心讀書；也是因為這個，林太太才會在得知花溪勾著林永星不好好讀書後，把花溪給發賣得遠遠的。

「大少爺養尊處優，一帆風順習慣了，一點苦都不能吃；但讀書，尤其是在沒有感受到讀書的樂趣之前，那就是一件枯燥乏味又辛苦的事情，能夠熬過這一坎的人，至少要有一定的毅力。大少爺聰慧不用說，各方面的條件也是極好，唯獨沒有恆心毅力。奴婢與大少爺這個賭約一來是希望藉此機會，讓大少爺不得不將奴婢留在清熙院，二來也是想藉這個機會鍛鍊大少爺。要是大少爺能夠堅持完成與奴婢的賭約，我想下點狠心，好好讀書也就是件很簡單的事情了。」拾娘看著林太太，看她的臉色越來越緩和，又道：「聖人也說過：『天將降大任於斯人也，必先苦其心志，勞其筋骨，餓其體膚，空乏其身，行拂亂其所為。』太太對大少爺抱的希望越大，就越是應該狠下心來讓大少爺多吃點苦頭。」

林太太沒有讀過書，也不知道聖人有沒有說過這一番話，更不知道這番話應該怎麼解釋，但是她想當然認為拾娘一定不敢用聖人的名頭來騙人。因為對聖人的敬畏，也因為這一番話其中的道理，讓她對拾娘的作為有了一點點認同，臉上的表情也就更緩和了。

拾娘一看她的表情，就知道她已經在思考自己這樣做是不是對的，又加了一把勁，道：「奴婢知道太太定然十分心疼大少爺，擔心把大少爺餓出一個好歹來；可是太太，當娘的有的時候不得不狠心啊，您不希望有一天被人說您慈母多敗兒吧？」

慈母多敗兒。林太太被這句話刺激到了。林老爺當日就是用這句話將她狠狠地責罵了一頓，然後甩袖離開，之後一直在齊姨娘那個賤人那裡留宿，讓自己沒臉，也讓那個賤人愈發輕狂起來。

「妳說的似乎也有幾分道理，不過……」儘管心裡已經認同了拾娘所為，但是林太太心裡還是有些不舒服，總覺得拾娘的膽子似乎太大了一些，擔心這一次放任了她，以後不好收拾。

「太太放心，以後一定不會再發生這樣的事情。」不用林太太把話說清楚，拾娘就知道她心裡大概的想法。沒有一個主子喜歡膽大包天的下人，誰都一樣。事實上，如果不是因為她有另外的打算的話，她也不會用這樣的險招。

「希望是這樣。」林太太心裡舒服了一些，點點頭，然後道：「看在妳也是為了大少爺考慮的分上，這一次就暫且不多追究了；不過，妳要記著妳剛剛說的話，這樣的事情絕不能再有下次。」

「是。」拾娘恭恭敬敬地應著。這樣的事情自然不會再有，要是林大少爺有幾分血性，真的遵守了賭約，那麼她能夠順順當當留在清熙院不說，他的性格也能有些許的變化；但如果他連這麼一個小小的賭約都不能遵守，而是在自己看不到的地方填飽了肚子回來的話，自己也不妨照著賭約向林太太請辭——連這點苦都受不了的人，也難有什麼好前途，跟在這樣的人身邊，也不能靠他達到自己的目的，還不如早點走，免得浪費自己的光陰。

「好了，妳先下去吧。」林太太嘆了一口氣，不想再多說什麼。

「是，太太。」拾娘知道林太太這一關自己暫時過了，只要不要再出什麼意外，自己就不會有什麼大麻煩。

「妳說永星會不會餓出什麼毛病來？」林太太還是很擔心兒子的健康，他從小到大就沒有挨過餓，就算前幾年到處亂糟糟的，也不過是吃得稍微差了一點而已。

「太太您放心，不會的。」王嬤嬤也被拾娘的膽大妄為嚇了一跳，但是事到如今也只能是打著哈哈了，她乾笑著道：「外面有那麼多的餐館酒樓，餓不著大少爺的。」

「如果他真的在外面吃飽了再回來的話，我也就不指望他上進，有出息了。」王嬤嬤的話讓林太太忍不住嘆了一口氣。拾娘雖然沒有說更多，但是她還是聽出了其中的意思。讀書可不是隨便讀著玩玩就能有成就的，要能吃苦，還要能夠耐得住寂寞，也正是因為聽出了這一點，她才會輕輕放過拾娘。

「太太？」王嬤嬤卻沒有想那麼多，她驚訝地看著林太太，不明白一向以兒子為傲的她怎麼會說這樣喪氣的話。

「他要輸了，我一點都不會意外，也不會難過，只要他能堂堂正正地認輸，他還是我的好兒子。但如果連這麼一點小事都要用手段的話……」林太太輕輕地搖搖頭，道：「那麼，還有什麼是他不能用手段的？可是有些事情並不是有手段就能成的啊。」

王嬤嬤能夠聽懂林太太其中的意思，卻不好把這話再接下去，只能訕訕一笑，忽然想起一件事情，道：「太太，楊柳剛剛在門外晃悠，我出去問了一聲，她不知道從什麼地方知道了賭約的事情，擔心對大少爺不好，所以特意過來向您稟告。但是拾娘在場，她不好直說，只能是讓我轉告了。」

「是清溪那丫頭告訴她的吧。」林太太頓時冷了臉。她對清溪是一點好感都沒有，恨不得讓她像花溪一樣，遠遠發賣了出去；可是一來清溪是老太太賞的人，二來她也知道清溪是林永星眼前最得意的丫鬟，不想因為處理她和兒子鬧僵，只能暫時容了她。

「應該是吧。」王嬤嬤笑笑，道：「清溪和楊柳一向走得近，她有什麼事情不都是透過清溪知道的嗎？」

「那也是因為老太太去寺裡還沒有回來的緣故，要不然的話，她怎麼還能想得起我來呢？」林太太冷嗤一聲，相比起拾娘的坦蕩，一向都只會在暗地裡給人使絆子的清溪愈發讓她看不起了。

王嬤嬤笑笑，聽這話就知道林太太對清溪愈發不喜歡起來，對主動找林太太坦白的拾娘也多了一絲佩服——要是她沒有搶了先機的話，別說是說服林太太旁觀，恐怕這會兒該吃板子了。

「讓周嬤嬤盯緊她一點，別讓她再出什麼么蛾子（注）。」林太太也不需要王嬤嬤接什麼話，想了一下吩咐了一聲。暫時不能奈何清溪，也只能盯緊她一點了。

「是，太太。」王嬤嬤笑著點頭，心裡卻在想，周嬤嬤聽了這樣的吩咐一定會很高興的……

第十章

餓肚子的滋味真的不好受。

林永星捧著發出雷鳴般響聲的肚子，滿臉愁苦地上了馬車，有氣無力地對柱子道：「回府。」

回府？還不去吃東西？柱子眼睛瞪得大大的。林永星能夠在學堂裡堅持一天已經讓他意外了，覺得大少爺這一回受了大刺激，難得認真了；而現在，他只覺得林永星被妖魅附體，才會有這般反常的行為舉止。

「少爺？」柱子小心翼翼地看著林永星，很想知道眼前的人到底還是不是自己所熟悉的那個大少爺。

「什麼都別問，我什麼都不想說。」林永星連多說一句話的力氣都沒有了。他知道柱子一定很驚訝，但是他沒有力氣，也沒有那個必要和柱子解釋什麼，他閉上眼，想要保存自己最後的體力。

林永星能夠熬到現在，一開始是被眾人對他的不信任刺激到了，而後則是被董禎毅又是鼓勵又是玩笑的話弄得下不了臺階；而到了現在，他卻是被餓得刺激出了幾分血性——他就

注：么蛾子，意指鬼點子、壞主意。

不信，他這麼一個大男人連拾娘那樣的纖弱女子都比不上。

「是，少爺。」林永星簡單的一句話，卻讓柱子聽出了其中的火氣。他知道，養尊處優的大少爺雖然沒有氣力，但卻有很多火氣，自己最好還是乖順一些，不要多話，要不然惹惱了他的話，最倒楣的一定是自己。

馬車一路暢通地回到林家，才進二門，清溪就帶了一絲委屈地迎了上來，看著萎靡不振的林永星，又是疑惑又是心疼道：「少爺，這是怎麼了？早上出門的時候都還好好的，怎麼現在卻成了這副樣子？」

我怎麼了妳不知道？林永星一皺眉頭，本能覺得清溪這是明知故問，但是不知為什麼，鬼使神差之間，將到嘴邊的話給嚥了下去，反而是看著面上委屈，精神卻著實不錯的清溪，淡淡地道：「沒什麼，只是精神不大好而已。對了，娘今天沒有為難妳們吧？」

「太太一向仁慈，怎麼會為難我們呢？」清溪笑盈盈地搖搖頭，道：「少爺剛走不久，廚房就讓人送來了少爺的早飯……太太一向心疼少爺，一定後悔昨晚的事情了，也別因為拾娘的事情和太太鬧彆扭了，一會兒還是過去和太太說個軟話，別這麼倔著了。」

「這件事情我心裡有譜。」林永星臉色不豫地看了清溪一眼，然後問道：「那妳們今天都吃了飯吧？莫拾娘有沒有吃東西？」

「少爺今天一定在擔心奴婢們受苦吧？」清溪帶著自以為是的感動，臉上的表情愈發溫柔了起來，輕聲道：「太太都已經不再生少爺的氣了，自然不會讓奴婢們挨餓，早飯都已經領到了。至於拾娘妹妹……她倒是沒有和奴婢們一起用飯，不過，我看她的精神好像還不錯，現在也還在書房裡忙著收拾，也不像沒有吃東西的樣子。」

也就是說除了拾娘之外，其他的丫鬟都沒有挨餓，所謂的同甘共苦不過是笑話。林永星偏頭看了一眼清溪，心裡升起淡淡的失望，但是轉瞬自嘲地笑笑。他有什麼好失望的，清溪一定不相信，自己真能堅持一天不吃東西。

「少爺……」清溪看著林永星的樣子，心裡忽然有些躊躇起來，試探著問道：「少爺不會是認真了，然後一天都沒有吃什麼東西吧？」

「是。」林永星點點頭，然後帶了些冷意道：「妳是不是覺得我這樣做很傻？」

「怎麼會呢？少爺這樣做，自然有少爺的道理，奴婢不管怎樣都不會懷疑少爺的。」清溪確實是覺得林永星在犯傻，但是她這會兒卻看出林永星的心情很不好，自然不能像平日一樣說話。

她的話也讓林永星聽了很順耳，臉上浮現一絲笑容，清溪一看就知道自己的話說對了。

「好了，妳把拾娘叫過來，我有話想問她。」說話間，兩人也到了清熙院的門口，林永星簡單吩咐了一聲——他自然不是有話想要對拾娘說，而是想看看餓了一天的拾娘狀態如何，再考慮自己要不要主動認輸。

「是，少爺。」清溪答應一聲，稍微遲疑了一下，輕聲道：「少爺，如果實在是不願意拾娘留下來的話，也有其他的辦法，沒有必要非要用那種傷害自己身子的辦法？」

「喔？妳有好辦法？」林永星不是很感興趣地隨口一問，他現在要賭的是一口氣，將拾娘趕走忽然變得不重要了。

「老太太一向對少爺千依百順，只要少爺向老太太求了這件事，拾娘的去留還不是老太太的一句話？」清溪輕聲提醒著。她相信楊柳定然會將拾娘以下犯上和林永星立下賭約的事情，原原本本地傳達給林太太，可是林太太那裡一點反應都沒有，這讓她覺得很是不妙，她愈發覺得拾娘不能留，所以思索再三，她覺得只能走老太太的路子了。

「然後呢？」林永星臉色微微一沈，道：「妳沒有想過，要是祖母發了話，對娘來說意味著什麼嗎？妳一向聰明，怎麼能想出這麼笨的主意？拾娘的事情不准妳向祖母提一個字，我和拾娘的賭約也不准對任何人提起，明白了嗎？」

「是，少爺。」清溪眼眶都紅了。林永星從來就沒有用這麼嚴厲的語氣和她說過話，這可是第一次，讓她格外難以承受。

「好了，泡一壺茶，然後把拾娘叫過來吧。」林永星心裡煩躁，又被餓得兩眼發昏，哪裡還有心思看她的表情？就算看到了，恐怕也沒有氣力照顧她的情緒，回房坐下，直接吩咐一聲。

「是，少爺。」清溪更委屈了，帶著紅眼圈出了門，想了想，讓碧溪過去叫拾娘過來，而她則難得勤快地親自給林永星泡茶去了。

「少爺，您叫奴婢來有何吩咐？」看著神色萎靡的林永星，拾娘神色自若地問道，她的精神飽滿，一點都沒有餓了整整一天一夜的樣子。

「妳……」林永星剛說出一個字，就被肚子裡傳出來的雷鳴聲給打斷了。拾娘聽著那熟悉的聲音，忍不住莞爾。林永星看見她的笑，帶了三分羞七分惱地輕斥道：「有什麼好笑的？妳沒有聽過這種聲音啊。」

「那倒不是。」拾娘搖搖頭，很直接地道：「先父帶著拾娘從京城逃出來的時候，餓肚子是慣常有的事情，很熟悉這種聲音。只是，拾娘沒有想過能聽到大少爺的肚子發出這種聲音而已。」

「妳以為本少爺會在妳看不見的地方玩花樣嗎？」林永星恨恨道，這個時候的他完全忘記了自己曾經有過的念頭。

「說實話，拾娘確實是有過這樣的念頭，不過現在看來，那是拾娘以小人之心度君子之腹，拾娘錯了，還請大少爺責罰。」拾娘坦坦蕩蕩地向林永星認錯。

「算了，我自己也沒有想到自己能夠堅持下來。」拾娘的態度讓林永星反倒不好意思多說什麼了，他輕輕一揮手，然後帶了幾分好奇地問道：「我聽清溪說妳今天也是什麼都沒有吃，可是為什麼妳的精神卻還是這麼好？」

「奴婢以前吃過很多苦，別說是餓一天、兩天，就是三、五天也被餓過，自然知道沒有吃食的時候，應該怎樣才能保持體力和精神，所以，和大少爺立這賭約的時候，奴婢才會那般篤定大少爺輸定了。」拾娘直言不諱，然後看著恍然大悟過來，有些憤怒的林永星道：

「大少爺，奴婢從來不會打沒有把握的仗，更不會因為一時衝動，和人立下必輸的賭約。」

「妳是想說我太衝動，禁不起挑撥，一點就炸，對吧？」林永星瞪著拾娘，覺得眼前的拾娘怎麼看都不順眼──和她臉上的胎記無關，純粹是眼前的這個人實在是讓人看不順眼。

「難道不是嗎？」拾娘好整以暇地看著炸毛的林永星。

林永星微微一怔之後，噗地一聲笑了。自己的舉動不剛好證明自己太衝動了嗎？

「好吧，我認輸。」到了這一步，堅持似乎也成了多餘的東西，林永星乾乾脆脆認輸，帶了一絲從未有過的灑脫，卻又恨恨地瞪了拾娘一眼，道：「但是，妳給我記住，這並不表示我就心甘情願接受妳留在清熙院。妳最好不要犯在我手裡，只要被我抓到妳的錯，我一定把妳攆出去。」

清溪進屋，正好聽到最後一句話，她臉上帶了嗔意，道：「少爺，怎麼這麼大的火氣？奴婢泡了少爺最愛的龍井，先喝口茶吧。」

清溪一邊說著一邊給林永星倒茶，當然也不忘抽空給拾娘一個眼色，示意她不要惹林永星生氣。

林永星端起茶杯，隨意喝了一口，眉頭就皺了起來，問道：「今天這茶的味道不對，是好茶用完了嗎？」

清溪愣住，有些不知道該如何回答，她能說往常都是碧溪泡好了茶，她端進來，而今天卻是她親力親為的，所以才有了差別的嗎？

好在林永星也就隨口抱怨一聲，沒有繼續追問。他再看看杵在那裡的拾娘，沒有好氣地道：「這件事情就這樣吧，妳晚上也不用餓著了。」

「那太太那裡，大少爺是不是該給太太一個交代？」拾娘並不放鬆地問道，然後看著不解的林永星，道：「大少爺上午離開的時候，奴婢就把賭約的事情稟告太太了……大少爺不要皺眉，奴婢這樣做也是未雨綢繆，奴婢主動交代總比讓太太從別人的耳中聽到這事情要好一些吧。」

「妳是擔心我告訴娘妳大不敬嗎？」林永星一時沒有想到拾娘要防的除了自己之外還有清溪，他再瞪拾娘一眼，道：「娘那裡我現在就過去，我自會和娘把事情說清楚，妳就不用管了。」

而一旁的清溪這才明白為什麼自己做了無用功，她狠狠地咬了一下唇，對拾娘不僅僅是不喜，更多了些顧忌……

第十一章

「兒子任性胡鬧，給娘添麻煩了，兒子給娘賠不是。」進了林太太的正房，趁著林舒雅還沒有過來，林永星端正姿態，恭敬地向林太太認錯，讓猝不及防的林太太吃了一驚，待聽清楚了他的話和背後的意思之後，林太太的眼眶都紅了。

「星兒，你終於知道自己任性了些。」林太太就這麼一個兒子，心裡難過在所難免，但也不會因為林永星的一時任性而和他計較什麼。如果林永星沒有向她道歉認錯的話，時間一長，林太太也就將它拋之腦後，但這會兒，卻讓她忍不住有些傷感起來。

「兒子讓娘失望了。」

林太太的表情和話語讓林永星的心裡也澀澀的，他沒有想到自己簡單的幾句話，會讓一向精於算計而又潑辣的林太太露出軟弱的姿態來，更多了幾分內疚，將姿態放得更低了一些，向林太太保證道：「兒子再也不會像這次這樣，像個長不大的孩子一般和娘置氣胡鬧了。」

「星兒終於像個男子漢了。」林太太欣慰看著兒子。她沒有想到不過是一天的工夫，兒子就彷彿長大了一樣，對造成這一切的拾娘也更添了幾分信任和歡喜。她笑著道：「娘盼這一天盼了好久了。」

「我本來就是男子漢，娘怎麼能說終於像個男子漢的話呢？」林永星簡單抱怨了一聲，然後又道：「娘，您放心就是，兒子以後不會再給您添麻煩，更不會給您丟臉，您就等著兒子給您爭光吧。」

「好、好。」林太太樂得呵呵直笑，道：「娘就等著你好好讀書，考個狀元郎，做個大官給娘掙個誥命，讓娘風風光光地享福。」

「狀元兒子不敢說，但是兒子一定會努力讀書，給娘掙個誥命回來。」林永星傲氣是有的，但也有自知之明，他知道以自己現在的水平，只要能夠順順利利將童生試考好，考上秀才就不錯了。至於以後，他要走的路還很長，能夠走到殿試那一關，對他來說便已經是最大的期望了。

「好，娘等著。」林太太並沒有因為林永星的話而失望，她知道自己的兒子有什麼水平，林家世代經商，雖然也有幾個讀書人，但也就出過兩個「同進士出身」的，林太太對林永星最大的希望，就是盼望他能夠得一個「進士出身」，以後謀一個官身，更多的那就不是希望，而是奢望了。

正說著，林永星的肚子裡又發出一陣響聲，但林永星神色自若。他的肚子今天已經響了一整天了，已經有些習慣這樣的尷尬了。而林太太一怔之後，笑了起來，帶著關切地戲謔道：「難得聽到這樣的聲音，還真是有些新鮮啊。星兒從昨晚到現在都沒有吃什麼東西，一定餓壞了吧？娘下午的時候吩咐廚房給你熬了些銀耳蓮子粥，你先吃一點墊墊底可好？」

「當然好。」林永星忙不迭地連連點頭，老實不客氣地道：「給我盛一大碗過來，我從來就沒有嘗試過這麼長時間什麼東西都不吃，還真是把我給餓壞了。」

聽了他的話，不用林太太特別吩咐，在一旁伺候的楊柳就給他盛粥去了，林太太則給了他一個白眼，道：「這也是你活該，誰讓你和娘嘔氣，還用不吃飯來威脅娘？餓了這麼一回，我倒要看看你以後還會不會像這樣和娘賭氣，還會不會和人打賭不吃飯，看誰堅持的時間更長？」

「我和娘置氣自然是我的不對，但如果不是被拾娘那個壞丫頭火上加油地刺激，我也不會真餓到現在啊。」雖然已經決定和拾娘冰釋前嫌，但是並不意味著林永星對她就沒有火氣了，他恨恨道：「娘，您一定不知道拾娘不光是長得不怎麼樣，還是個嘴尖舌巧，得理不饒人的吧？您知道我和她立賭約，可是您知道我是怎麼被她刺激得立下賭約的嗎？」

「喔？你是被她刺激的？」林太太帶了幾分興味地看著林永星。拾娘對她和林永星到底是怎麼打賭的並沒有細說，之前林太太既擔心兒子連打個賭都要玩花樣，又擔心兒子不玩花樣真的餓出什麼毛病來，也沒用心思多問；而現在，兒子除了得了個小小的教訓，忽然之間懂事了之外，並沒有受多少苦，她也有心思多關心一下了。

「她說我遇事只知道向娘撒嬌賣乖，娘不允的話就要賴撒潑，不像個男人，倒像個姑娘家……娘，您聽聽這是什麼話啊。」林永星憤憤道：「兒子能不憤怒，能不好好表現，讓她知道兒子也是有血性的男人嗎？」

「她怎麼能這麼說話呢？」林太太皺緊了眉頭，很是不悅地道：「她這不是在埋汰（注）我，說我把兒子當女孩兒來養了嗎？娘明明就是生了女兒當兒子養的。」

林太太前面的話林永星聽了倒還覺得舒心，心裡也有幾分得意，雖然不認為林太太會因為這麼簡單的幾句話而把拾娘從清熙院調走，但是應該也會對拾娘有些不好的印象，方便自己以後行事；卻沒有想到林太太話音一轉，也跟著激起自己來，把林永星氣得閉了嘴，不理睬林太太。

正好這個時候楊柳端了粥進來，林永星接過粥，呼嚕呼嚕地一口氣吃了大半碗。

看著林永星賭氣的樣子，林太太心底輕輕地嘆了一口氣。拾娘這話說得是挺不中聽的，可是卻說到了點上，兒子是被嬌慣得有些過了，是該吃點苦頭了，要不然的話他真的不能成大器啊。

林永星並沒有將碗裡的粥全部吃完，而是在感覺到胃裡有了東西，心裡也踏實了之後就放下碗，交給一旁的楊柳，再對一臉關切的林太太道：「墊墊肚子就好，餓了一整天，一下子吃太多也不好。」

知道適可而止了。林太太滿意地點點頭，然後道：「你和拾娘打的賭……」

「我從清熙院過來的時候就已經主動認輸了。」林永星坦然地看著林太太，一點都不覺得自己主動認輸有什麼丟臉的，但是說到這裡，他又忍不住有些忿忿，道：「娘，您不知道，拾娘真的是很奸詐。」

「喔？她又怎麼啦？」林太太可不認為拾娘奸詐，不過，她也清楚拾娘不是什麼簡單老實的人就是了——要真是個簡單老實的，或許一開始就被自己否決了，哪裡還能鬧出現在這些事情來。

「您知道她為什麼會順勢刺激我，然後和我打那樣的賭嗎？」林永星想起拾娘那副精神的樣子就覺得鬱悶，也不顧忌會不會讓林太太笑話了，恨恨道：「她說她以前經常飽一頓、飢一頓，餓慣了，別說是一天、兩天，就算是三、五天也能撐得住。她這叫做以子之長，攻彼之短，您說我能不輸嗎？」

林太太大笑起來，原來兒子還在為這件事情鬱悶不已啊。

「娘，您笑什麼呢？老遠的就聽到您的笑聲。」門口傳來嬌滴滴的聲音，卻是林舒雅帶著丫鬟過來陪林太太用晚飯，在門口聽到林太太的笑聲，就嬌笑著問了一聲，等看到和林太太坐在一起的林永星，微微一頓，恍悟道：「我知道了，一定是哥哥又說什麼花言巧語來騙您開心，希望您不要計較他昨天的行為。」

「是又怎麼樣？」林永星瞅了她一眼。

「不怎麼樣。」林舒雅撇撇嘴，道：「頂多也就覺得有些人沒出息而已，一個大男人不知道憑自己的本事給娘爭光，卻只會耍耍嘴皮子而已。」

「和妳相比起來，我是沒什麼出息。」林永星臉色難看地看著林舒雅，冷冷地道：「禎

注：埋汰，意指以刻薄之話挖苦人。

毅今年已經順利的過了童生試，在學院也深得先生們讚賞，都說以他現在的水平和勁頭，兩年後的鄉試一定能夠順利過關，說不定還能高中解元。那個時候，舒雅正好及笄，可以嫁過去當解元娘子，為林家爭光。」

林舒雅聽到林永星提起董禎毅，臉色也陰沈下來。她和董禎毅是兩年前訂的婚，可是她對董禎毅卻是半點好感都無，最恨的便是有人提起這門婚事。

「星兒，你和禎毅一向相處得不錯，最近有沒有聽他提起京城的消息？」聽到林永星提起董禎毅，林太太就關心地問了一句，然後道：「新皇登基都已經兩年有餘了，按理來說，董家也應該和京城的故交聯繫上了，可是怎麼一點消息都沒有呢？」

「娘，您問這個做什麼？」林永星皺緊了眉頭，道：「您和爹看中的到底是禎毅這個人，還是董家在京城的故交和關係啊？」

「不都是一樣嗎？」林太太嘀咕了一句，看看兒女都不大好的臉色，嘆了一口氣，道：「好了，不談禎毅便是，免得你們兩個一會兒又吵起來。」

林永星和林舒雅相互瞪了一眼，然後又齊齊把頭扭開，不理睬對方。他們在一起的時候還真是不能提起董禎毅來，只會讓原本就互相討厭的兩人，更加看不慣對方。

第十二章

「少爺，該起床了。」清溪看著聽到自己的聲音，立刻用被子將頭蒙起來的林永星，溫柔地叫著，面上無奈，但心裡卻很踏實——這才是她所認識的大少爺。

「清溪姊姊，大少爺還沒起床嗎？」拾娘不請自來，手裡拿著厚厚的一本書，看著捲成一團的被子，一點都不意外地問了一聲——林永星昨晚向清熙院的人宣布接受她留下來之後，她就向碧溪打聽了林永星的作息時間和習慣，對林永星讓人深惡痛絕的賴床自是了然於心。

「可不是。少爺就這點不好，每天起床都得一遍又一遍地催。」清溪嘆氣，然後帶了些好奇地看著拾娘，問道：「妹妹怎麼過來了？少爺早上可不讀書，不用妹妹伺候，妳可以多睡一會兒。」

「早上這會兒頭腦最是清明，是一天中讀書最好的時刻，可不能浪費了。」拾娘輕輕一笑，然後道：「清溪姊姊，妳們該做什麼就做什麼，不用管我，我自行其事就好。」

說完，拾娘便站到林永星的床頭，打開手中的書，高聲唸了起來：「子曰：『學而時習之，不亦樂乎……』」

看著拾娘一本正經地唸書，清溪和伊蓮、傲霜都愣住了，不知道拾娘這鬧的是哪一齣，而因為拾娘昨晚問過她林永星作息時間，心裡有準備，知道拾娘今天會有舉動的碧溪也很意外，不知道拾娘這又是想做什麼。不過和清溪三人不一樣的是，她悄然往後退了幾步——雖然大少爺以前沒有起床氣，但以前他可沒有被人在耳朵邊上唸書，她還是躲遠一點比較保險。

「吵死人了！」拾娘唸不到幾句，林永星就煩躁得一骨碌坐了起來，一雙帶著睡意的眼睛冒火地瞪著拾娘，呵斥道：「大清早的，妳在這裡吵什麼啊！」

他的聲音很大，火氣也很大，將站在床邊的清溪等人嚇了一大跳，齊齊往後退了好幾步才站穩，而身為始作俑者的拾娘卻神色自若，連眼睛都沒有眨一下，不慍不火道：「大少爺，這會兒剛好是您平日起床的時候，一點都不早。」

「好吧，我起床就是。」林永星第一個反應就是這些被他寵壞了的丫鬟想出了新招數對付他賴床——為了讓他順利起床，清溪等人想過了無數的招數，不過作用都不大就是。

看著滿臉無奈，帶著未消睡意，伸著手讓人伺候他更衣的林永星，清溪飛快地瞟了一眼拾娘，心中警鈴大作，但手上的動作也不慢，熟稔地為林永星更衣。

拾娘目不斜視，對她來說，林永星是決定起床還是繼續賴床並沒有什麼區別，繼續抱著書往下唸：「溫故而知新……」

「我的姑奶奶啊，妳能不能不要唸了，我頭疼。」林永星無奈看著拾娘，最後一絲睡意也被她的魔音穿耳給嚇走了。他看著拾娘道：「我這回真的是清醒了，妳不用再唸了。」

「大少爺，這會兒是記性最好的時候，不管是自己看書還是聽人唸書，都是極好的。」拾娘認真地看著林永星，很有責任感地道：「我是專門來伺候大少爺讀書的，自然不能眼睜睜地看著大少爺把這個時間給浪費了。大少爺不用管我在唸什麼，也不用特別地聽和記，該做什麼就做什麼，當我不存在就好。」

「妳……唉……」林永星只覺得眼前的拾娘就是一個魔星，他唉聲嘆氣道：「我在學堂整天入耳的都是之乎者也，回到家之後，妳就讓我清靜清靜吧！」

「大少爺，不是奴婢不想給您清靜，而是您的時間實在是不充裕了。」拾娘看著林永星道：「下一次童生試還有半年時間，沒有人指望您在童生試中一鳴驚人，讓人稱您為天才，但是也不能連童生試都不能一次通過，繼續操童子業吧！」

「妳也說還有半年，不急在這麼一個早上吧？」林永星頭大地看著拾娘，想當然把拾娘的舉動歸結到是受了林太太的指使，要不然的話，誰願意一大早忙碌啊。

「奴婢自然不會只在意這麼一個早上的時間。」拾娘看著林永星，一本正經道：「以後每個早上，奴婢都會在這個時候過來為少爺唸書，希望少爺從今天開始習慣。」

「什麼？」林永星暴跳起來。每個早上？那他豈不是不能賴床了？他不顧清溪為他穿了一半的衣裳，衝到拾娘面前，終於對她臉上的胎記視若無睹了。他指著拾娘的鼻子道：「不可以。絕對不可以。半點商量的餘地都沒有！」

「奴婢沒有和您商量，奴婢只是在告知您有這麼一回事。」拾娘還是不慌不忙。短短的

一、兩天時間，已經讓拾娘瞭解到，林永星是被嬌慣了些，身上有大多數富家子弟的壞習慣，但是他的生性良善，就算是不滿也不會用什麼過激的手段，自然有恃無恐。

「妳……」知道自己嚇不到拾娘，林永星只好忿忿地將手指收回，然後氣惱道：「我自己去和娘說……」

「大少爺忘了您昨天才向太太道歉的嗎？」拾娘涼涼地道：「奴婢相信大少爺一定說了很多讓太太歡喜的話，說自己會勤讀苦練，會順利通過童生試，乃至鄉試、會試，甚至殿試，讓太太以您為傲，為林家光宗耀祖……難道睡一覺起來，您就忘了那些話嗎？或者，那些話原本就只是說了讓太太歡喜的，大少爺根本就沒有想過自己能有那麼風光的一天？」

雖然不知道昨晚林永星和林太太到底說了些什麼，也沒有人和她通聲氣，但是拾娘卻還是能夠想得出來大概的內容，自然不會忘記用這個來刺激林永星了。

「妳……」林永星很想發怒，可是看著拾娘從容的姿態也明白，如果那樣的話拾娘不但不會害怕，反而可能拿這個來說自己。他只能無奈地嘆了一口氣，妥協道：「那也不能不讓我安安穩穩地休息吧？」

「大少爺用飯、陪太太、老爺說話、散步以及睡覺的時間，奴婢自然是不會殺風景地打擾您。」看到林永星退讓，拾娘自然要把握時機，順勢再進一步。

林永星一愣。這又是什麼意思？自己有意讓步，她不是應該也退一步，然後達成大家皆大歡喜的協定嗎？怎麼她卻有變本加厲的趨勢？

「從今天開始，大少爺從正房用過晚飯回來之後，請大少爺到書房，不管是看一會兒書，練一會兒字，還是聽奴婢為您唸書都可以。」拾娘朝著林永星燦爛的一笑，讓他在那一瞬間有了看到妖魔的錯覺，她卻渾然不覺地道：「奴婢相信，只要這樣堅持下去，大少爺的學業一定能夠突飛猛進的。」

「我不同意。」林永星怎麼都忍不住了。這算什麼？除了吃飯睡覺之外，自己剩餘的時間全部用來學習？他怎麼可能忍受過這樣的生活。

可是，拾娘卻已經不想和他討論這個了，她原本就是告知而不是商量，自然不會和他再多說什麼，自顧自地又開始唸書。她的聲音原本就很好聽，又能很好地掌握句讀和音律，讀得抑揚頓挫，很是悅耳，就連徹頭徹尾對她就沒有好感的清溪也不得不承認這一點。

這算什麼？這算什麼？林永星氣得跳腳，但是卻開不了叫人把拾娘拖出去的口，只能鬱悶地一邊洗漱，一邊聽著對他來說猶如魔音的讀書聲，直到洗漱完，用過早飯，離開清熙院方覺得耳根清淨。

「拾娘，妳真是太厲害了。」四下沒人的時候，碧溪朝著拾娘伸出了一個大拇指。她從來就沒有想到有人能把林永星逼得落荒而逃地離開清熙院。

「這是我的本分，無所謂厲害不厲害。」拾娘微微一笑，不覺得這有什麼大不了的——她不過就是拿準了林永星的本性良善和林太太望子成龍的心理，知道這樣做林永星或許會不滿，但卻不能給自己實質上的傷害。而林太太要是知道這件事情，不但不會責怪，反而會大加讚賞。

「真希望妳這樣做能有用。」碧溪嘆了一口氣，道：「少爺人好，性格好，人也聰穎，剛啟蒙的時候，先生都說他學得快，一定能夠考狀元，為林家光宗耀祖。可是，這樣的話已經很多年沒有人說了，只說少爺性子活潑了些，需要沈下心來苦讀。」

「碧溪姊姊很希望大少爺考中狀元？」拾娘饒有興味地看著碧溪。她知道像碧溪這樣的貼身大丫鬟最有機會成為主子的姨娘，飛上枝頭成為半個主子，可是從這兩日來看，碧溪卻又不像有那樣的心思，要不然她也不會讓清溪遮掩了自己的風采，成為那個似乎可有可無的角色。

「說實話，中狀元不指望。」碧溪搖搖頭，道：「望遠城那麼多的讀書人，這麼幾十年來也就出了董老爺一個狀元，林家又不是什麼書香世家，少爺要中狀元還真的是不大可能，只希望少爺能夠中進士就好。太太以前說過，只要少爺有出息，伺候他的都有功勞，不但給我們賞錢，還會給我們一個好歸宿。」

是個聰明人，看來以後可以和她稍微親近一些。拾娘在心裡下了結論，也將碧溪當成她在清熙院可以交好的第二個人。

第十三章

「星兒，飯吃過了，飯後的茶水也用過了，時間也不早，該回去了。」林太太看著林永星，眼中滿滿都是笑意。早上清熙院發生的事情，周嬤嬤原原本本地告訴了她，她聽了之後，最直接的反應就是大笑起來，覺得拾娘的舉動甚合她意，不但把拾娘叫過來好好誇獎了一番，還吩咐針線上單獨為拾娘做兩套衣裳，算是對她的嘉獎。

「娘，您不希望我多陪您說說話嗎？」林永星實在是一點都不想回去，他不用想就知道，拾娘定然已經拖了一本書等著摧殘他的耳朵和腦子了，他覺得自己在林太太這裡多待上一會兒，回去之後直接睡覺會比較舒服。

「娘自然喜歡你陪我，但是娘更希望看到你努力上進的樣子。」林太太看著林永星，道：「你應該知道，娘現在最大的希望就是看到你成器。」

那也不急在這一時半刻啊！林永星看著林太太，帶了一絲狡賴地道：「我剛剛吃撐了，想多坐一會兒。」

「星兒，昨晚你爹和娘說起永林，他說永林到明年年初也該有十一歲整了，他現在的私塾先生說他不但聰穎過人，而且很用功，比起同齡人來優秀很多，還說他已經不適合在私塾和那些孩子一起唸書，應該讓他到更好的環境，受更好的先生的教導。你爹說，等到過完年也讓他去望遠學堂唸書。」林太太沒有催他，反而對他提起庶子林永林，這也是上午得了拾娘的提醒，她才決定這樣做的。

林永林是齊姨娘所出，而齊姨娘一直以來都是林太太的一塊心病。林太太的娘家姓陳，和林家一樣，也是世代經商的人家，不過陳家不在望遠城，而在百里以外的贛城，陳林兩家一直都有生意往來，林太太還沒有及笄就和林老爺訂了婚。

林太太和林老爺成親時，正值林家風雨飄搖——林老爺的父親因為做生意失敗，不但血本無歸，還欠下一大筆外債，都已經被逼到想要賣房產和田產還債的地步；未滿十六歲的林老爺力挽狂瀾，努力爭取了一些交情好的債主的通融，再用房產、田產為抵押，從錢莊借了一筆錢，購了一批瓷器和絲綢去了海上，經歷了兩年的風吹浪打，帶回了大量的珠寶、香料和黃金，不但將所欠的債務還清，還重現林家的輝煌。

當初林家家道中落、內外交困的時候，林老爺的父親曾經有過退婚的念頭，不希望連累老友的女兒嫁進門來受苦受累，他甚至都已經帶著林老爺到陳家商議退婚事宜。陳家當年對這件婚事也頗有些悔意，要知道陳家人丁本不興旺，林太太又是嫡長女，在家中極受重視，自然也不願意她嫁到林家受苦。

但是和所有世代經商的人家一樣，陳家最重視的也是信譽兩字，自然不好主動提及退婚，見林家這般識趣，林太太的父親自然是一口同意，是林太太自己堅決不同意退婚，甚至放出話來，要是退了親事，她便剪了頭髮去做姑子，陳家這才放棄了退婚的念頭。

在林老爺決定孤注一擲的時候，林太太更不顧父母雙親的反對，在林老爺出海之前匆匆和他成了親，成為林家的當家少奶奶。

在林老爺出海的兩年間，林太太一邊在家伺奉兩老，為病逝的公公送終，一邊操持著家中不多的田產和鋪面，經營著自己的陪嫁鋪子，熬過了艱辛的兩年。

因為這些原因，林老爺對林太太很是尊重，但是再怎麼尊重，林老爺在林永星兩歲那年，還是納了一房妾室，就是林永林的生母齊姨娘。

齊姨娘是秀才之女，自小也跟著秀才爹讀了幾年的書，不但識字，時不時還能吟幾句詩，加上為人伶俐，很得林老爺的歡心。她生了兒子之後，林老爺甚至不顧林太太的感受，讓她親自教導。而她對林永林很是嚴厲，林永林雖然比林永星小了三歲多，卻比林永星還老成幾分，讓林老爺十分重視，總覺得這個庶出的兒子會比嫡子更有出息，也覺得林永星之所以年長幾歲，卻沒有林永林那般的懂事知禮，都是被林太太嬌慣過了。

聽了林太太的話，林永星微微一怔。明年進望遠學堂？那比自己還早一年，他是在十二歲之後才進望遠學堂，無形之中，他又被庶出的弟弟比了下去。

「星兒，你應該明白，你爹對我雖然仍舊很敬重，但是他對齊姨娘也很重視，而你祖母……唉，不用我說，你也知道，她對我並不怎麼喜歡，總覺得你爹和你叔叔、姑母生分，都是我從中作梗。」林太太看著林永星，疲憊地嘆了一口氣，道：「明年二月的童生試，對你來說至關重要，娘希望你能一次通過，也讓你爹看到你的進步。」

「那也沒有必要這麼緊鑼密鼓吧……」林永星自然知道這些事情，也知道母親的難處，但是他散漫慣了，一下子要勤奮起來實在是很不習慣。

「雖然你爹沒有說，但是我卻知道，齊姨娘已經在為永林的童生試做準備了，或許是明年，也或許是後年，就一定會參加童生試。如果明年他和你一起參考，你說人家會怎麼說？你要是順利過了尚好，要是過不了的話……」林太太搖搖頭，苦笑道：「你爹必然不會說你不聰明，但是肯定會說你不用功，被我給寵壞了，說我慈母多敗兒。娘真的不想聽你爹說那些傷人的話，更不希望聽到有人說你不如什麼人的話。」

林永星沈默了。雖然他一直以來都知道齊姨娘母子的存在給林太太帶來了壓力，也知道林老爺慢慢開始偏向齊姨娘母子，但是林太太從來都沒有在他的面前抱怨過這個，他也就從來沒有過像現在這般直接的感受。

「娘以前一直都覺得你還小，不想給你太多的壓力，可是現在……你爹當年不過十五歲就承擔起沈重的債務，冒死出海，搏下林家的萬貫家財和如今的富貴。」林太太看著林永星，道：「要是可以的話，娘也不希望給你什麼壓力，但是娘不可能一輩子庇護著你，讓你一輩子都無憂無慮啊。」

「娘，兒子明白了。」林永星不期然地想起拾娘早上說自己說那些讓林太太歡喜的話不過是有口無心，他很慚愧地看著林太太。想也知道，母親定然承受了很大的壓力，要不然她也不會在自己面前示弱。他咬咬牙，道：「娘，您放心，兒子不會讓您失望，從今天開始，兒子就把所有的心思放在學業上。別的兒子也不向您保證了，兒子只說一事，那就是明年的二月，兒子一定順順當當地通過童生試，不讓人在您面前說長道短。」

「嗯。」林太太看著兒子點頭，覺得拾娘說的沒錯，兒子已經長大了，不能一味地護著他，是該給他一些責任壓力，讓他學會承擔責任的時候了。

「兒子先回去了。」林永星不再賴著不走，站起身來，道：「趁時間還不晚，兒子還可以稍微看一會兒書再睡覺。」

「去吧。」林太太滿臉欣慰地點頭，心底歡騰起來——只要兒子真的用功起來，就算比不過董禎毅那種有天分、從不倦怠的，也不會輸給別人，尤其是不會讓妾室生的給比下去！

第十四章

林永星覺得自己的生活一夜之間就成了一場悲劇。

「大少爺，該起床了。今天奴婢給您讀的是《離騷》。」

早上，林永星還沒有睡醒，清溪、碧溪才帶著迎春等人進門叫他起床，準備伺候他梳洗的時候，拾娘就一身清爽地站到了他的床頭，用中氣十足的朗朗讀書聲揭開一天的序幕。

「大少爺，您回來了。用晚飯還有半個時辰，您是不是先到書房練一會兒字？奴婢已經為您準備好了筆墨紙硯。」

這是林永星從學堂回來，才換下沾了一身塵土的衣裳，還沒有來得及坐下來喝了一口茶，拾娘不知道又從什麼地方冒了出來，態度恭敬，語氣恭敬，說出來的話也很恭敬，可是林永星真的感受不到她的恭敬。

「大少爺，這篇文章您背得還不大流暢，有些地方還會記不清楚，趁著這會兒還有點時間，奴婢再給您唸一遍，有助於您的記憶，或許您明早醒來之後，能記得更清楚一些。」

這是林永星都已經在洗漱，準備就寢的時候，一刻都不願浪費的拾娘對他說的話，然後不管他是不是同意，就朗聲唸了起來。

「大少爺，今天秋高氣爽、風和日麗，確實是出遊的好時節，可是您不覺得這樣的好時光用來讀書更合適嗎？」

這是好不容易有一天休息，準備出門逛逛的時候，神出鬼沒的拾娘擋在清熙院或林府的二門口對他說的話。

「大少爺，奴婢知道您每日讀書，很是倦怠，可是您應該明白，讀書猶如逆水行舟，不進則退的道理。這樣吧，奴婢也不為難您，您就在書房多待半時辰，多看半個時辰的書，把浪費的時間補回來吧。」

這是林永星在看不過眼的清溪等人掩護下，順利「越獄」之後，回到清熙院見到的「晚娘」拾娘。

「大少爺……」

「大少爺……」

林永星現在最怕聽到的就是「大少爺」這個稱呼，最怵的就是拾娘，怕極了無處不在的拾娘，他所有的時間，除了吃飯睡覺散步之外，全部被拾娘利用起來，不是看書背書就是練字，不是寫策論就是做釋義，而不管是哪一種，拾娘總是在他身邊徘徊，然後不時地出聲。

「大少爺，這個字你唸錯了。」

「大少爺，您少背了一段，那一段是……」

「大少爺，您的字乍看起來不錯，再仔細一看，全無精氣神。寫字務必做到力透紙背，可是您呢？軟趴趴的，一點力道都沒有，像是沒有吃飯一樣。」

林永星真是忍無可忍，所有的空閒時間都被莫拾娘利用也就算了，他知道拾娘不過是在盡本分，是為了他好，他就算覺得很辛苦，想到林太太對他的期望和林太太身上的壓力，再想想自己身為長子應該承擔的責任，咬緊牙關也就認了。可是，拾娘變本加厲，不但占用了他所有的空閒時間，還在一旁挑刺兒，卻讓他無法忍受。

終於有一天，林永星爆發出來了，但是結果——

「永星，你今天又怎麼了？」董禎毅好笑地看著咬牙切齒站在桌子前練字的林永星。他居然在手臂上綁了一個小小的沙包，這鬧的又是哪一齣？

「練字。」林永星從牙齒縫裡蹦出兩個字。他能說昨日休沐，卻被堵在家裡出不得門，練字的時候又被拾娘一頓打擊，悲憤之下的他奮力反擊，結果卻被打擊得體無完膚嗎？

「你的字是該好好地練練了。」董禎毅贊同點頭，道：「先生不是說了嗎？不管是哪一關的考試，主考官第一眼看的不是你寫得如何花團錦簇，而是先看你字寫得怎麼樣。因為字寫得不夠好而落榜的，可是大有人在啊！」

「你是不是也想說我的字讓人看了就知道我是個繡花枕頭？」林永星瞪著董禎毅。一直以來董禎毅說什麼他都聽得進去，但是今天卻覺得分外地刺耳——他的口氣和某人實在是太像了。

「你受什麼刺激了？」董禎毅明瞭地看著林永星，雖然他們一般年紀，但是董禎毅卻比林永星要靈敏許多，一聽林永星這句帶了火氣的話，就知道他必然是被人狠狠地刺激到了。

「唉……」林永星知道自己是在遷怒，但被董禎毅這麼一問，他也有些訕訕的，放下手中的筆，不好意思道：「禎毅，抱歉，我不該衝著你發脾氣。」

「沒關係。」董禎毅笑笑。他和林永星認識不是一天、兩天，當然不會往心裡去，但是他對林永星的異常卻更好奇了。他看著林永星，問道：「你這又是怎麼了？難道你那個厲害的丫鬟又給你出什麼難題了？」

這段時間，董禎毅滿耳聽到的都是林永星對拾娘的抱怨，讓他已經形成了習慣，只要林永星有什麼異樣，第一反應就是拾娘又給他出了難題，讓他鬱悶了。

「那倒不是。」林永星搖搖頭，然後又長長嘆了一口氣，看著董禎毅道：「我只是被她狠狠地打擊了一頓而已。」

「喔？她又怎麼打擊你了？說你的字難看？讓人一看就覺得是個繡花枕頭？我記得你已經抱怨過這件事情了。」董禎毅看著林永星，努力地把臉板得死死的，生怕一個不小心就笑出聲，傷了林永星的自尊心。

「差不多就這個意思。」林永星給了董禎毅一個大白眼，道：「要笑就笑好了，別那副樣子，更讓人見不得。」

董禎毅噗哧一聲笑了出來，然後道：「我以為這麼一個多月來，你已經習慣了那個厲害丫鬟的手段，也已經被她打擊得沒了脾氣，現在看來，你被打擊得還是不夠深啊！」

「欸，你到底站在誰那一邊說話啊？」林永星瞪著董禎毅，然後又氣餒地道：「唉，說實話，我還真是已經習慣被她打擊了，可是……這回的事情不一樣啊！」

「有什麼不一樣？」董禎毅真的很好奇，看來那位厲害丫鬟的手段還真是層出不窮。

「昨天的事情有一半算是我自找的。」讓林永星最鬱悶的還是這一點，他嘆氣道：「我出門的時候又被她給堵住了，然後我一怒之下，就說她只會整天在我耳朵邊嘮叨，自己卻不見得有什麼真本事，只會像隻麻雀一樣嘰嘰喳喳。結果，她二話不說，把這段時間我背過的文章一字不漏地背誦了一遍，還把生澀的地方解釋得清清楚楚，然後還把那些我時不時會寫錯的字書寫了一遍……說實話，雖然我不怎麼喜歡簪花小楷（注），可是她寫的那一手簪花小楷還真是漂亮，透著一股靈氣和傲氣，和我的字一比起來，我寫的真是……唉。反正，我是被打擊慘了。」

「是不是覺得自己連一個丫鬟都比不上了？」董禎毅大笑起來，然後拍拍林永星的肩頭，安慰道：「其實，換個思路想想，你應該覺得高興才對，有才華的丫鬟可不多，要是我有這麼一個盡心盡力又能幹的丫鬟，說不定作夢都會笑醒呢。」

「你就說風涼話吧。」林永星沒好氣地看著董禎毅，道：「你是沒有嚐過她的厲害，才敢說這樣的話，要是知道了她的厲害……哼哼，恐怕也和我一樣，看到她就頭大三圈。」

「那可不一定。」董禎毅其實真的很欣賞如雷貫耳卻素昧謀面的拾娘，短短的一個月，林永星沒有變，還是以前那個有些散漫、有些懶怠的林永星，但是他的功課不但能夠跟得

注：簪花小楷，是清夏書紳發明的楷體。

上，甚至還有些奮起直追的勢頭，就連先生都嘖嘖稱奇，說要是能這樣下去，開春的童生試定然能夠順利通過。

想到這一切都是一個小小的丫鬟帶來的改變，董禎毅就對拾娘多了欽佩。他看著林永星道：「我覺得你啊，真是身在福中不知福，有這麼一個有才華又有手段的丫鬟，別說明年的童生試，就算是兩年後的鄉試，你也大可大著膽子去參加了。唔，要是那樣的話就太好了，起碼我們兩個能夠做個伴，一起去省城。」

「你只會拿我開心。」林永星心頭的鬱悶散了大半，自己也笑了起來，道：「要是能夠和你一起去省城參加鄉試，娘一定會歡喜得不知道該怎麼好。說實話，禎毅，我不明白你去年為什麼沒有參加鄉試，先生不是說了嗎，以你的才華，鄉試定然可以順利過關的。十三歲的舉人，聽著都讓人豔羨不已啊。」

董禎毅淡淡地一笑。他確實有把握通過鄉試，但是卻沒有把握成為解元，而他的最終目標是希望自己能夠在鄉試、會試兩場考試中大放異彩，不但拿下解元，更要拿下會元，那樣的話，最終殿試的那一關，皇帝極有可能點他為狀元，讓他成就三元及第的佳話。為了那一天，他有足夠的耐心，何況他今年才十四歲，耽誤幾年，卻能有個更好的成績，怎麼算都很值得。

「不過，也好。」林永星又笑了起來，道：「兩年後，舒雅剛好及笄，秋闈發榜之後，你正好可以和舒雅成親，來一個雙喜臨門，喜上加喜也不錯啊！」

聽到林永星提起林舒雅，董禎毅臉上的笑容淡了幾分。對於這個訂婚兩年，見過幾次面的未過門妻子，除了記得她長得很漂亮之外，董禎毅並沒有太多的印象。事實上，他並不願意這麼早就訂婚，更不願意早早成親，他的野心很大，希望有一天能夠進內閣，所以他的妻子不需要多麼漂亮，卻需要落落大方、處事不驚，起碼不能像母親一樣，遇事慌張，一旦出現變故，除了哭哭啼啼之外便束手無策，而林舒雅顯然不是那樣的人。

但是，這門婚事是母親訂下的，身為人子，他也只能認了。

第十五章

「奴婢給太太請安。」進了正房的花廳，拾娘恭恭敬敬向林太太行了一禮，心裡有些疑惑，不知道林太太特地把她叫過來有什麼吩咐。

「起身吧。」林永星的進步是顯而易見的，就連林老爺都在林太太面前說了好幾次，說他現在很有些長兄的樣子，這一切，林太太歸功於拾娘的兢兢業業。所以，她現在怎麼看拾娘怎麼歡喜，就連拾娘臉上的那個胎記都覺得順眼了。

她看著拾娘，道：「我今天早上算了一下，妳進府也有四十多天了，從來就沒有休息過，每天就跟在星兒身邊忙前忙後的，也累得慌。這樣，明兒就給妳一天的時間休息，妳要是想回城西巷的話，我吩咐守門的放行。」

「奴婢謝太太恩典。」拾娘沒有想到林太太找她過來說的居然是這件事情，她並沒有被林太太的施恩所感動──她能夠得林太太的另眼相看，還不是因為她做得好，讓林太太看到了效果，這一切都是她應該得的，而且她也不打算就這樣接受。她看著林太太正色道：「奴婢確實是很想回去看看，但是大少爺的生活剛剛調整過來，奴婢還是盯緊一點比較好。」

「妳說的也有道理，這樣吧，給妳半天的時間，等星兒出門去學堂之後，妳回去看看，趕在星兒回來之前再回來……我吩咐給妳套車，這樣的話，路上不會耽誤時間，妳也可以在家裡稍微多待一會兒。」林太太對拾娘的態度很滿意，也就更寬容了。

「奴婢謝太太恩典。」林太太這般安排，拾娘自然恭敬接受了，而她也確實很想回去看一看那個充滿了溫馨回憶的家。

「這裡有些碎銀子，還有些小東西，都是給妳的。」林太太輕輕地一揮手，王嬤嬤就笑呵呵提了一個小小的包袱給她。林太太笑著道：「那些小東西妳不一定用得上，可以拿回去送人。妳不是拜託街坊鄰居幫妳看顧家裡嗎？這麼回去一趟也不好空手吧？」

「太太為奴婢想得這麼周到，奴婢真不知道該怎麼感激太太了。」拾娘還真是沒有想到這些。莫夫子生前對她的教導不可謂不盡心，琴棋書畫、文韜武略、大局縱橫……但凡是莫夫子懂得，無一不傾心相授，但是寸有所長尺有所短，莫夫子對人性把握得極好，但是人情卻不大懂得，自然無從相傳。拾娘對人情關係也不大懂得，但是她知道林太太需要的是什麼，她看著林太太感激涕零地道：「奴婢只能盡心盡力伺候大少爺，督促著大少爺，不讓他倦怠，以報太太的恩典。」

「好了，我知道妳是個盡責的。」林太太對此很滿意，她對拾娘的期望也就這一點了，她相信，只要兒子能夠一直這樣下去，自己的期望一定不會落空。她輕輕一揮手，道：「妳先回去收拾一下，免得明天手忙腳亂的。」

「奴婢告退。」拾娘順勢告退離開，出門的時候卻迎上一個看起來很有幾分娟秀氣質的婦人，拾娘往旁邊退讓，那婦人的目光從拾娘的臉上掃過，看到她臉上胎記的時候，眼中閃過一絲探究之色，但身形和腳步都沒有停頓，朝著林太太走去。

「婢妾見過太太。」等她一走，拾娘就抬腳離開，但仍舊聽到她給林太太請安的聲音，態度恭敬而不謙卑，甚至還帶了一絲若有還無的傲氣，形成了自己特有的氣質。

原來她就是齊姨娘，林老爺的那個良妾。拾娘心裡了然，她平日除了敦促著林永星耕讀之外，只需要收拾一下書房，並沒有太多的事情，所以有大把的時間用來打聽林家的事情。清熙院中大多數的丫鬟婆子對她還是排斥甚至仇視，覺得她的到來不但打破了某些人的幻想，更打破了清熙院的平靜。但是周嬤嬤、碧溪對她卻十分地友善，雖然沒有到知無不言的地步，但是林府眾所周知的事情卻不會瞞著她，拾娘不出清熙院，卻已經將林府的大概情況瞭解得差不多了。

林家人口簡單，林老爺不是個貪花好色的，除了林太太這個正室之外，只納了一個良妾，便是拾娘剛剛見到的齊姨娘。林太太生了林永星、林舒雅兄妹兩人，而齊姨娘則生了三少爺林永林和四姑娘林舒琴，林永林今年十歲，林舒琴年紀更小，才七歲。

但是，林家的是是非非卻一點都不少。

這齊姨娘要論長相，其實並不算很出挑，和林太太比起來還是有差距的，但是她出身不差，又是個識文斷字的，再加上性格溫柔，對林老爺處處小意侍奉，很得林老爺的歡心。林太太出身於經商之家，又是家中的嫡長女，手段、心計、見識都是她比不上的；但是林太太性子堅毅，別說是伏低做小，就連對著林老爺撒嬌賣乖也覺得渾身不自在，林老爺對她尊敬有餘，恩愛卻是不足的，齊姨娘進門不到兩年，就把林老爺的心給攏了過去。

但林老爺對林太太的情分從來都是不一樣的，雖然對她寵愛有加，但是對林太太的尊重也從未改變，別說是內宅的事情從來都是交給林太太管理，自己極少過問，就連生意上的一些事情也都會和林太太商量。齊姨娘是個乖覺的，自然不會在明面上挑釁林太太的權威，對林太太一向都是恭恭敬敬，讓人拿不到半點錯處。

第一次讓林老爺插手內宅的是林永林的教養問題。林永林剛生下來的時候，林太太都還沒有拿定主意要不要將他抱到身邊養，齊姨娘就跪在林老爺面前苦苦哀求，說自己十月懷胎也是不易，希望能夠多看顧孩子一段時間。她當時還沒有出月子，林老爺憐她不易，沒有和林太太商量便點了頭，讓林永林暫時留在生母身邊。

林老爺的舉動惹惱了林太太，而那個時候正值林永星啟蒙的時候，林太太乾脆甩手不管。

林永林三歲那年，齊姨娘懷了林舒琴，林太太才和林老爺提了一下林永林，都還沒有開口說要將他抱到身邊來養，齊姨娘就因為擔心林永林的去留而導致胎動，險些流產，林老爺便對林太太說緩緩，這一緩，又緩了三年。而這三年中，齊姨娘對林永林的教導很嚴，讓林永林小小年紀就一副老成穩重的樣子，林老爺就乾脆把他的教導之責交給了齊姨娘，還對林太太說她連林永星都管不好，還是別插手林永林的事情了，把林太太氣得倒仰。

不過，齊姨娘對林太太而言雖然是夠煩心，他們母子三人是林太太的心頭刺，卻不算是最大的麻煩，最大的麻煩還是林家老太太。

林太太剛剛嫁進門的時候，正好是林家最困難的時候，林太太以一己之力撐起林家，曾經和林老太太患難相扶，按理來說就算相處得不是很好，也不會太差。但事實上，林家老太太卻一直都在找林太太的麻煩，而起因是林家二爺。

林家老太太也是個厲害的，林家老太爺和林老爺不一樣，妾室通房不少，但孩子卻不多。林老爺兄弟姊妹六人，除了一胞所出的三人之外，只有三個庶出的妹妹長大成人。長姊嫁到了本城的吳家，林二爺也在成親之後分家出去，幾個庶出的妹妹都被林老太太做主，隨便嫁了出去。

話說當年，林家姑奶奶，如今的吳太太出嫁的時候，林家雖然沒有現在這麼風光，但也沒有到風雨飄搖的地步，林家老太爺為長女倒也準備了十里紅妝出嫁。可是，她嫁出門不久，林家便因為林老太爺的失誤，幾近破落，當時就求到了親家那裡，希望看在親戚的分上給予援手。令林老太爺失望的是，吳家為了不被林家牽連，並沒有伸出援手，但這位姑奶奶倒也硬氣，將她的嫁妝能變賣的全部變賣抵押，貼給了娘家。為此，林老爺在海外的那兩年，她在夫家沒少受氣，要不是因為一嫁過去就有了喜，當年就生下一個胖大小子的話，還不知道又是什麼樣呢！

等到林家風光再起之後，林老爺自然要將長姊當年拿回來的嫁妝加倍送回去，而這位姑奶奶在夫家的位置也水漲船高，說話也大聲起來，而她和林老爺的姊弟之情也因為共患難更加深厚，不時地會回來小住幾日。

至於林二爺，卻是個讓林老爺頭疼萬分的人。

和林老爺不一樣，林二爺自小就是讀書的，而林家老太爺對他的期望也是希望他走科舉之路，為林家光宗耀祖。但這位林二爺，書讀得不怎麼樣，卻把讀書人的風雅、好的壞的都學了個八九。林老爺管是管不住，只能在他成親之後，找了林家宗族的族長和老人，請他們做主分了家，原是希望分家之後，他也成為一家之主，有些擔待，不要再蹉跎時光，好好地讀書、考取功名，可是這麼一分家，卻讓林老爺寒了心。

林老爺覺得自己是長子，又是生意人，錢財來得相對容易一些，便建議除了祖宅之外，將林家原本的家產一分為二，兄弟倆一人一份。要知道，這些財產除了祖宅之外，基本上大多數都被賣了還債，是林老爺用自己在海外得來的財富，從債主手中贖買回來的，所謂林家原有的財產，嚴格算起來都是林老爺掙回來的。

林老爺原本以為這樣的分家自己吃了很大的虧，林二爺應該很滿意，很領情的；但是讓他意想不到的是，林二爺卻覺得很不公平，覺得不管是林老爺從海外帶回來的財富也好，後來經營得到的財產也好，都是用林家的祖產賺取的，應該都拿出來分才對。

林老太太一向疼愛幼子，自然希望幼子能夠多分一些，明明知道林老爺已經很厚道了，但還是支持了林二爺的說法。無奈的林老爺只好請族長出面做決斷，結果是林老爺多分了林二爺一個鋪子，但為此，林老爺為宗族買了一百畝祭田。

五年前，戾王矯詔篡位登基，五王之亂未起的時候，林二爺耗盡家產，捐了一個官，帶著妻妾兒女離開望遠城，再無音信，也不知道是風光了、破落了，還是在五王之亂中受了牽連，已經客死他鄉了。林老太太一提起林二爺必然是淚漣漣，一邊罵幼子狠心不給她一個消息，另一邊責罵林老爺逼得骨肉兄弟遠離故土，更覺得是媳婦的錯。

也正因為這樣，林老太太平日裡沒少給林太太添堵，偏幫著齊姨娘，給她撐腰，讓她和林太太對著幹；往林永星、林舒雅房裡塞人，想把孫子、孫女攬過去，孤立林太太；至於挑林太太的不是，對林老爺抱怨她這樣、那樣更是家常便飯。林老爺雖然明白其中的緣由，但是林老太太說多了，他對林太太難免有些怨言，起碼覺得她沒有把老母安撫好，也是無能的表現。

對於這一切，拾娘除了感嘆家家有本難唸的經之外，更多的卻還是對林太太的欽佩，很想知道她到底怎麼應付這一切的……

第十六章

「拾娘姊姊，妳終於回來了！」

拾娘才跨進自家那個簡陋的小院子，一個身影就撲進她的懷裡，比身影更快感受到的是熟悉的聲音。

「二妞，我說過妳多少次了，姑娘家不要這麼冒冒失失的，一點都沒有姑娘的樣子。」拾娘一邊熟練地扶住懷裡的小姑娘，一邊帶了些訓斥的口氣道。

「我想妳了，拾娘姊姊。」二妞笑嘻嘻，雖然被拾娘從懷裡趕了出來，但是她一點都不以為意，還是拉著拾娘的袖子不撒手。

「我知道了。」拾娘伸出指頭在她額頭上重重地點了下，受不了她的孩子氣，卻又笑著回應道：「姊姊也想妳了。」

「真的？」拾娘簡單的一句話讓二妞的眼都亮了，頗有些神采飛揚的感覺。她從來就沒有聽到拾娘說這樣的話，事實上，拾娘極少對人說這種話，就連對莫夫子也一樣。

「當然是真的。」拾娘笑著摸摸二妞的頭。這是她以前不會做的動作，她對身邊的每一個人都帶了一些疏遠和謹慎，不喜歡和他們有太多的肢體接觸；而莫夫子也是這般性格，覺得她這樣做很好，不管和什麼人保持適當的距離，都是很有必要的，要不然就失去了姑娘家應該有的矜持。但是在林府這段時間，讓她不得不承認一個事實，那就是這樣做並不好——如果她是高高在上的主子，這樣做無疑是正確的，但是她現在卻只是個無依無靠的弱女子，不宜那樣做。

「拾娘姊姊真好。」二妞歡喜地拉著拾娘的手。她一直都知道拾娘很好，人好心地更好，但是拾娘對身邊的人總是有些淡淡的隔閡也是真的。剛開始的時候她還覺得害怕，不敢和拾娘接近，是後來郭槐家的說拾娘定然是因為臉上的胎記讓人嘲笑多了，才會這樣，二妞覺得拾娘挺可憐的，也就不怕她了，而和她相處的時間長了，二妞也就喜歡上了拾娘。

「看看，姊姊給妳帶什麼回來了。」拾娘打開隨身帶著的包袱。林太太賞的東西並沒有合適二妞的，但因為有了林太太的榜樣在前，拾娘在回來的路上就到糖果鋪子裡買了一點兒糖果，算是活學活用了。

「桂花糖！」接過拾娘遞過來的紙包，打開一看，二妞就又驚又喜地歡呼一聲。郭槐家的是人牙子，他們家自然比旁的街坊鄰居過得好一些，但是也不會隨便給她買糖果，她自然很開心。

「這個是姊姊專門給妳帶回來的，不過二妞可不能藏私，要分給夥伴們一起吃。」看著二妞歡快的模樣，拾娘微微一笑。曾經她也是這樣子，為了一點點好吃的東西，或許是一個熱騰騰的饅頭，也或許是一小塊舔幾下就沒有了的麥糖而歡欣不已，只是……她眼神一暗，將忽然憶起來的往事甩去，問道：「二妞是過來幫姊姊看家的嗎？」

「嗯。」二妞點點頭，笑著道：「這些天借書的人多，還有個以前從來都沒來過的人要借妳說的那些不能外借、只能在這裡看，或者是抄一本帶回去的書，我娘不放心，就讓我看著。」

不得不說的是莫夫子在世的時候，父女兩人過得也算是清苦，但是莫夫子愛書，留下最多的還是各種書籍，甚至還有一些市面上見不到的好書和孤本，一般的書什麼人都能借走，就算沒有還回來，或者是有了什麼損傷也不覺得心疼，但是那些好書卻要熟悉的人才能借。至於孤本，就算是相熟的人也不一定能夠帶走，只能在莫家簡陋的書房裡看或是抄錄一份，這些書對於莫夫子而言是寶貝，對拾娘來說，則是最深的回憶。

「是嗎？」拾娘很隨意地問了一聲，並沒有深究。城西巷畢竟只是一個平常百姓住的地方，知道這裡有個莫夫子，知道這裡能夠借到不少書的讀書人並不很多；但是讀書人之間也總是有些交流的，而這裡又有些市面上難得一見的好書和孤本，經常會有一些生面孔衝著這些書來，而拾娘也習慣了。

「嗯。不過我也不知道他能不能看得懂那些書，他比我還小呢。」二妞的話讓拾娘微微一愣。比二妞還小？二妞今年十歲，那個借書的人才幾歲，就已經要看那些自己現在雖然已經能夠倒背如流，但是卻還沒有掌握領會的書籍，他真的能看得懂嗎？

「我去看看是個多大的孩子。」拾娘難得有些好奇地道，然後牽著二妞的手就進了書房，看到一個小小的身影正伏在書案前抄寫著一本書，精神很集中，都沒有察覺到有人進來。

拾娘湊上前去一看，字寫得並不算很好，筆劃顯得有些生嫩，卻有些風骨。爹爹說過，這樣的人只要有毅力、有恒心，假以時日定然不會是池中之物。

想到這裡，拾娘便笑了，等他抄完一頁，正準備翻頁的時候道：「這位小哥請了。」男孩抬起頭來，一張稚氣的臉上是不相符的沈穩，他眼中閃過一絲迷惑，然後起身，有禮貌地一拱手，道：「請問大姊是……」

「她就是我拾娘姊姊。」二妞忙不迭地介紹著，眼前的這個小子來了五、六天了，雖然每次來都只是簡單打聲招呼，然後就埋頭抄寫，但是見得多，也熟悉起來了。

「原來是莫姑娘。」男孩恍然大悟地看著拾娘，原來這位就是那只聞其名卻不見其人的主人。他的臉上多了些敬佩，道：「小子董禎誠，這些日子都在貴府借書……莫姑娘仁義大方，令人欽佩。」

「董禎誠？小哥可是已故的諫議大夫董家的二少爺？」拾娘一聽這名字就知道面前這個不過八、九歲兒郎的來歷了。

要說這董家在這望遠城也算是很有些名聲，二十年前，拾娘口中的諫議大夫董志清曾經是望遠城最有才華的學子，他在科考之路上可謂是一路順暢，鄉試中解元，會試失利沒有高中會元，但也名列前茅。殿試時，更得先皇青睞，點了狀元。狀元及第之後，與恩師國子監祭酒的長女成親，官路也是一路暢通，先皇駕崩時已經官拜諫議大夫，可謂是榮寵一時。

可是，當年戾王矯詔登基，奉生母為皇太后的時候，不少臣工都心存疑慮，但是除了少部分人之外，大多數人面上還是恭從了所謂的遺詔，只有少數人在朝堂之上就對戾王發難，而這些人之中，就有諫議大夫。

這些人無一例外，都被戾王用雷霆之勢拿下，關進天牢，這些人的家屬東奔西跑，到處找關係營救牢中的親人，有些人經過多方周折被救了出來，但也有人死在了牢中，而諫議大夫董志清便是死在牢中的人之一。

董志清死後，董夫人在京城無法立足，只好帶了兒女回到望遠城，一來躲避董志清以前政敵的迫害，二來董志清在望遠城留下一些產業，也能讓他們孤兒寡母生活下去。當然，這位打小嬌生慣養，生性清高，沒有吃過苦又不知道人間險惡的董夫人，並沒有過上想像中平靜的生活，董家的產業都是由董家的族親和一些下人在打理，董志清在的時候，那些人自然老實本分，可董志清死了，那些人自然就沒有了忌憚。董志清留下的產業被他們以各種名目奪走，剩下的不過是東家的一處老宅子和幾處貧瘠的田地，董夫人不僅人生地不熟，還舉目無親，只能忍氣吞聲帶著孩子們勉強度日。

兩年前，今上平定了五王之亂，登基為帝之後，曾經下旨嘉獎當初那些在朝上仗義執言的臣子，其中就有董志清。宣旨的太監到了望遠城的時候，整個望遠城都為之震動。之後，那些曾經欺辱過董家母子，霸占了董家產業的人也都有些惶惶不安，擔心董家就此翻身，然後找他們的麻煩。於是那些人主動將從董家奪走的產業一一交還回去，雖然交回去的不過是些空殼子，和之前完全無法相比，但董家的日子總也好過許多。

也就是在那一年，董家大少爺董禎毅和林家的二姑娘林舒雅訂了親事，只待林舒雅及笄後成親。

「正是。」對於拾娘一口道破他的身分，董禎誠並沒有多想，而是再一拱手，道：「家兄從同窗那裡聽說這裡有不少的好書，還有些孤本，便帶著小子過來看了一遍，發現這裡確實有不少書是從未看過的好書，知道這裡的規矩，便想將這些書抄錄一遍，只是家兄每日都要去學堂，只好讓小子得空的時候過來抄錄。」

「原來是這樣啊。」拾娘輕輕一笑。這樣的事情拾娘見多了，唯一意外的是董禎誠的身分和年紀而已。她道：「這些書之所以不外借，是因為它們都是先父遺留下來的，擔心被人不小心損傷到了，但是我相信董二少爺和令兄都是愛書之人，一定會小心的。這樣吧，以後二少爺每次可以借一本書帶回去，等抄錄完了或看完了之後再換一本。」

董禎誠的臉都亮了，立刻感激地點點頭，道：「太感謝了，這些書裡有不少生僻的字，我都不認識，一直都很擔心抄錯了，要是能夠把書帶回去讓家兄看的話，就不會有這樣的擔憂了。」

「不用謝。」拾娘搖搖頭，她這樣做也不過是為了結一個善緣而已……

第十七章

「拾娘，明兒老太太就回來了，妳可得多小心一點。」周嬤嬤提醒道。她剛從林太太那裡回來就來找拾娘，為的就是給她提個醒──這府裡待久了的老人都知道，凡是林太太喜歡的，老太太就算喜歡也會挑刺。拾娘剛進府當差一個多月，就被林太太誇了好幾次，東西也賞了好些，前兩天還放了半天的假，讓她回家，更甚者還讓家裡的馬車跟著過去，這一切都表明了一點，那就是林太太對拾娘是不一樣的，老太太回來不給拾娘一點顏色看才是怪事。

雖然說，拾娘之所以得林太太的賞識，是因為她進了清熙院之後，就用一些招數讓林永星心不甘情不願地當個上進的讀書人，是為了林永星好。如果老太太是個明理的，是個真心想要為孫子考慮的，那麼她對拾娘不但不會挑剔，還可能像林太太一樣，對她進行嘉獎。可是，這府裡的人都明白，這老太太年輕的時候或許是個通情達理的，但現在絕對不是個顧全大局的。

「謝謝媽媽提醒，我會小心不讓人抓到錯處的。」拾娘點點頭。她知道極有可能是林太太授意周嬤嬤對自己說這番話的，畢竟這些話要是讓林太太說，可就不太好了。

「雖然相處的時間不長，但是我也看得出來妳是個聰明機靈的，說話做事都很有章法，說起話來也總是頭頭是道，要不然的話太太也不會被妳說服，還任由妳做了那麼多的事情。

我想提醒妳的還有一點，那就是老太太和太太可不一樣。」周嬤嬤看得出來，自己的話拾娘雖然聽進去了，卻沒有慎重對待，微微一想她就明白了其中的緣故。她看著拾娘，直接道：「妳是太太做主留下並派到清熙院的，所以妳說什麼，太太會好生想一想，然後再做決定；但是老太太可不一樣，別說是把妳說的話聽進去，就連說話的機會都不一定會給妳……妳再能說，再會說，也不一定有什麼作用。」

拾娘點點頭。她有想過老太太會找自己的不是，但是她畢竟沒有見過老太太，對她的瞭解也很粗淺，自然沒有想到這些，聽了周嬤嬤的話，她心裡也算是有底了。

「更主要的是老太太如果真的把妳叫過去的話，那麼一定是某些人在她面前說了些什麼，她極有可能什麼都不問就給妳定了罪，直接將妳訓斥一頓那算是輕的，我擔心的是她會動板子。」周嬤嬤再提醒一聲，這也是林太太讓她和拾娘說的，她看著拾娘道：「太太對妳不一般，這個府裡的人都知道，不過這府裡並不是所有的人都對太太唯命是從，如果那些打板子的婆子尊重太太還好，不管打多少下都只是點皮肉之苦；但如果妳運氣不好，老太太又認真了的話，可就不好說了。」

「拾娘明白，我會做好最壞的準備和打算的。」拾娘的眉頭緊緊地皺了起來。這樣的事情她從來就沒有遇到過，而那位未曾見過面的老太太又似乎是個不講理，不怎麼通人情的，她還真的得打起十二分的精神對待，尤其是……她心頭閃過一張臉，忽然知道該怎麼做了。

「嗯，妳自己好好想想該怎麼做會好一些，我先去做事了。」周嬤嬤該說的也說完了，剩下的她也幫不上什麼忙，還不如給拾娘多一些思考的時間。

「嬤嬤慢走。」拾娘送周媽媽出了書房，沒有折回去，而是去了碧溪的屋子裡，和她說了好一會兒話，才帶著微笑離開。

「停、停、停！別唸了，妳這唸的是什麼啊，顛三倒四的。」林永星皺著眉頭打斷了拾娘的讀書聲。這是最近十天來第一次出現這樣的情況。在知道林太太的憂慮和壓力之後，林永星認命般接受了拾娘時時刻刻的騷擾，慢慢地習慣了回到家，泡一壺茶，一邊慢慢品茶一邊聽著拾娘為他唸書，甚至開始覺得這也是一種享受了。

一般這個時候，林永星都是半躺在搖椅中，閉著眼睛傾聽的，只要不看也不去想拾娘的臉，單是聽她的聲音，還是滿愜意的。不過今天拾娘有些不對勁，明顯不在狀態內，一篇文章被她唸得顛三倒四的，出了好幾處錯誤——林永星沒有聽到拾娘翻頁的聲音，知道她其實是在背誦，這樣的情況很正常，自從那次應對了林永星的挑釁，將他狠狠地打擊了一頓之後，拾娘經常都是這個樣子，雖然拿著書，卻不一定照著書來唸，而是背出來，那對她來說更省氣力。

「對不起，大少爺，奴婢剛才走神兒了。」拾娘立刻道歉，自己的心不在焉她自然清楚，她閉了一下眼睛，再睜開時，眼中多了一絲清明，道：「大少爺，這次奴婢給您照著書唸，不會再出錯了。」

「不用唸了，這一章我原本就看過，有些印象，妳又唸了那麼多次，我已經記得很清楚了。」林永星搖搖頭，然後半是認真半是玩笑地道：「看來這段時間聽妳唸書的效果還是不錯的，沒有白白浪費我的時間和妳的口水。」

「那也是因為大少爺資質好，要是那種榆木疙瘩，奴婢唸多少遍，記不住還是記不住。」拾娘難得誇了林永星一句，讓林永星很是意外，心頭更浮起淡淡的喜悅。

「那是當然，妳也不想想妳家少爺我是什麼人啊！」不過，林永星還是很臭屁地回了一聲，然後故作大方地道：「唔，看在妳今天很會說話的分上，妳家少爺我也關心一下妳。妳說說，妳是不是遇上了什麼煩心的事情，怎麼會心不在焉走神兒了，少爺我今天心情好，可以幫妳把它給解決了。」

「沒什麼。」拾娘言不由衷地回了一聲，眼底雖然有揮不去的愁緒，卻還是強顏歡笑道：「既然這一章大少爺已經記住了，那麼我們就唸下一章，也就是第五章。子曰：『聽訟……』」

「這一章就那麼一句話，我早就記得了。」林永星擺擺手，沒有心思聽下去，然後道：「實際上我覺得《大學》經傳十一章，我應該都記得差不多了。」

「應該？差不多？」拾娘一如既往地開始挑刺，道：「大少爺，您不能說這麼隨便的話，做學問最要緊的是嚴謹認真，不能有半點的馬虎大意，一個字都不能記錯、寫錯的。」

「好了好了，別整天只會叨唸我了。」林永星最怕拾娘喋喋不休的叨唸，比林太太還煩。他直接道：「這樣說吧，不知道妳走神的原因，我靜不下心來聽妳唸書，妳還是把妳為什麼走神兒告訴我，然後再唸書吧！」

「奴婢真的沒有……好吧，奴婢是有些頭疼的事情，但是奴婢的些微小事並不值得讓大少爺浪費時間去管。」

拾娘原本還想否認，但是林永星那副「我看出來了，別騙我」的樣子讓她無奈地改了口，卻還是沒有鬆口。

「清溪，妳知道拾娘在煩惱什麼嗎？」知道拾娘的嘴一向很緊，她不想說的，不管怎麼問，她都會像蚌殼一樣閉得死死的，林永星只能問在一旁伺候的清溪。

「奴婢不知。拾娘妹妹的煩惱怎麼是我這種大字不識幾個的愚人能知道的呢？」清溪當然知道拾娘的煩惱，但是她不想說出來，還故意自嘲一聲。

「妳也不知道？」林永星皺了皺眉，但立刻恍然——清溪對拾娘稱得上是關心，不但笑臉相迎，為她說好話，還關心她的事情，可是拾娘不知道為什麼，和清溪卻不怎麼親近，一次、兩次清溪不會放在心上，可是時間久了，清溪也就淡了，對拾娘自然也就不關心了。他想了想，道：「妳把碧溪叫進來，看看她知不知道什麼。」

清溪有些詫異，沒有想到林永星會追根究柢，也有些後悔，但是現在卻已經晚了，她只好點點頭，出去把碧溪給叫了進來，林永星又問了一遍剛才的話。

「這個……」碧溪有些遲疑地看了清溪一眼，而後咬咬牙，道：「少爺，奴婢也不知道拾娘妹妹在煩惱什麼，不過中午的時候，伊蓮她們幾個衝著拾娘妹妹說了些酸話，或許拾娘妹妹是因為這個心情不好的吧？」

「什麼酸話？」林永星更好奇了，幾句酸話就能讓一向表現得泰山崩於前而面不改色的拾娘心思重重地走神兒？

「那個……」碧溪再遲疑地看看清溪，道：「也沒什麼，不過是府裡傳著說老太太明兒就要回來了，說老太太一向疼您，要是知道拾娘妹妹之前對您一再冒犯的話，一定會把她拖出去打一頓板子。她們說得誇張了些，一會兒說誰被一頓板子打殘了，誰又被打死了……拾娘妹妹剛進府不久，沒有經歷過這些事，被嚇到了也很正常。」

「原來妳也有被嚇到的一天啊。」林永星雖然不大相信拾娘這麼容易被嚇唬，但是難得有一個嘲笑拾娘的機會，也就不去多想了，他笑呵呵道：「妳要是好聲好氣地求我一聲，我就幫妳把這個問題給解決了。」

「大少爺，時間不早了，您該去太太那裡用晚飯了，晚上您還得練字呢。」拾娘臉繃得緊緊的，帶了些羞惱的意思。

「死鴨子嘴硬！」林永星罵了一句，然後不等拾娘發作，就對一旁的清溪道：「明天妳跟緊了拾娘，要是奶奶回來真的把拾娘叫過去的話，妳也跟著去。如果奶奶訓斥她一頓的話，妳就看著，等我回來學給我聽；但要是奶奶真的要動板子的話，妳也勸著點。我知道奶奶一向喜歡妳，也聽得進去妳的話，這點小事對妳來說不難。」

「少爺也知道老太太的脾氣，奴婢只能盡力而為，不敢保證一定做到。」清溪恨極，但是卻不能表露出來，只能做出一副自己很為難的樣子。

「那可不行。」林永星皺緊眉頭，直直看著清溪道：「拾娘是娘指派過來的，要是她被奶奶讓人打了，娘心裡一定會不舒服，難說會不會就此起了隔閡。所以，我不管妳用什麼辦法，都一定要保證拾娘能夠完好無損地從容熙院出來。實在是沒有把握的話，妳就把來的人給擋了，別讓拾娘過去，等我回來再處理。」

林永星話都說到了這個分上，清溪還能說什麼，只能點頭，心裡卻在低聲咒罵——這什麼事啊，她怎麼成了擋箭牌了？

第十八章

「她就是那個又識字、又明理、又膽大的的丫鬟？」

拾娘跟在清溪身後，低首下心（注）地給老太太磕頭請安，老太太還沒有說什麼，她身邊的一個婆子就不鹹不淡地來了一句，然後又打量了一下拾娘的臉，嫌惡道：「怎麼長成這個醜樣子，真正是嚇人。」

拾娘沈默地跪在那裡，不起身也不說話。她知道這些人不想聽她說什麼，也聽不進去她說的話，與其多說多錯，還不如保持沈默得好。

「真不知道老大家的在想什麼，明明知道星兒見不得長得醜的，還把這麼一個人不人鬼不鬼的送到清熙院，這不是故意噁心星兒嗎？」老太太也嫌惡地說了一聲，不過心裡一直隱隱的擔憂倒是去了幾分，她最擔心的是兒媳往清熙院安插一個像清溪這般模樣好、會說話又討人喜歡的，把孫子給攬過去不說，還把清溪給擠走，她還指望著清溪給她做事呢！

「回老太太，拾娘長得不怎麼樣，但卻是個識文斷字，能說會道的，少爺一開始的時候確是有些排斥，現在卻也覺得拾娘伺候得挺好，也習慣了拾娘在跟前伺候。」拾娘可以什麼都不說，但是清溪卻不能。

注：低首下心，意指屈服順從。

是照林永星的囑咐為拾娘說說好話，擋過這一劫，還是裝聾作啞，不管老太太怎麼收拾她都不吭聲？這個問題困擾了清溪整整一個晚上，她心裡很是矛盾。對於拾娘，她原本只是見不得那一張醜臉在自己面前晃悠，覺得有礙觀瞻，不想讓她留下來也不過是為了落個眼前清淨罷了，並沒有太多的想法。幾次在林永星面前施展些小手段，更多的還是習慣使然，並不是刻意針對拾娘。

但是現在不一樣了，她越來越不喜歡拾娘，不喜歡她輕鬆跨過自己給她挖的坑，不喜歡她面對迎春、伊蓮等人挑釁的冷靜，不喜歡她將自己和碧溪一視同仁的態度，更不喜歡林永星對她越來越和氣，甚至遷就、關心的態度……尤其是最後這一點，讓她無法容忍，她覺得自己在清熙院獨一無二的地位被威脅了，她也擔心這樣下去，拾娘會取代她在清熙院的位置。

所以，在知道老太太即將回府的消息時，清溪心裡是歡騰喜悅的，她知道老太太只要知道拾娘的存在，知道她做的事情和林太太對她的讚許之後，老太太一定會把拾娘叫過去訓斥責罵，甚至打上一頓。不說別的，單是為了落林太太的面子，越來越驕橫跋扈，越來越聽不進去勸說的老太太就能做這種不講理的事情。而對這一切，她是充滿了期盼的，她甚至惡意地想過，在那樣的境況下，拾娘會怎樣地驚慌失措。

可是，清溪怎麼都沒有想過的是，拾娘的完好無損會成了自己的責任，林永星會交代自己護著她……唉，她不應該太意外才是，少爺一向心慈，對身邊的人也多有愛護，這樣做也算是情理之中的事情，不是嗎？

這麼胡思亂想著間，清溪好不容易才迷迷糊糊睡著，早上起來的時候也很沒有精神；最令她惱火的是，她去伺候林永星起身的時候，林永星不厭其煩地又和她說了一遍，這讓她心裡很是不耐煩，同時卻又警醒起來——看來少爺對拾娘還真的是不一樣，要不然的話，一向不記事的林永星對這些事情總是說過就算，沒有人提醒的話就不會再過問的。

這讓她感覺到了危險。她當時都已經在心裡做好了決定，不但老太太發作拾娘的時候，不能為她說什麼好話，為她化解這次危機；相反地，如果老太太不發作她的話，還得和容熙院那幾個有臉面的嬤嬤打個招呼，讓她們乘機攛掇（注）老太太幾句，最好一勞永逸地解決了拾娘，一定不能讓她留在清熙院。這個念頭才在她的腦子裡轉了兩圈，也都已經想好了應該要怎麼做，可是當容熙院來人的時候，那兩個殷勤地非要陪著自己和拾娘一起去容熙院的人，讓她不得不重新考慮，甚至打消了腦海中的念頭。

那兩個人一個是伊蓮，另一個則是二等丫鬟中最出挑的丹楓。伊蓮還好說，她雖然喜歡爭強好勝，喜歡往少爺面前湊，經常為了爭寵排擠別人，但是她的本事也就那麼一點，來來去去也就那麼些招數；再加上她也是買進來的，在這府裡並沒有什麼根基，平時人緣也不大好，只要自己不帶她去容熙院，到底發生什麼事情她還真不一定能夠探聽出來，她不足為慮。

注：攛掇，意指慫恿。

但是丹楓和伊蓮不一樣，丹楓一家子都在林府當差，聽說是她曾祖爺爺那一輩就賣身到了林家，還被主人家賜了姓，算得上是林家資深的奴才。而她平時對自己雖然恭恭敬敬，似乎什麼都聽自己的，但是清溪知道，丹楓從進這個院子起，無時無刻不在打著取代自己的主意，要是讓她拿到自己把柄的話，她一定會狠狠地插自己一刀的。她想知道容熙院發生什麼事情實在是太簡單了，一旦自己沒有照著林永星的話去做，她不但能夠把發生的事情原原本本地告訴林永星，甚至還能找來證人，證明自己陽奉陰違。

林永星雖然不至於因此惱怒，將自己攆了出去，但是卻一定會疏遠自己，冷落自己，而丹楓也一定會抓住機會取代自己。

想到這裡，清溪渾身一冷，腦子也清醒下來了，權衡了半晌，還是決定順了林永星的意思，為拾娘說話，畢竟拾娘對她的威脅比丹楓小得多——林永星從來就是個以貌取人的，以前是這樣，現在是這樣，以後也不會改變。他對拾娘的容忍和欣賞，更多的還是林太太的情面，現在或許還多了些對拾娘的讚賞，但是不管他對拾娘有多麼欣賞，他都不可能將這麼一個連清秀都算不上的女子收房，而丹楓就不好說了。

所以，拾娘只是讓自己看不順眼，而丹楓則是自己的勁敵。想通了這一點，清溪自然知道自己該怎麼做，也就有了為拾娘說話這麼一齣。

「不用妳說我就知道她是什麼人了。」老太太淡淡瞟了清溪一眼，眼中帶了警告，她雖然用得著清溪，但也並非非她不可，這府裡想要為她做事的人太多了，只不過清溪相對來說比較好控制罷了。

清溪收到老太太的警告，縮了一下，也沈默了下來。

老太太端起茶杯，喝了一口，慢騰騰道：「我聽人回報，說妳這丫頭一進府就攪得清熙院沒有寧日，先是讓星兒因為妳的去留和他娘嘔氣，然後又仗著太太對妳寵信，在清熙院肆意妄為，讓星兒回到家都不得半點安寧，可有這些事情？」

「回老太太的話，大少爺因為奴婢和太太嘔氣是有，但是奴婢並沒有將清熙院攪得不得安寧。」拾娘平靜地看著老太太，臉上適當地帶了敬畏之色，這是她昨晚對著鏡子好不容易才練出來的。

清溪的話終究還是緩和了一下氣氛，沒讓老太太不由分說地處置拾娘，而是給了她一個說話的機會——當然，這也是因為清溪的話讓老太太明白，林永星對拾娘還是挺重視的，清溪也極有可能是得了林永星的吩咐才會為她說話的。

「沒有？」老太太的聲音微微高了一點，嘴角帶了諷刺的笑容，雖然拾娘敬畏的表情取悅了她，但是卻不意味著她會因此輕易放過拾娘。她冷冷問道：「那麼妳說是我年老耳聾聽錯了呢，還是我身邊的人故意在我面前搬弄是非，說妳的壞話？」

「老太太精神矍鑠，一看就知道定然是耳聰目明的，哪裡可能聽錯了什麼？」拾娘輕輕地捧了一下老太太，然後又道：「至於說搬弄是非，奴婢雖然是第一次見老太太，但是也聽說老太太治家甚嚴，更曾經以一己之力撐住整個林家，您身邊的人又怎麼會做搬弄是非的事情呢？」

年紀大的人都喜歡別人說自己還年輕，精神很好，老太太也不例外。拾娘這麼一說，她臉上的表情忍不住緩和了幾分，但還是冷冷問道：「那麼，妳覺得為什麼她們會那樣說呢？」

「奴婢覺得是因為老太太對大少爺實在是太在意了，所以才會出現這樣的情況。」拾娘不慌不忙道：「因為大家都知道老太太將大少爺視為心頭肉，所以對大少爺自然是十分關注，但凡有一點點風吹草動，就會十分緊張；而奴婢做的那些事情，雖然追根究柢都是為了大少爺好，但是手段稍嫌過激了些，自然會有人認為奴婢對大少爺不敬，然後誤認為奴婢將清熙院攪得不得安寧。」

「可不是把他當成了心頭肉嗎！」老太太對這句話很贊同。林永星是她的長孫，不管對林老爺、林太太有多少意見，又有多麼不滿，老太太都不會少疼愛林永星一點。

「奴婢想在大少爺心裡，最親的也是老太太。」拾娘又說了一句讓老太太舒心的話，她鄭重道：「如果不是為了給老太太一個驚喜，大少爺又怎麼可能任由奴婢那般沒有大小尊卑地胡鬧，擾他的清靜？」

「這話又怎麼說？」老太太忽然覺得拾娘順眼起來，她也覺得自己和孫子是最親的，老話不是說隔輩親（注）嗎？

「老太太對大少爺最大的期望是什麼？可是希望大少爺好好讀書，考取功名，光宗耀祖？」拾娘不慌不忙地看著老太太，猜測道：「奴婢進府的時日雖短，但也聽說老太太一心向佛，經常到寺裡吃齋茹素、燒香敬佛，經常一待就是個把月。老太太這般年紀，不在家中享福，卻去寺裡過那種清苦的日子，不就是為了給兒孫祈福嗎？大少爺之所以任由奴婢胡鬧，就是感受到老太太的心意，想要努力讀書，以期明年的童生試能夠有了好成績，不辜負老太太的疼愛。」

「看來還是個懂事的孩子。」老太太點點頭，嘆氣道：「連老大都說我瞎折騰，可是他也不想想，我好生生的不在家中享福是為了什麼？還不是為了他，為了這個家好？」

「老太太，說句您不愛聽的話，奴婢覺得您那是胡思亂想。」拾娘知道老太太這會兒雖然不一定認可了自己，但是絕對不會再想著找自己的麻煩了，心裡也沒有那麼緊張了。她笑著道：「奴婢覺得老爺那樣說，並不見得是不知道您的心意，而是因為老爺也心疼您，不想讓您去吃那個苦，所以才會故意那般說，希望您打消那些念頭，好好地在府裡享清福。」

「清溪丫頭，妳還真的說對了，拾娘這張嘴還真是能說會道，把我這老婆子也逗樂了。」老太太呵呵笑了，她也知道拾娘的話是說出來逗自己開心，但是她也不反感這種討好。「今天叫妳過來本來是想看看是個什麼樣大膽的丫鬟，敢那般對我的寶貝孫子，沒想到會是這樣一個會說話的。拾娘，妳再說說，我要不要追究妳的膽大妄為呢？」

「奴婢大膽，猜老夫人不但不會追究奴婢，還會獎賞奴婢。」拾娘知道自己這一關過

注：隔輩親，意指祖輩對孫輩特別地溺愛，視若掌上明珠，百依百順。

了，立刻笑著道：「大少爺身邊伺候的人那麼多，卻個個都只會順著大少爺的心意辦事，殊不知，愛之適足以害之，正需要有奴婢這麼一個敢違逆大少爺，強迫著大少爺上進的。奴婢這麼盡忠職守，難道不該獎賞嗎？」

「這話不錯，是該賞！」老太太的笑聲更大了，然後笑著道：「貴樹家的，前些日子老大家的不是送了些還算精緻的銀簪子過來嗎？挑兩支賞了她。」

「謝老太太恩典。」拾娘立刻道謝，然後笑著道：「奴婢能不能先求一個恩典，求老太太先讓奴婢起來了呢？」

「瞧我，還讓這個巧嘴丫頭跪著。」老太太一拍頭，然後對在一旁站著的丫鬟婆子道：「還不把這丫頭扶起來，跪了這麼一會兒，自個兒起來肯定很費力。」

清溪臉上還帶著笑，但是一口牙卻差點被自己咬碎了，後悔為拾娘說話。都怪她估計錯誤，沒想到在林永星面前說話總是硬邦邦的拾娘，說起討巧的話來也是這麼順溜……

第十九章

「沒想到妳這麼會說話，幾句話就把奶奶給安撫了，還得了賞，看來我讓清溪護著妳不過是多此一舉。」林永星讚賞地看著拾娘，小心把自己的那一絲欽佩給藏起來——她已經很囂張了，要是知道自己佩服她的話，還不知道會得意成什麼樣子呢，還是悠著點比較好。

林永星一回來就問清溪今天發生的事情，清溪自然不會隱瞞，將事情大概轉述了一遍；當然，她不會說自己只不過輕描淡寫為拾娘說了那麼一句話，而是說拾娘很厲害，自己都沒有派上什麼用場，末了，還強調了一聲，說：「少爺，拾娘既會說話又能把握老太太的心思，幾句話就說得老太太心花怒放，不但沒有挑刺，反而對她和顏悅色的，這樣的本事，整個府裡找不出第二個人來，就算沒有奴婢，拾娘妹妹也一定可以順順暢暢地過關。」

林永星呵呵一笑，沒有和清溪多說什麼，而是將拾娘叫了過來。

「是有點多事。」拾娘簡單地回了一聲，然後看著臉上笑容消失的林永星，道：「不過，如果沒有大少爺提前和清溪打了招呼，讓她護著奴婢一點，而她也在老太太面前為奴婢說了話，緩和了一下當時氣氛的話，老太太不一定會給奴婢說話的機會，奴婢未必就能這般順利地全身而退，更不用說得什麼賞賜了。」

這算不算給個巴掌塞個甜棗？林永星看著拾娘，想看看她說的是真心話，還是換了一種方式埋汰自己？林永星沒看到拾娘和平日有什麼不一樣，最後只能打住為自己邀功的話，笑呵呵開著玩笑道：「平時看妳那麼嚴肅的樣子，還真是沒有想到妳居然也是個能說會道的，連奶奶都能被妳給說笑了……唔，怪不得妳對我那麼沒上沒下，娘都不追究，還擺出一副看熱鬧的樣子，一定是被妳蠱惑了。」

拾娘冷冷白了他一眼，淡淡地道：「清溪都已經在老太太面前說奴婢是個能說會道的了，奴婢難道還能藏拙，然後讓清溪為奴婢出頭到底嗎？」

林永星微微一怔。這是什麼意思？怎麼聽起來拾娘好像對清溪很有意見一樣，清溪今天幫了她，怎麼沒有得她的感激，反倒遭了抱怨？是她難以討好還是清溪做得不夠好？

「清溪做得不好嗎？」林永星想到這裡就直接問道，他是個心底很藏不住話的人，尤其是這些無關緊要的小事，更不願意埋在心裡。

「只能說做得很有技巧，好不好的，奴婢不好評價。或許可能是奴婢多心了，但是在這府裡，奴婢人生地不熟，不得不把每個人的話細細琢磨，免得怎麼死的都不知道。」拾娘淡淡解釋了一句，再冷冷道：「清溪慣於說一套做一套，大少爺不知道嗎？」

「妳這是什麼話？」林永星有些著惱，道：「什麼叫做說一套做一套，清溪自來就是個心善的，她在我面前可從來沒有說過誰的不好，之前我對妳有意見，也都是她一再勸說我，讓我給妳機會的。」

「那麼，奴婢想問問大少爺，聽了清溪的話，是覺得將奴婢留下來也無妨呢？還是更不願意留奴婢下來了？」在清熙院一個多月，拾娘已經摸清楚了清溪的小手段，說來也簡單，對那種自認為沒有威脅的，她會刻意捧一下，說好話，一來可以讓林永星以為她是個良善大度的，增加她在林永星心中的分量，二來卻也可以讓林永星錯估其他人的能力，一旦犯了錯，在林永星眼中就更加不可原諒。但是對那些她覺得能構成威脅的，她卻會不遺餘力地打壓，搶她們的功勞，儘量不讓她們單獨出現在林永星面前，碧溪就被她這般對待。

「這個……」林永星微微一怔，好像聽了清溪的話，還真的是讓他愈發不喜歡拾娘留下來，更想把她攆出去了。

「奴婢也就隨口問問，大少爺沒有必要非得回答。」看著林永星思索的樣子，拾娘知道他心裡已經有了不一樣的念頭，對她來說，這已經夠了，沒有必要繼續再下重藥，免得過猶不及。她有技巧地轉移話題，道：「大少爺，您可想知道奴婢今日為什麼能夠這麼輕鬆把老太太給逗笑了，然後輕鬆過關的？」

「我已經知道了。」林永星甩甩頭，將腦子裡的疑惑壓下，看著拾娘道：「不就是妳會說話，抓住了奶奶的喜好，順著她說了些討喜的話嗎？」

「大少爺，奴婢雖然是第一次見老太太，但是奴婢可不認為老太太是那麼容易就可以討好的。」拾娘搖搖頭。如果老太太這麼好忽悠的話，周嬤嬤不會特意過來提醒，而她也不會和碧溪聯手，算計清溪為自己擋一擋了。她輕聲道：「奴婢看老太太氣色極好，眉宇間又有著淡淡的喜色，奴婢想，老太太這些日子定然遇上了什麼好事，心情極好，所以才會被奴婢幾句話逗笑了。」

「遇上了什麼好事？」林永星皺眉，然後搖搖頭，道：「在寺裡吃齋唸佛，連個外人都見不著，能遇上什麼好事？妳肯定錯了。」

「要不然奴婢和大少爺打個賭？」拾娘帶了幾分慧黠地看著林永星。寺裡看似清淨，可是卻不見得真是清淨之地，多少事故是發生在那裡的。

聽到「打賭」兩個字，林永星就覺得胃裡一陣痙攣，忙不迭地搖頭，道：「我才不和妳打什麼賭呢！妳這個丫頭怎麼可能賭沒有把握的事情呢？我才不上妳的當。不過，妳說奶奶會遇上了什麼好事情呢，能讓她回來都保持好心情？」

「這個奴婢不敢說。」拾娘搖搖頭，道：「或許是遇上了什麼高僧大德，為老太太指點迷津，為她解決了心頭的憂慮，或許是在寺裡遇上了多年沒有聯繫的至交好友，也或許是無意中抽中了上上籤，說她福壽連綿……很多事情都有可能啊。」

「高僧大德？她去的不過是城外的靈秀寺，雖然香火還算旺盛，可是廟小菩薩也小，哪裡有什麼高僧大德，奶奶去那裡不過是為二叔一家求平安罷了。」林永星撇撇嘴，不過他心裡也在嘀咕，每次從靈秀寺回來，奶奶的心情總是不大好，就算沒事也要找點事情出來，這一次怎麼會例外了呢？難不成真的遇上了什麼好事情？

這樣的疑惑沒多久便得了解答——還真是被拾娘說中了，林老太太這次去靈秀寺遇上林二太太的娘家親戚，從她嘴裡知道林二爺一家的消息——他們沒幾天就要回望遠城了。

第二十章

林二爺回來的消息著實讓林家亂了一陣子——林二爺當年可是典賣了所有家產離開的，望遠城再無半點產業，他回來之後，別的不說，單是住的地方便是一個問題。

現在，林二爺一家要回來了，讓他們住回林家，林老爺是萬萬不肯的——他深知自己那弟弟的脾性，真要是讓他回了林家，要想再將他請出去可就不容易了，到時候不但得養著他們一家子，說不定還得再鬧出些糾紛來。

就在林老爺為怎麼安頓林二爺一家而頭疼的時候，林太太不經意提到了林二爺的舊宅——當年分家時，林老太太逼著林老爺給他置辦了一處五進的大宅子，也被他典賣了出去。林太太還說，要是能將那宅子買回來，林二爺說不定會主動搬到那裡去住。

這讓林老爺心裡很是嘀咕了一陣子——那宅子當年被林二爺賣出去了沒錯，但宅子轉手幾人之後，又回到了林老爺手中。一年前，齊家修繕房屋的時候，林老爺瞞著林太太讓齊家人搬了進去，齊家人何曾住過那麼好又那麼大的宅院，住進去之後就不想挪窩了。而林老爺心裡雖然有些不悅，但也沒有在齊家老房子修繕好了之後催促他們搬家。林太太這麼一說，林老爺便懷疑林太太知道齊家人住在那裡，現在出了這麼一個主意，看似想辦法安置林二爺一家，但實際上卻是想借此事給齊家人難看。不過，林老爺也只是在心裡嘀咕，並沒有和林太太把事情說破，而是說自己考慮考慮。

齊家人住進那宅子的時候，林太太不動聲色，這時自然更不會著急了，著急的是從「買通」了的丫鬟嘴裡聽到這件事情的齊姨娘。

聽到林太太想要將自己的親人從那宅子攆出的消息之後，齊姨娘立刻犯了心絞痛的老毛病。

齊姨娘確實是有心絞痛的毛病，但是極少發病，不過齊姨娘慣用這個藉口將林老爺請到她院子裡去。對於這一點，別說林太太，就連林老爺自己也是心知肚明的。不過，以前林老爺就算知道這不過是齊姨娘想把自己攬過去的藉口，也會把它當真，然後順勢過去齊姨娘院子裡；但是這一次，林老爺卻怒了，不但將齊姨娘斥責了一頓，更在隔日便讓人給齊秀才傳話，讓他們一家搬走。

齊秀才一貫是個自命清高的，得了這樣的話自然怒不可遏，當天便收拾行李，沒兩天便搬走了；只是到底氣憤難平，雖然沒有將那宅子裡原本的東西搬走，卻也故意弄壞了好些物品，讓林老爺派去收拾宅院的人頗費了些工夫和手腳，也讓林老爺心中恚怒，對他、對齊姨娘都有了些不滿和厭惡。

等到宅院收拾好了之後，林太太透過林老太太身邊的丫鬟婆子，在她耳朵邊透露了林老爺剛剛將林二爺舊宅買回來的消息，林老太太當下就坐不住了，讓林太太陪著她去看了，回來之後便拍板決定，讓林二爺一家住那裡去，免得回府住還要看人臉色。

或許是趕巧了，也或許是林二爺早就派了人回來留意林府的動靜，那廂宅子才收拾好，可以住人，這廂林二爺就帶著妻妾兒女浩浩蕩蕩地進城了。

知道林二爺一家即將回城的時候，林太太就派了林家的一位老管事帶了幾個機靈的小廝到城門口候著，那位老管事對林二爺甚至林二爺身邊伺候的小子都很熟悉，遠遠見到那一隊馬車，不用上前確認，就能夠肯定他們的身分，招過身邊的小廝讓他回府報信，自己則帶著剩下的人迎了上去。

問過安，又寒暄了幾句，老管事把林老太太、林老爺和林太太殷切盼著他們回家的意思表達了之後，隱晦地告訴林二爺，他以前住的那棟宅子已經整理好了，林二爺一家隨時可以住進去，然後又問林二爺是先回去洗去身上的風塵再去給老太太請安呢？還是給老太太請過安再回去安頓？

林二爺只是貪心了些，卻不是蠢人，這些年在外面，別的不說，待人接物的本事倒是又長了幾分，一聽這話就明白了林老爺的意思和態度。

說實話，林二爺最想的還是回林家去住，或許擠了些，可是一大家子的嚼用就不用他擔心了。但是他也知道，林老爺定然不願意管他。所以，在將自己一家將回歸的消息傳給林老太太之後，林二爺也派了人一直關注著林家的動靜。內宅發生什麼事情他不知道，但是齊秀才住在他原來的那棟宅子，又從那裡搬回了齊家的小房子裡，林老爺讓人將那裡整修一番等等這些事情，他卻是一清二楚的，然後他就知道，他回不去了。如果不依照林老爺的安排，他別說回林家，恐怕連這個宅子都不能到手。

權衡了其中的利弊之後，林二爺決定還是依了兄長的意思，先抓住能夠抓住的，其他的慢慢再作計較。

所以，這老管事的話才說完，林二爺就呵呵笑著，道：「我帶著永祿先回去給娘磕頭，別的人就先去休整一下再過去吧。」

一聽這話，老管事就放了大半的心，連連笑著道：「還是二老爺這主意好，又不會累到女眷又全了二老爺的孝心。老奴派幾個人送二太太他們過去，那宅子上沒有幾個認識二太太的，萬一衝撞了二太太和小主子們就不好了。」

「嗯。」林二爺點點頭，然後和第一輛馬車裡的人說了幾句話，交代他們盡快過來之後，就帶著他的嫡子，今年十二歲的林永祿和老管事一起回林府。

才到了二門上，得了消息怎麼都坐不住的林老太太，就在林太太的攙扶下迎了上來，沒等林二爺跪下去給自己磕頭就抱住兒子，心啊肝啊地叫著，母子倆抱頭痛哭起來，林太太站在一旁也不住用手帕抹淚，一副感人的重逢場面。

好不容易在林太太的勸慰下，林老太太才止住了眼淚，放開兒子，打量著眼前的林永祿。這孩子隨著林二爺離開的時候才七歲，這五年又正好是孩子變化最大的時候，不但長高很多，模樣也和小的時候不大一樣了，乍一看有些認不出來。

孫子一輩中，林老太太最喜歡的自然是長孫林永星，但是對林永祿也很喜歡，畢竟他是自己最愛的兒子的嫡子，當下也把林永祿拉進懷裡，心肝寶貝地哭喊了幾聲。

和林二爺不一樣，林永祿有些厭煩，神色淡淡地敷衍了幾聲，就掙扎了兩下，掙脫了老太太的手之後，道：「奶奶，您就不要傷心了，我們這不是已經回來了嗎？」

「是啊、是啊！」林二爺不著痕跡地瞪了兒子一眼，然後湊上去，攙扶著老太太，道：「娘，兒子以後就在您身邊盡孝，不會再離開您了，您就不要再傷心難過了。」

「好、好。」林老太太點點頭，總算是收住了眼淚，到了這個時候，她才發現除了林二爺父子之外，別的一個都不見，她立刻問道：「你媳婦和其他的人呢？怎麼都不見？」

「這一路過來沾染了不少的風塵，兒子讓他們先回去漱洗一下，再過來給娘磕頭，兒子是思念娘，等不及了才先過來的。」林二爺簡單交代了一聲，順便也表示了對林太太派人這般迎接他們的感激，不過是感激還是在給林太太上眼藥（注），就不好說了。

林太太根本不在乎這一點——要是在乎的話就不會做了。她微微一笑，對有些想要發怒的林老太太道：「二叔真是的，雖然已經分了家，可是你還是老爺的親弟弟，我這個當大嫂的怎麼可能不多考慮一些呢？」

林老太太把到嘴邊的話給嚥了下去。是啊，他們已經分了家，能夠做到現在這一步已經算是仁至義盡了，她心裡嘆了一口氣，道：「現在什麼都不說了，你們先去梳洗，梳洗整齊了，再來陪娘說說話。」

注：上眼藥，比喻加油添醋地就某個人的情況打小報告，暗地使壞整人的意思。

第二十一章

林二爺和林永祿梳洗乾淨之後，二太太也帶著幾個姨娘和孩子們過來給老太太請安了，見了那一群人，林太太和剛剛從外面回來的林老爺交換了一個眼神，看到了彼此眼中的慶幸——好在已經將他們一家安頓在外面，要不然的話，這一大家子人可真是不小的負擔啊！

林二爺這五年又添了兩房妾室，而他的妻妾們，這五年又給他生了幾個兒女，加上他之前的兒女，再減掉不幸夭折的，林二爺現有兩個嫡子，一個嫡女，兩個庶子和七個庶女，真要是讓他們住進來了，林家還不亂了套？而且，林二爺的心性，加上老太太的偏心，說不準會一輩子賴著他們，甚至連這些看了都眼暈的姪兒、姪女的婚事都得自家包辦。

林老太太看著那一群向她磕頭的孫子、孫女也傻了眼，她倒是想過林二爺這些年定然會添個妾室通房和子女，但萬萬沒有想到會有這麼多，更沒有想到光是不滿五歲的就有四個，看看那一堆孩子，再看看那兩個千嬌百媚的妾室，老太太也忍不住嘆了一口氣，對二太太道：「老二家的，這些年在外面還真是苦了妳了，又要照顧老二，又要管這麼一大家子人，真是不容易啊。」

二太太眼眶一紅，心裡也酸楚起來。這五年在外面她確實是吃夠了苦，尤其是內宅爭鬥之中，更是吃了不少虧，畢竟林二爺家中沒有長輩坐鎮，得寵的妾室、見風使舵的下人、不安分的丫鬟……沒有一樣不讓她操心的。而林二爺卻完全看不見她的苦處難處，更不會體貼她的辛勞，不但把那幾個妾室寵得無法無天，挑釁自己的威信，自己整治她們一下，讓她們立規矩，林二爺就心疼地護著，總是抱怨她不夠大度，喜歡拈酸吃醋；要不是因為林二爺是個官迷，知道寵妾休妻是官場大忌，容易被人抓住了說嘴的話，難說連正室的地位都保不住。

所以，在知道混不下去的林二爺決定返鄉的時候，二太太大大地鬆了一口氣。回望遠城好啊，回到望遠城之後，家中有長輩坐鎮，自己也能歇口氣，然後再騰出手來狠狠地整治那幾個小蹄子，讓她們知道，有些東西她們是沒有資格妄想得到的。

林太太冷眼看著這婆媳倆的互動，卻是一點感動都沒有。林二爺變成今天這般樣子還不是讓老太太給寵的，現在假惺惺說聲好聽的，等到林二爺的臭毛病再犯的時候，還不是向著她的寶貝兒子？

「明兒讓老二陪妳帶著孩子回妳娘家去看看，這麼幾年連封信都沒有，妳爹娘兄嫂們一定也很掛記，不過這些妾室和庶子庶女的就別去添亂了。」老太太說這話的時候，倒也是真的關心二太太，看看那幾個年輕貌美又會勾人的妾室，老太太這心裡就不舒服起來。

「媳婦知道了。」二太太點點頭，她也算是個命苦的，十二歲的時候死了娘，她爹雖然沒有再娶，但卻讓寵妾當了家。那個女人也是個厲害的，上面攬著老爺，底下把自己的娘家姪女給二太太的嫡親大哥當了妾室，家中都是她說了算，就連對她還算好的嫂子，也生生地被繼母和妾室逼得難以容身，要不是牽掛著兩個女兒的話，她可能乾脆死了給人讓路。二太太和家裡的人一向不親，也親不起來，所以才會跟著林二爺一去五年連封信都沒有。

這邊剛給老太太請過安、問過禮，林家的大姑奶奶吳太太也帶著兒女一道過來了，見了面難免又是抱頭痛哭，又是相互安慰，好一會兒之後才收住眼淚；然後老太太說是要和兒女們好好說說話，林太太便讓丫鬟婆子們請少爺姑娘們出去走走，到院子裡看看花鳥什麼的。

這時已經是深秋，院子裡的菊花還沒有完全敗落，另有幾處種了些臘梅，紅梅也已經是滿樹花苞，有的也綻放開來，倒也不乏可看的景致。至於那些年幼的，林太太也讓人將幾處廂房收拾了出來，讓人準備了些小玩意，可以讓丫鬟們陪著在屋子裡玩一會兒。當然，她也沒有忘記讓人去清熙院留話，讓林永星回來之後馬上過去。

「清溪妳留下，讓拾娘跟我過去吧。」在清溪的伺候下換了一身衣衫，臨出門的時候，林永星看了一眼緊跟在身邊的清溪，隨口道。拾娘和清溪不一樣，跟在他身邊出門的時候話極少，說出來的話也都不怎麼順耳，卻很有用。尤其是在自己有些得意忘形的時候，拾娘總會恰到好處地給自己一盆冷水，雖然讓他覺得鬱悶，但他不得不承認的是，拾娘那樣做才是對的。

清溪的臉色一白，不甘願地咬著下唇，眼中帶著淚意地點點頭，看著拾娘帶著迎春、傲霜跟在林永星身後離開，眼中的恨意怎麼都掩飾不住了。

「清溪姊姊，看來少爺愈發器重拾娘了。」丹楓湊了過來，故意刺激清溪，道：「唉，這人啊，讀過點兒書就是不一樣，長得那麼難看都能討人歡喜。」

「可不是。」伊蓮和丹楓關係還算不錯，經常一唱一和的，這個時候也不例外，她看著清溪已經掛不住笑容的臉，道：「不過，話又說回來了，拾娘雖然長得不怎麼樣，也不會像有些人總是笑著，可是為人做事卻很厚道，不會搶別人的事情，更不會搶別人的功勞，該是誰的就是誰的。都說讀書識字明理，我看還真是沒錯。」

「是啊。」丹楓連忙應和，道：「要不然為什麼不光是太太和少爺會越來越器重拾娘，這麼快就升她當了大丫鬟，連我們院子裡的人也越來越喜歡她，樂意跟她親近呢？」

清溪對誰都是笑臉相迎，可是做事卻不大地道，平時不見得有多麼勤快，可是關於林永星的事情卻恨不得全部搶過來，不讓別人多靠近半步。人家做的事情卻總是將功勞攬在自己身上，讓林永星以為這個院子就她一個人能幹，別的都是些酒囊飯袋一般。而拾娘不一樣，該她做的事情從不假手他人，要是她忙不過來，讓人幫了忙，不一定會像清溪一樣彷彿多麼感激一般，卻一定會在林永星面前提一句，讓林永星知道別的丫鬟也是勤快能幹的，該別人做的事情，也不會隨便插手，更不會占了別人的功勞。林永星現在漸漸開始覺得，身邊的丫鬟除了清溪以外，也並非一無是處，偶爾也會誇獎兩句。

清溪臉色難看，冷冷道：「好了，別在這裡杵著了，該做什麼做什麼去了。」

「我的事情都做完了。」丹楓回了她一句，然後笑盈盈地挽著伊蓮的手，道：「昨兒拾娘說少爺經常看的幾本書磨損得厲害，和我說要是有時間的話給少爺做兩個書套，這會兒沒什麼事情，我們做這個去吧。」

「好啊。」伊蓮點點頭，笑呵呵道：「上次拾娘讓我給少爺的扇子上打絡子，少爺拿到之後可喜歡了，還特意把我叫過去打賞，這次要是做好了，一定少不了獎賞。」

看著丹楓和伊蓮笑嘻嘻離開的背影，清溪的眼神暗了暗，冷冷瞟了一眼在一旁看熱鬧的小丫鬟，冷哼一聲，轉身回了院子。

「有那麼多的孩子？」林永星有些咋舌。他這二叔也太能生了吧！

「含露數了好幾遍，應該不會數錯。」拾娘的聲音平穩，道：「為了知道二爺家來人的情況，含露一直在容熙院附近晃悠，回去的時候臉都凍紅了，小手更是冰冷冰冷的，輕舞嚇得連忙給她熬薑湯灌了下去。」

「含露這丫頭長進了，以前可沒有這麼機靈，這麼會做事。」林永星讚許了一聲，然後吩咐道：「我今天不是帶了些小點心回來嗎？回去的時候記得讓清溪拿一份給含露，當是對她的獎勵，還有輕舞也一樣，這丫頭倒是個會心疼人的。」

「含露一向都是很機靈，只是大少爺一直都沒有發現而已。」拾娘不會說那是清溪有意弱化了其他人的能力，淡淡道：「她人小，嘴巴又甜，打聽消息什麼的最合適不過了。而且，含露也很細心，不管打聽什麼，總會多問幾個人，免得出了什麼差錯，這一點別的姊妹都是比不上的。」

「知道了、知道了。」林永星嘀咕一聲，道：「我知道我們院子裡都是些好的，這個機靈，那個踏實能幹……唔，拾娘啊，妳說說看，妳呢？妳最大的特點是什麼？」

「這個少爺不是早就知道了嗎？」拾娘淡淡地道：「長得難看，說話無趣，喜歡潑冷水，喜歡找麻煩……」

拾娘的話讓林永星有些訕訕的，這些都是他抱怨過的，抱怨的時候不覺得怎樣，現在被拾娘說得卻有些不好意思起來，更令他覺得不自在的是迎春和傲霜的竊笑。他瞪了幾個沒上沒下的丫鬟一眼，她們幾個不但沒有絲毫畏懼，反而咯咯笑出聲來。林永星有些無奈，只好把頭扭到一邊，來個眼不見為淨，卻看到兩個身影在不遠的樹下說話，男的體型修長，頗有些玉樹臨風的姿態，而女的嬌憨可愛，一臉甜美微笑，是那麼和諧，又那麼刺眼——

第二十二章

「大哥，你臭著一張臉做什麼？好像誰欠了你幾百兩銀子似的。」林舒雅沒好氣地看著林永星，心裡滿是怨氣——好不容易才有機會和表哥單獨說一會兒話，偏偏卻讓大哥給撞見破壞了，真是倒楣。

「妳身邊的丫鬟呢？怎麼一個都不見？」林永星有些氣急敗壞地看著林舒雅。她難道不知道她已經是個大姑娘了，一舉一動都不能像以前那麼任性了嗎？居然連個丫鬟都不帶，就和表哥在那裡說說笑笑的，也不怕被外人看見了傳出去難聽！

「我嫌她們在一旁妨礙我和表哥說話，把她們攆走了。」林舒雅渾不在意地道，一點都不覺得這有什麼好大驚小怪的。

「妳……妳不知道男女有別嗎？」林永星被林舒雅的態度氣得夠嗆。他知道吳家和林家一樣，世代經商，對男女之防沒有那麼多的講究；但林舒雅已經訂了親，董家是書香門第，對這些很是講究，就算這些事情傳不到董家人的耳朵裡，自己也會覺得不好意思面對董禎毅。

「我知道，但表哥不是外人，沒有必要那麼講究。」林舒雅不以為然地看著林永星，她和表哥不過是站在一起說說話而已，至於嗎？

「妳……拾娘，妳來說。我被氣得腦子裡全是漿糊，都不知道自己該說什麼了。」林永星倒不是不知道怎麼說話，而是擔心自己被氣得口不擇言、亂說一氣。

「二姑娘，奴婢想您定然沒有領會大少爺的意思。」拾娘本來是不想出這個鋒頭的，她更喜歡躲在一旁看眾生相，但是林永星都點了名，她也只能站出來，她儘量讓自己的聲音聽起來恭敬一些，道：「古人訓，男女七歲不同席、不共食，意思是男女七歲之後就應當有男女有別的意識，拉開彼此的距離，連大少爺和您是一母同胞的親兄妹，也要遵循這樣的古訓，更不用說表少爺了。當然，在二姑娘心裡，或許表少爺和大少爺一樣，都是自家兄長，是可以親近的人，又是在自己家中，沒有必要那麼斤斤計較。但是，二姑娘也應該帶著貼身的丫鬟，要不然的話，始終是不大妥當的。」

「妳閉嘴！」雖然林舒雅覺得拾娘的話比林永星的稍微順耳一些，但是她也聽不進去，她斥了一聲，然後道：「妳都說了是可以親近的人，又哪來這麼多的廢話。」

「二姑娘，再親近的人，該避諱的時候也該避諱一二。」拾娘不生氣也不退縮，還是冷靜地笑著道：「就算二姑娘覺得這沒有什麼，也要考慮老爺太太的想法？要是他們覺得這樣不妥當，覺得您的行為不夠端莊，以後把您約束得緊了不好，限制您和表少爺在任何場合見面更不好，您說可是？」

「表弟，你這個眼生的丫鬟其貌不揚，卻是個牙尖嘴利又膽大包天的，連威脅的話都敢說出口啊。」站在一旁，似乎事不關己的吳家表少爺吳懷宇扯了扯嘴角，擠出一個似笑非笑的笑容，話一出口就給拾娘定了一個罪名。

「她充其量也就是心直口快了而已。」林永星不是傻子，自然知道吳懷宇這樣的話會給拾娘帶來怎樣的麻煩，他立刻上前一步擋住拾娘，然後再看了一眼眼神不善的林舒雅，淡淡地道：「我倒是已經習慣了她的直言不諱，表哥要是覺得不順耳的話，我們不妨去姑母面前說道，看看是這些話說得過了呢？還是某些人的舉止過了些？」

「這樣的小事就沒有必要鬧到娘面前了吧！」吳懷宇打哈哈，他倒不是擔心自家娘親怎麼樣，而是擔心這件事情鬧大了，林太太惱怒起來，真的像拾娘說的那樣，乾脆把林舒雅給拘了起來就不好了。

「這是小事嗎？不是說拾娘這丫頭膽大包天，連威脅主子的話都敢說了嗎？」林永星一點都不讓地進逼。

「不過是句玩笑話，想看看你這丫鬟是不是真的大膽，會不會被嚇到而已。」吳懷宇暗地裡咬牙，但臉上卻只能帶著笑，道：「怎麼，連開個玩笑都不可以嗎？我們表兄弟什麼時候生分到這個地步了？」

「我也只是開玩笑而已。」林永星也笑了起來，然後道：「我正要去容熙院給奶奶磕頭，再給二叔請安，不知道表哥是不是和我一起過去呢？」

「表哥才不去呢。」林舒雅不等吳懷宇說話就衝口而出，她難得有機會和表哥這樣好好說一會兒話，怎麼都不願意讓林永星把他給拉走。

「表哥不去？」林永星笑笑，眼神卻有些冰冷，道：「那麼舒雅陪我一起過去吧。」

「我和你一道過去好了。」吳懷宇給了林舒雅一個眼色，她身邊一個丫鬟都沒有，要是過去了，還不被林太太發現異常？

「哼。」林舒雅收到吳懷宇的暗示，她知道今天難得的機會已經被林永星給攪黃了，她恨恨地跺了跺腳，轉身就走，心裡不但怨極了林永星，連剛剛說話的拾娘也恨上了。

林永星看著林舒雅離開的背影，搖了搖頭。看來得找個時間和娘好好說說，不能讓舒雅再這麼不懂規矩下去了。

「我們走吧。」吳懷宇心裡也不痛快，臉上一絲笑容都沒有，對林永星也多了些厭煩，但這裡是林家，不管他有多麼不耐煩，也只能忍住了。

「表哥，我知道你打小就心疼舒雅，把她當成了親妹妹，對她比我這個親哥哥還要好，但是，我們都長大了，該避諱的時候也需要避諱一二的。」林永星卻想乘著這個機會把話說開了，他不希望這兩個人再這樣單獨見面，對他們不好，對董禎毅也不公平。

「表弟這是什麼意思？」吳懷宇臉色一沈，不悅地看著林永星道：「表弟有話直說，用不著這麼拐彎抹角的。」

「表哥應該知道，舒雅已經訂了親，董家和我們兩家不一樣，他們家是書香門第，家風甚嚴，要是知道舒雅和你單獨見面的話，一定會有想法的，我不希望有那樣的事情發生。」

林永星看著吳懷宇，他不相信吳懷宇不明白這個道理，就算吳家不忌諱這麼多，但那句話是怎麼說的，沒有見過豬也吃過豬肉嗎？吳懷宇已經十七歲，已經跟著姑父做生意了，這樣的道理不可能不懂。

「我想我明白你的意思了。」吳懷宇冷冷看著林永星，然後道：「可是你就那麼肯定董家那小子以後一定能夠出人頭地，當上大官嗎？」

「禎毅以後能否青雲直上我管不著，我只管我能管的。」林永星一點都不退讓地看著吳懷宇，道：「林家和董家有婚約，不管禎毅前途如何，舒雅都是要嫁到董家去的，還請表哥唸在兄妹的情分上，多為舒雅考慮一下。」

「我會的。」吳懷宇一字一頓地說出這三個字，然後揮了揮衣袖，道：「我忽然想起來還有點事情要去辦，表弟還是一個人去容熙院磕頭請安吧！」

說完，也不管林永星是什麼表情，轉身就走。或許是為了讓林永星放心，他走的方向和林舒雅完全相反。

看著他離開的背影，林永星嘆了一口氣，然後吩咐道：「這件事情對什麼人都不要提起，就當沒有看見，知道了嗎？」

「是。」三個丫鬟相互交換了一個眼神，知道這不是能開玩笑的，異口同聲地回答。

「唉……」林永星搖頭嘆氣，原本就不怎麼樣的心情更糟了。這都是些什麼事情啊！

「大少爺，表少爺和姑娘並沒有刻意避著人，除了我們四個，或許還有別人看見了，如果少爺很不希望這件事情被傳開的話，最好和太太說一聲。」拾娘搖搖頭，無奈地建議了一聲。

「我知道了。」林永星喪氣地應了一聲，然後轉頭看著拾娘，道：「妳也別擔心，我不會讓舒雅為難妳的。」

「奴婢不擔心。」拾娘笑笑。林舒雅肯定會找機會為難自己的，這一點想都不用想，但是她一定不敢明著來，只要多小心一些也就是了。

「唉……」林永星又嘆了一口氣。這個妹妹怎麼就這麼不省心呢？

第二十三章

林永星大踏步地進了容熙院的正廳，拾娘及迎春、傲霜，和打簾子的丫鬟說了一聲，便退到一旁的小廂房去了。那裡已經坐了等著主子出來的丫鬟婆子，拾娘隨意掃了一眼，發現幾乎都是生面孔，知道這些人應該都是林二爺家的丫鬟，三人便找了一個空位坐下。

「這位妹妹看起來面熟得很，只是不記得在什麼地方見過了。」剛坐下一會兒，凳子都還沒有坐熱，就有人上前套近乎（注）。她看著拾娘，臉上帶了些疑惑和試探，眼中更閃爍著不為人知的光芒。

看著眼前這張宛如滿月的圓臉，拾娘的心突突地跳了起來。她用力咬了一下舌尖，疼痛讓她瞬間清醒，她嘴角挑起一個淡淡的笑容，冷冷地道：「是嗎？我倒是不記得曾經見過妳。」

「真沒有見過？」圓臉丫鬟再看了拾娘一眼，然後打哈哈道：「我真的是覺得妹妹面善得很，很像我的一個妹子，要是臉上沒有這個胎記的話，簡直就是一模一樣。」

「妳想說什麼？」拾娘冷了臉，聲音也冷冷的。「是覺得我的胎記礙了妳的眼嗎？如果是那樣的話，還請妳往後轉，出了這個屋子，眼不見心不煩就是。」

注：套近乎，意指拉攏、套關係。

「妹妹別誤會，我沒有那個意思。」圓臉丫鬟連連搖手，眼中的探究卻怎麼都沒有消失，眼珠子也一直盯在拾娘的臉上。

「那麼，還有什麼指教嗎？」拾娘的聲音冷冰冰的，似乎被這個圓臉丫鬟激起了火氣一樣，臉色也是陰沈陰沈的。

「那個……請問幾位妹妹是哪個院子伺候的？」圓臉丫鬟還是不願意放棄，這也不怪她，而是拾娘和記憶中的某個人實在是太像了，只是那個人沒有拾娘臉上的這個嚇人的胎記，還沒有長大的時候就已經是清麗無雙了，不知道長大了又是怎樣地美麗動人。

「我們是清熙院的。她是拾娘，是我們大少爺身邊最得意的大丫鬟，我叫迎春，這是傲霜，我們都是二等丫鬟。」拾娘臉色不豫，顯然是不願意和這個圓臉丫鬟說話，迎春只好開口，不過她的語氣也帶著疏遠，冷淡地問道：「這位姊姊看起來面生得很，好像從來沒有見過，可是在二老爺家當差的？」

「我是青姨娘跟前的大丫鬟花瓊。」花瓊思忖了一下，才醒悟過來這三人的身分，然後也明白過來這三人都不是她能夠得罪的，連忙亡羊補牢地笑著道：「我就說拾娘妹妹怎麼看起來就是不一樣呢，原來是大少爺身邊的大丫鬟啊。」

「青姨娘？」迎春微微怔了怔。含露只打聽到林二爺有幾個姨娘、幾個子女，但是具體的卻還來不及一一打聽，這青姨娘應該就是林二爺這幾年才納的妾室了吧？

青姨娘？是青鸞嗎？那個生就一副好容貌，有幾分小聰明，一心一意想過上錦衣玉食好日子的女子？拾娘心裡微微嘆息一聲，臉上還是一副冷然的樣子，心思卻飛遠了去。

「我們青姨娘可是老爺跟前最得意的人。」看到迎春疑惑的樣子，花瓊臉上帶了些自豪，很有點高抬身價意味地道：「迎春妹妹可能不知道，我們青姨娘啊，人美心好，又是個有才華的，別說是識文斷字，就連琴棋書畫都很精通呢！老爺對我們青姨娘好得不得了。」

「是嗎？」花瓊的話迎春可不大相信，那個青姨娘要真有她說得那麼好，當正室娘子也有的是人搶，怎麼可能給二老爺當妾？這府裡的人眼睛都亮著呢，這二老爺原本就不是什麼有錢有身分的主，現在更是為了當個官把家當都敗乾淨了，怎麼可能有那麼一個才色出眾的姨娘。

「我怎麼可能騙姊姊呢？」花瓊自然看出來迎春不相信自己的話，她連忙道：「我們老爺可是打算留在望遠城好好孝敬老太太的，以後大家可是要常常來往的，姊姊是大少爺眼前的紅人兒，見我們青姨娘的機會多了去，我又怎麼敢騙姊姊呢？」

迎春聽了這話就有些遲疑。難道那位青姨娘真的有那麼好？難道二老爺這幾年在外面其實風光得緊？她輕輕地拉了拉拾娘的衣襟，問道：「拾娘，妳也是個讀書識字見多識廣的，妳覺得青姨娘真的有那麼好嗎？」

「這個我不知道，不過……」拾娘冷冷看著花瓊，似乎還沒有消氣一般，然後帶了些不一樣的神色，道：「我倒是聽說勛貴人家和名門世家的貴女便是這樣的，不知道這青姨娘是不是出身名門呢？要是的話，委身為妾不只是委屈，簡直是屈辱。」

呃？花瓊臉上的笑容微微一凝。她當然明白青姨娘根本就沒有什麼好出身，要不然的話也不會淪落到現在這樣的境地。

不等她回話，旁邊便有人笑盈盈道：「這位姊姊還真是目光如炬啊，這麼一句話就知道有人隱瞞事實的誇誇其談了。」

「喔？這又是何解？」拾娘故作不解地看著發話的丫鬟，如果沒有猜錯的話，這應該是林二爺另外一個姨娘身邊的大丫鬟，平時和花瓊應該多有磨擦，所以特意過來落井下石了。

「這位姊姊可能不知道，這世上還有一種人，雖然是琴棋書畫無不精通，可是身分卻和名門扯不上半點關係，唔，豈止是扯不上關係，簡直就是雲泥之別。這青姨娘啊，看起來倒是像書上講的大家閨秀，長得好，又會識字又能彈彈唱唱的，可實際上呢，不過是娼婦粉頭一流。」那丫鬟一點都不留口德。

「芳齡，妳敢滿嘴胡言，小心我撕了妳的嘴！」花瓊像被踩到了尾巴的貓一樣跳起來，指著芳齡威脅。

「嘖嘖，除了撒潑以外，妳還會做什麼？」芳齡卻是一點都沒有把花瓊的威脅放在眼中，冷笑著道：「我說錯什麼了嗎？我胡說什麼了嗎？我這說的都是實話，要不是擔心大老爺家的姊姊們不知道妳們主僕的真相，和妳們靠近了，壞了自己的名聲的話，我才沒有心思說這些呢！青姨娘不過就是個暗門子出來的，而妳呢？不但是暗門子出來的，還是個小叫花子出身，聽妳這樣的人多說幾句話都汙了自己的耳朵。」

「我撕了妳！」花瓊氣得暴跳。雖然她的身分在林二爺府上不是什麼秘密，但是被人這樣當著林府的人挑開，還是讓她十分羞惱。

看著花瓊不顧一切地和芳齡打起來，拾娘心裡冷冷一笑，拉著迎春、傲霜往後退了幾步，免得被不長眼睛的人誤傷到了。

「還不住手！」兩人沒有打幾下，就有人上前呵斥一聲。

花瓊和芳鄰雖然都在氣頭上，但是發話的人顯然積威很深，她們只能悻悻分開，頭髮和衣裳都在打鬧中散了開來。

「這又是怎麼一回事？」呵斥兩人的是一個年約四十的嬤嬤，她看看狼狽的兩個人，罵道：「也不看看這是什麼地方，今兒又是什麼場合，妳們可知道妳們丟的不只是自己和妳們姨娘的臉，連老爺夫人的臉都讓妳們給丟盡了。」

「陸嬤嬤，是花瓊先動手的，我只是為了自保才還擊的。」芳齡一邊整理自己的儀表，一邊還不忘為自己說話。

「如果不是妳滿嘴胡話，我會動手嗎？」花瓊恨恨瞪著芳齡，然後對陸嬤嬤道：「陸嬤嬤，今天鬧得這一齣都是芳齡的錯，在場的人都可以作證。」

「都可以給妳作證？」陸嬤嬤冷哼一聲，很想一巴掌把她拍到一邊去，免得在這裡礙眼；但是陸嬤嬤也知道，那也只能是想想罷了，雖然她看花瓊不順眼，可她是青姨娘身邊最信任的大丫鬟，而青姨娘現在正得寵，她還不能真的把花瓊給怎麼著。不過，就這樣輕輕放過花瓊，她卻還是不大願意。她冷冷看了一圈，卻看到拾娘三人都似笑非笑地看著這裡，心裡有些著惱，問道：「妳們是哪一房的，怎麼看起來眼生得很。」

「嬤嬤覺得眼生就對了，我們這可是頭一次見面。」迎春笑盈盈地道：「我們是清熙院的，我們少爺剛進去給老太太請安，著我們姊妹在這裡等他，沒想到才進來這麼一會兒，就看了這麼一齣熱鬧。」

原來是大少爺身邊的。陸嬤嬤立刻明白了拾娘三人的身分，心裡更恨花瓊和芳齡這兩個不著四六（注）的，卻也不好當著拾娘她們的面發落這兩人，她只好冷了臉，道：「妳們能說說這到底是怎麼一回事嗎？」

陸嬤嬤雖然不知道到底是怎麼一回事，但知道花瓊和芳齡在林府這麼一鬧，丟臉丟大了，不過要是這件事情和眼前的這三個丫鬟扯上了關係，那麼還能掙回幾分面子來。

「嬤嬤，這兩個人是在二老爺府上當差的，她們的性情想必嬤嬤心裡很清楚，這裡到底是怎麼一回事，嬤嬤心裡應該有底才是。就算沒有底，嬤嬤也可以問府上另外的姊姊，沒有必要非得問我們。」拾娘輕輕地拉了一下迎春，迎春從善如流地退到她身後。拾娘的臉冷冰冰的，道：「嬤嬤要怎麼處置發落她們我不管，也管不了，但是請嬤嬤不要牽扯到我們。」

「妳什麼意思？」陸嬤嬤沒想到自己的念頭被人一下子就看破了，很有些氣急敗壞地看著拾娘，道：「剛剛都還是好好的，妳們一出現就鬧了起來，我不問妳們問誰？」

「原來嬤嬤以為是我們的錯，所以才問我們啊。」拾娘看著陸嬤嬤，臉上的冷意更重，道：「鬧事的不問，卻來追問我們，這就是二老爺家的規矩？真是長見識了啊。」

陸嬤嬤氣得說不出話來。她是林二爺的奶娘，林二爺分家之後，內宅的事情她管得比二太太還要多，哪裡被人這樣頂過嘴。

「還有，剛才聽說了，這個花瓊的出身實在是令人難以啟齒，又是暗門子出來的，又是叫花子出身，這樣的人嬤嬤也敢帶到府裡來，還一個勁兒地衝著我們姊姊妹妹的亂稱呼，真是……」拾娘說這話的時候，鄙夷地看了一眼花瓊，道：「還拉著我說什麼眼熟，說什麼長得像她的一個妹子……不，是說我還不如她的什麼妹子。這算什麼呢？嬤嬤，我不需要妳給我什麼答覆，只希望這樣的事情不要再發生。」

聽了拾娘的話，陸嬤嬤不用問就知道花瓊和芳齡為什麼會鬧起來了——定然是花瓊和拾娘攀扯關係，和她有過節的芳齡卻去搗亂，然後鬧了起來。她狠狠地瞪了這兩個一眼，看她回去怎麼收拾她們。

「迎春、傲霜，我們還是到外面等大少爺吧。外面是冷了一點，可好歹空氣清爽，不像這裡……」拾娘再輕輕地瞟了花瓊一眼，沒有把話說完，輕輕彈了彈身上不存在的灰塵，當先離開。

迎春和傲霜也同樣鄙夷地看了花瓊一眼，迎春冷冷道：「拾娘說得對，我們還是出去吧。我寧願凍病了回去吃藥，也不要在這裡待著了。這裡真是污濁得可以。」

注：不著四六，意指信口開河，沒頭沒腦。

第二十四章

拾娘靜靜躺在床上。她今天比往日更忙碌，也更疲倦，卻怎麼都睡不著，一閉上眼睛，花瓊那一張圓圓的臉就在她面前晃悠，晃得她心煩意亂。

原以為她這一輩子不會再見到花瓊，那個曾經讓她當成了親人的大姊姊，那個她曾經以為可以依靠、可以信任、可以生死相依的人，那個在她看到一線曙光，以為可以脫離苦難的時候，毫不猶豫將她推向深淵的人……她原本以為跟著莫夫子離開了青陵郡，就不會再見到曾經熟悉的人，譬如花瓊，譬如青鸞，再譬如大喜。

可是沒有想到，在她以為一切都已經是過去的時候，花瓊會毫無預警地又出現在她的眼前，好在……拾娘的手輕輕地撫上右臉，好在自己早就明白，長得美麗不是錯，但是像自己這種無依無靠、無權無勢的女子，長得好看就是一種罪，一種懷璧其罪的罪過；好在自己早就狠下心來，改變了可能讓自己飛上枝頭，但更可能毀了自己一生的容顏，要不然的話，今天被花瓊撞見，還不知道會生出什麼事情來。

拾娘輕輕地嘆了一口氣。跟著莫夫子在望遠城定居的這兩年，她的生活安定、充實而又快樂，以為她已經忘記了曾經的那些困苦和悲傷；可是，今天遇到花瓊，她才知道，她其實從來就沒有忘卻那些苦日子，只不過將它們埋在了心底最深處，而花瓊的出現，不過是將它們從記憶深處翻了出來而已……

五年前，五王之亂剛起的時候，她和花瓊還有其他十一、二個同病相憐的女孩兒相偕到了青陵郡。

青陵郡是先皇的弟弟陵西王的封地，這位陵西王是先皇唯一的嫡親弟弟，也是先皇最小的弟弟，先皇在位的時候對他格外地照顧，而這位王爺也是個聰明人，從來就不牽涉到朝政中，除了奉旨進京之外的時間都在他的封地做他的逍遙王爺。

五王之亂始起，陵西王就和戾王、今上等人強調，他是中立，兩不相幫的，不管是誰贏誰輸都與他無關，他只做他的逍遙王爺；但是，不管是哪一個都不能將兵火燒到他的封地，誰讓他不得安寧，他也會讓誰知道他的厲害。

五王之亂中，像陵西王這樣固守自己的封地，守護著一方百姓過著世外桃源一般生活的王侯不止一個，但是有幸在五王之亂將起前，逃到這些地方的人卻並不算很多，拾娘是其中的一個幸運兒，而花瓊則是另外一個。她們和另外十一、二個年紀相仿，同樣被親人遺棄的女孩兒組成了一個小團體，一起度過了最困難、最艱苦的三年。

那個時候，拾娘年僅八歲，她的名字叫小喜。花瓊，不，那個時候她可不叫花瓊，而是叫花兒，一個簡單、充滿了鄉土氣息的名字，花兒也才九歲。花兒是小叫花子的頭，而小喜則是小叫花子的智囊。

花兒是那群女孩中年齡最大的一個，那群女孩都是她在前往青陵郡逃難的路上撿到的，小喜也一樣。小喜不記得她是怎麼遇上花兒的了，更不記得遇上花兒之前自己遭遇了什麼樣的事情，又是因為什麼原因被遺棄的——小喜在到青陵郡的那個嚴冬不小心生病了，雖然只是小小的風寒，但別說是找大夫看病抓藥，就連溫飽都無法保證，只能靠自己扛著。

小喜的身體底子應該是很好的，她病了整整三天，燒得整個人都迷迷糊糊的，所有的人都放棄了，覺得她會像之前生病的同伴一樣，就那麼死去的時候，她硬是挺過來了。但是也因為那一場高燒，小喜的腦子被燒壞了，忘記了之前所有的事情，連名字都還是花兒告訴她的，同時，花兒還告訴她，她和她們一樣，都是被親人遺棄的可憐人。

好在高燒只是讓她記不得過往，並沒有讓她變成一個傻子。病好之後，她還是小群體中那個最有主意的人，她總是能夠在困境中找到出路，她乞討到的食物總是最多的。花兒手中為數不多的銅板大半都是她弄來的，是她建議花兒貯存食糧以備不時之需，而那些可以貯存的食糧也大多數是她要到的。

而花兒，比起小喜她是不夠聰明，但是她願意聽小喜的話，她不但是小群體中年齡最大的那個，也是個子最高、力氣最大的一個，因為兩人的配合，她們這群無依無靠的小女孩也度過了那些艱難無比的日子，盼到了五王之亂初定，盼到了以為永遠都盼不到的安寧生活。

那個時候小喜都以為好日子就要來了，她都已經謀劃好了，她們那一群小叫花子都是女孩子，因為當了三年的乞丐，住的是青陵郡最破最爛的小廟，穿的衣衫也是襤褸不堪，剛剛可以蔽體，身上也都長滿了蝨子；因為這幾年能夠吃飽的時候很少，就算能吃飽，吃的也都是些殘羹剩飯，個個面黃肌瘦、骨瘦如柴，但是小喜知道，在污垢下面的小臉都不算很醜，只要梳洗乾淨了，都勉強算得上是清秀。

小喜也知道，五王之亂波及很大，不管是一般的有錢人家，還是高高在上的名門貴族都受到了不同程度的影響，天下大定之後，那些人家會在短時間內努力恢復，而他們最需要的就是一批下人。只要找到一個還不算黑心的人牙子，她們這群女孩子就能自賣自身，到有錢人家去做下人，雖然不一定能有什麼出息，但混一個溫飽是不成問題的——對於她們來說，能夠吃飽穿暖就是最大的幸福了。

小喜的建議花兒是滿心贊同的，事實上，如果不是因為過去的三年實在是太亂了，亂得所有的人都不知道自己的明天會是怎樣，稍有家底的人家都不願意買賣奴僕增添自己的麻煩的話，花兒早就自賣自身了。於是，花兒忍痛將所有的積蓄拿了出來，為十三個女孩子都買了一身最便宜的衣裳，然後一起到河邊將自己清洗乾淨，裝扮一新——既然決定賣身為奴，那麼最起碼要有一個好賣相，不是嗎？

小喜不知道的是，就在她為大家的未來謀劃的時候，別人卻在算計著她，而那個人就是一向看她不順眼的大喜。大喜看她不順眼不是一天、兩天的事情了，自從花兒撿到被遺棄的小喜，知道她也叫喜兒，然後為了區分她們兩個，分別以大喜、小喜稱呼她們的時候，大喜就恨上了小喜——她的名字是她過世的奶奶給取的，那是大喜記憶中唯一疼愛她的人，要是奶奶在的話，大喜不會被狠心的父母丟棄，名字是奶奶留給她的唯一想念，可是小喜卻把這唯一的想念給破壞了，所以，她心裡最深處是怨恨著小喜的。

原本她還不知道該怎麼對付小喜，但是在看到清洗了一身的污垢，穿上那身不合身的粗布衣衫的小喜的時候，她就知道應該怎樣做了——小喜是漂亮的，就算面黃肌瘦，就算是一身難看的粗布衣裳，也掩飾不住她那種不一般的氣質和美麗。大喜不知道應該怎樣形容，但是大喜能夠肯定，小喜是她見過最好看的人，比那些穿著綢緞衣裳、戴著金銀首飾、抹著胭脂花粉的有錢人家的女子還要好看。於是，她私底下和花兒合計，在小喜察覺之前，將小喜賣到了一處暗門子。

拾娘到現在都還沒有忘記，是自己視為姊姊的花兒說有話想要對自己單獨講，然後將自己從破廟引了出去，之後和躲在一旁的大喜一起合力將自己綁了起來，送進了暗門子，為的就是老鴇許給她們的五兩銀子。花兒當時一定在想，有了這五兩銀子之後，她就能過上好日子，卻沒有想到，她也是被大喜算計的人。

看著從老鴇手裡拿了六兩銀子揚長而去的大喜，看著想要逃離，卻被人死死按住的花兒，小喜只是嘆了一口氣，連掙扎一下都沒有。

在暗門子裡的日子對於小喜而言是一種煎熬，她穿上了柔軟美麗的衣裳，吃上了可口的、熱騰騰的飯菜，甚至因為她難得一見的容貌和氣質，老鴇還特意給她安排了兩個丫鬟伺候……按理來說，過了三年飢寒交迫的日子，這樣的日子應該是天堂，可是對於小喜來說，那樣的日子比在生存中掙扎還要痛苦。她不知道這是為什麼，但是有一種她雖然記不起來，卻刻在骨子裡，想要遺忘都不能的驕傲，讓她怎麼都無法接受自己的處境。

但是，小喜從來都是一副逆來順受的樣子，她乖巧地任由著老鴇擺布，照著她的安排學歌舞、學琴藝、學儀態……不但學得快，而且學得很好，將暗門子裡所有的，不管比她大還是比她小的姑娘都給比了下去。老鴇曾經深深地嘆息過——她要是再大一點該多好，那樣的話她現在就是自己的搖錢樹，讓自己日進斗金的夢想馬上就實現。不過，老鴇也不著急，她相信，小喜遲早都會是一棵最大的搖錢樹。

而小喜也不著急，她一邊溫順乖巧地聽從著老鴇的安排，她知道自己還年幼，自己表現得越是出色，老鴇就越不會糟蹋自己，而另一邊，她卻在尋找著機會，一個讓自己逃離這裡的機會。如果不能逃離，那麼就找一個可以讓自己乾乾淨淨投胎的機會吧！

機會總是會有的，如果沒有，那麼就要找時機為自己創造一個，而她從來就不缺乏耐心。

第二十五章

或許是小喜的溫順乖巧迷惑了老鴇，也或許是老鴇知道，小喜不過是個被遺棄、無家可歸的可憐人，就算想逃都無處可逃，對小喜的看管並不算很嚴，當小喜第一次提出想到寺廟上香，出去走一圈的時候，老鴇只是稍微遲疑了一下，就點頭答應了。當然，她也沒有掉以輕心，派了好幾個五大三粗（注）的婆子和平日裡照顧伺候小喜的丫鬟一起跟隨。

第一次出門，小喜自然不會想著逃走，她除了在寺廟裡停留的時間稍微久了一點之外，沒有任何異常舉動。回來之後，不但對老鴇感激有加，學起那些功課來也更認真了，這讓老鴇對她愈發放心起來。

一個月後，她第二次提出請求的時候，老鴇毫不猶豫地答應了她。

當然，小喜也沒有把握這樣的機會逃走。她知道自己現在不但身無分文，更無處可去，必須要仔細籌劃才可以，所謂的到寺廟上香不過是養成一個習慣，一個讓老鴇隔一段時間就讓她出門一趟的習慣，而她做了長遠的打算，準備花兩年的時間慢慢謀劃著逃走。

但是，計劃永遠是趕不上變化。小喜第三次去寺廟，上過香，照著上幾次的習慣，到寺

注：五大三粗，形容人高大粗壯，身材魁梧。五大，是指雙手大、雙腳大、頭大；三粗，是指腿粗、腰粗、脖子粗。

廟的後院逛逛的時候，無意中救了一個被人追殺的男人，不但為他掩飾了行蹤，更指點他應該怎樣藏身——她在青陵郡待了三年，這三年來她們混跡於青陵郡最下層、最弱勢的群體，如果沒有絕佳的藏身之處的話，她們不知道死過多少回了。

她的指點顯然是有效的。她第四次到寺廟的時候，又遇上了那個男人，他這一次不是為了逃避追殺，而是為了來見她，見到她之後更直言不諱地問她，要不要跟著他一起離開青陵郡——這男人顯然很不一般，在短短的一個月之內不但甩脫了追殺他的人，養好了身上的傷，更摸透了小喜的身分，甚至，他看透了小喜的心思，知道小喜不願意淪落風塵。

小喜毫不猶豫地點頭。她不知道什麼叫做施恩不望報，事實上，她在幫這個男人的時候，圖的就是這個男人順利逃脫追殺之後能夠幫她一把——渾身是傷，後有追兵，卻還能那般從容的人一定不是凡人，這樣的人值得她冒險。

而事實證明，她的冒險成功了。有備而來的男人丟給小喜一套衣裳，用一種不知名的藥粉將她的頭髮染得花白，在她的臉上弄了一番，小喜就從一個青娥少女變成了一個老態龍鍾的老婆子，堂而皇之地走出了寺廟，沒有做任何停留，就離開了青陵郡，那個在她記憶中充滿了苦難的地方。

身陷其中的時候，小喜作夢都想從那個污穢的地方脫身出來，哪怕是為此付出她僅有的一切都無所謂，可是，當她的願望實現的時候，卻又茫然了。天下之大，她卻不知道自己該何去何從，除了一個不知道是真是假的小名之外，她只有一顆貼身帶著的、不知道名字的果核，她不知道自己全名是什麼，不知道自己的故鄉在何方，更不知道自己還有沒有親人……

還是那個男人，他似乎看出小喜的茫然和心思，所以，他再一次向小喜伸出了援手。他說，他原本就沒有什麼親眷，孤身一人在外拚鬥了十多年才存下一點點產業，卻因為一場奪嫡之亂化為烏有，他現在只希望在有生之年能夠回到故里，要是小喜不嫌棄的話，可以和他一起走，彼此之間也好有個照應。

小喜不知道自己為什麼會答應了他，或許是真的已經走投無路了吧！她也知道，如果自己一個人走的話，等待她的不知道會是什麼，或許不過是從一個火坑到另一個火坑，還不如跟這個男人走，起碼兩人有過患難之情，頂多再瞎一次眼睛，再遇上一個會出賣她的人而已。

為了方便路上行走，男人和小喜以父女的身分示人，男人自稱姓莫，單名一個雲，問小喜的名字的時候，小喜苦澀一笑。她不想要現在用的這個名字了，這個名字伴隨她的都是苦難，她說她所有的苦難都源於被人拋棄，就叫棄娘好了，這個名字可以讓她牢記自己被拋棄、被出賣的事情，讓她時刻不忘警惕。

莫雲不喜歡這個名字，他想了想，說：「叫拾娘吧，是妳把我給拾到的，不是嗎？叫妳的時候我會提醒自己，妳救了我，然後才會對妳更好一點。」

拾娘？好像也不錯，至於到底是誰拾到了誰，是誰救了誰卻不好說。

也是從那個時候，小喜徹底消失了，留在這世間的是拾娘，莫拾娘。

拾娘不知道莫雲到底是什麼人，不知道他的過往，而莫雲也從未和拾娘提起過，但是毫無疑問的是，他必然不一般——從青陵郡到望遠城足有八、九百里，他們剛剛離開青陵郡的時候，還是身無長物，兩手空空，但是到了下一個小縣城的時候，他卻不知道從哪裡弄到了一些行李，甚至還有戶籍，寫了莫雲和莫拾娘名字的戶籍。兩個人坐上了莫雲雇來的馬車，晃晃悠悠地一路來到了望遠城。這一路，莫雲經常會失蹤，有時是半天，更多的則是一、兩個時辰，再次出現的時候，莫雲手裡都會多了一個或大或小的包袱，拾娘總是默默看著他，沒有多問一句。

走了一個半月，莫雲才帶著拾娘到達望遠城。還沒有安頓下來之前，莫雲就淡淡對拾娘說，他手上有一種特殊的藥，搽在臉上能夠滲入到皮膚裡面，在皮膚上留下青黑色的印記，看起來和胎記一般無二。但是，這種藥物的解藥，他手上卻沒有，只有一個藥方，但是藥方上的藥材一大半都是少見的名貴藥材，別說是望遠城這樣的小地方配製不出來，就算是在京城要找齊那些藥材也不是一件簡單的事情。如果沒有解藥的話，那麼青黑色的印記就會伴隨她一生。

拾娘沈吟了半晌。她很清楚容貌對女子而言十分重要，有的時候甚至超過了品行；但是她更清楚，姣好的容貌如果放在出身良好、有家人依仗的女子身上，那是錦上添花，試想自己這種無依無靠，唯一熟悉的人也是個透著神秘的人，那只會給自己招來禍事。大喜之所以能夠設計自己成功，不就是因為自己的長相嗎？

於是，拾娘在莫雲帶了些讚賞的目光中點了頭，甚至還擔心時間長了，自己會後悔，當天晚上就對著銅鏡往臉上抹了藥水，更超出莫雲估計的抹了好大一片，大半邊臉都成了青黑色。莫雲問她何故，她笑笑，說：「既然已經決定用藥水來掩蓋容顏了，那為什麼不做得徹底？」

莫雲沈默了，看著拾娘的眼光中除了欣賞之外，更多了些心疼。

拾娘的臉上多了一個怎麼都洗不去的胎記之後，莫雲就帶著拾娘到城西巷定居下來。他每天都會抽出大量的時間教拾娘讀書識字、琴棋書畫，還教拾娘一些奇奇怪怪的東西；用他的話來說，他需要做一些事情打發時間，而他又不方便和外人有太多的接觸，所以，教導拾娘就成了他最大的娛樂。

他的話拾娘並不相信，她知道莫雲要打發時間可以做很多的事情，莫雲的愛好廣泛，會做的事情很多也很雜，除了女兒家的女紅之外，就連下廚都有一手，讓拾娘很懷疑他到底是什麼人。

這樣的日子很平靜也很充實，當然也很忙碌，拾娘努力汲取莫雲傳授給她的知識，當然，更多的時候她還是照著莫雲說的，先囫圇吞棗地將他教她的東西記下來，不懂沒有關係，等到年紀漸長之後，自然也就懂了。

拾娘一開始還不明白莫雲這樣做的深意，直到兩人在望遠城住了一年多之後，她才恍然過來——原來莫雲身上早已有了不能治癒的暗傷，他不知道自己還能活多久，所以才會這般教授自己知識。明白了莫雲的深意之後，拾娘第一次在莫雲的面前哭得像個女兒一樣，而莫雲只是笑著摸摸她的頭，說他想做的、想享受的，都已經做了、享受過了，唯一的遺憾就是沒有個一兒半女，而拾娘的出現彌補了他唯一的遺憾，他就算是死了也會很開心。

也就是從那個時候開始，拾娘才不把他當成同伴或長輩，而是真正把他當成了父親，和他一起度過了剩下不到一年的時光。

莫雲病重的時候對拾娘說，如果他沒有猜錯的話，她應該是京城人，她身上唯一有的那個能夠證明她身分的東西是一個菩提子，而且是一顆少見的金線菩提子，那是從佛國傳來的吉祥物，是極難得的東西。就他所知，京城的皇家寺院白馬寺在十五年前得了這麼二十顆，都被權貴人家求去了，拾娘如果想要知道自己的身世的話，不妨去白馬寺走一趟，或許能夠有所收穫。

拾娘默默地聽著莫雲說話，卻一句話都沒有說。她知道自己有一個去不掉的心結，那就是自己是個被拋棄的人，她不明白為什麼自己的父母會將自己拋棄，而她真的很想找到他們，好好質問一番；可是，她卻連自己的父母到底是什麼樣的人都記不得了。

莫雲給拾娘的腦子裡塞了一大堆自己都不知道能不能用上的東西，但是留給拾娘的卻只有一個可以容身的小院子和一屋子的書，別的什麼都沒有。莫雲直言不諱地告訴拾娘，他有一筆拾娘一生可能都用不完的錢財，卻不能留給拾娘。她一介孤女什麼都沒有，雖然會辛苦一些，但終究還能安安穩穩活下去，但是如果她擁有的是她的能力不足以保住的，只會給她帶來危險。

拾娘對莫雲的安排沒有任何怨言，所以她按照莫雲的意思賣身進了林家，一來可以在自己還無法完全獨立的時候找一個庇身之地，二來也可以學一學人情世故，尤其是學一學內宅女人的生存手段和方式……

第二十六章

「這是誰做的，看著真不錯。」林永星拿著包了書套的書翻來翻去地看。這書套做得很精緻，上面的花色也很漂亮，是墨色牡丹的圖案，用深深淺淺的墨色絲線繡製，很有韻味。

「大少爺喜歡就好。不枉丹楓和伊蓮累得滿眼都是血絲。」拾娘微笑著道：「這些圖案看著簡單，但是因為絲線的顏色很接近，繡起來很麻煩，很費眼力，丹楓她們這幾天白日就忙著做這個，連休息的空閒都沒有，這還是有鶯歌她們幫忙分線，要不然的話更累人。」

「她們真是有心了，記得提醒我好好地獎賞她們。」林永星歡喜地看著，然後對拾娘道：「這圖案是哪裡來的？又文雅又別致，還不會讓人覺得花稍，還真是少見。」

「這花樣是拾娘畫的。」端茶進來的碧溪笑著搶了話，道：「少爺，您不知道，拾娘畫得可好了，不但畫了這一套的牡丹花樣給您做書套，還給我們畫了不少別的花樣，這幾日大家都忙活著，想給自己做一點特別的東西呢！」

「怪不得這兩天看誰都拿著繡花線。」林永星恍然，最近這天氣是越來越冷了，前幾天甚至開始下起了雪，學堂也停課了，他基本上都在家溫書，只有在遇上疑難問題的時候才會去先生家中請教，自然知道清熙院的丫鬟們這些天在忙碌些什麼。這時再看那書套，感覺卻又不一樣了，那牡丹雖然是富貴之花，卻透著一種別樣的冷清，這倒合得上拾娘的氣質了。

他笑呵呵地看著拾娘，道：「我還記得妳剛剛來的時候，有人說妳琴棋書畫無不精通，當時以為離譜得緊，現在卻覺得還是說中了幾分，雖然沒有聽妳彈過琴，但是別的好像都不比我弱啊！」

這話還要回到前幾日，看書看得有些厭煩的林永星想找點事情做，清溪建議他煮酒賞梅，可是才在梅亭那邊擺好東西，還沒有開始溫酒，林二爺就出現了，拉著林永星口如懸河地開始拽文弄字（注一），說不到幾句話又開始講他的風流韻事，林永星最是厭煩他這一點，溫好的酒一口都沒有喝就落荒而逃。

林永星對這個二叔實在是無言得很，回望遠城到如今，也快兩個月了，他什麼事情都不做，整天瞎晃悠倒也不出人意料。他五年前沒有捐官的時候也是這德行，但是再怎麼閒，在自己家裡閒就好了，沒有必要有事沒事就往別人家躥跑？回來不到兩個月，他倒有一半的日子是在林府度過的，而林老太太還是一如既往地寵著他，不但不說什麼，他每次一來就興師動眾讓廚房為他燉這個，準備那個。林永星聽林太太抱怨過，說自從林二爺回來之後，家裡的用度增添了不少，還說幸好就只是他一個人過來，沒有拉家帶口（注二），要不然的話，就算是有金山銀山也得被他們給吃空了。

而令林永星最不滿的是，林二爺的目光總是在有幾分姿色的丫鬟身上溜溜轉，尤其是清溪在的時候，恨不得整個人貼上來一般，讓他心裡著實看不起。對於他這一點惡習，林老爺和林太太早已麻木，林二爺以前就是這副德行，原以為出去幾年又當了官會有幾分長進，但是現在看來那不過是幻想罷了。林老太太倒是因此訓斥了他幾句，但是這邊剛訓完，那邊就把她身邊長得最好的丫鬟青柳給了林二爺，那丫頭本是她特意調教了準備給林太太添堵的，結果便宜了林二爺。

回到清熙院，不想再出去和林二爺撞上的林永星只好無聊地打棋譜（注三）——這是董禎毅教他的，而林永星試了幾次之後覺得感覺不錯，不但能夠消磨時間，讓自己的心靜下來，還能讓自己的棋藝有所進步。

可是一個人打棋譜難免有些無聊，忽然憶起清溪說的，拾娘琴棋書畫皆通的話來——那個時候他只覺得清溪說的不過是笑話，但是和拾娘相處的時間長了，他卻覺得那些話未必就是假的。於是，林永星就拉著拾娘，讓拾娘陪他下棋。拾娘那個時候手上正好有事，懶得理會他，林永星便在一旁說刺激拾娘的話，一會兒說她定然不懂怎麼下棋，一會兒又說她就算懂點皮毛，技術也不高，所以擔心被打敗，再過一會兒又說拾娘定然是個臭棋簍子（注四）……反正是使出了渾身解數，務必激將成功。

拾娘終究還是陪著林永星下了一盤棋——不是被林永星激將成功，而是受不了他的呱噪。真不明白一個男人怎麼那麼長舌，好吧，他還算不得男人，可是他未免也太呱噪了些。

注一：拽文弄字，意指賣弄口才辭藻。
注二：拉家帶口，意指帶著一家大小。
注三：打棋譜，意指按照棋譜把棋子順次擺出來，從中揣摩學習。
注四：簍子，北平方言。指愛好某種文藝活動的人。

拾娘的棋藝是莫夫子教的，用莫夫子的話來說，只能算是會下棋，根本談不上高深；不過林永星更遜，一盤棋下不到半個時辰就被拾娘殺得無力還手，這讓林永星對拾娘愈發佩服了起來，也才會有這樣的說法。

「奴婢也覺得拾娘妹妹很有本事呢。」碧溪笑吟吟道，她倒是真心佩服拾娘，進這院子不過三、四個月，林永星不用說，從一開始的極力反對，恨不得馬上把她給攆走，到現在什麼事情都離不開她；院子裡的丫鬟婆子，除了清溪以外也從以前的排斥到逐漸接受，現在都喜歡她，樂意和她親近。碧溪現在最慶幸的是拾娘剛到的時候，自己就對她顯出十分的善意，而不是像清溪一樣，一開始給人使絆子。

「拾娘，說說看，有沒有妳不會的。」林永星興致勃勃問道，他不相信拾娘無所不能，卻不知道拾娘到底不會什麼。

「拾娘不過是一介平凡的小女子，不會的東西多著呢。」拾娘淡淡應付了一句，根本就懶得回應林永星的好奇心。

「我知道。」碧溪捂著嘴吃吃笑了起來，臉上帶了孩童般的頑皮神色，故作神秘地道：「少爺想知道嗎？」

「那是自然。」林永星連連點頭，然後湊過去，道：「快點說來聽聽。」

「拾娘不會女紅。」碧溪根本不管拾娘的白眼，立馬把拾娘給出賣了，還笑嘻嘻地道：「除了穿針引線之外，拾娘就連釘個釦子都很費力呢。」

啊？不會女紅？林永星瞪大了眼睛看著拾娘，琴棋書畫都會的人居然不會女紅？看著力持鎮靜卻還是忍不住紅了臉的拾娘，林永星噗哧一聲笑了出來，而碧溪也跟著呵呵大笑。

「這有什麼好笑的。」拾娘恨恨嘟囔了一句，然後轉身去了書架後面，懶得理會這兩個拿了自己短處取笑的傢伙。

拾娘也知道姑娘家最重要的還是女紅，也知道自己不通女紅會讓人取笑，可是，她就算是想要學也得有那個機會啊，以前在青陵郡的時候，她每日考慮的只有怎麼才能討到食物、填飽肚子，其他的都不重要。在五王之亂剛剛結束，世道剛轉好的時候，她也曾想過學學女紅，就算學藝不精，不能靠它吃飯，但能為自己做件衣裳也好，可是命運沒有給她那個機會，她還沒有來得及找一個安身立命的地方就被人暗算了。

等到和莫夫子在望遠城安頓下來之後，她每日跟在莫夫子身邊學這個那個的，哪有時間學什麼女紅啊？

「碧溪，妳怎麼知道拾娘不會女紅？」林永星笑夠了之後好奇地問道。他可不認為拾娘會把自己的短處告訴別人，她的嘴巴比蚌殼都還咬得緊。

「這也是奴婢偶爾發現的。」碧溪掩嘴笑了好一會兒，然後把拾娘前幾天在收拾書房的時候，不小心刮到了衣袖，將袖子刮破然後躲在房間裡縫補的事情告訴了林永星，然後笑嘻嘻道：「少爺，您不知道，拾娘縫補的那叫一個難看，就算是剛剛學針線的小丫頭都比不上，還是奴婢看不過眼，給她縫補上的。」

「拾娘，妳真是……」林永星哈哈笑著搖搖頭，然後不解問道：「妳這麼聰明的人，怎麼連這個都不會呢？難道妳娘沒有教過妳嗎？」

「我沒有娘。」拾娘在書架後面，兩個人看不到她的表情，但聽她的聲音也知道她的心情很不好。

「怎麼會沒有娘呢？」林永星脫口而出，然後立刻道：「我沒有別的意思，只是……妳要是不想說的話就不用說好了，我不會再問這個了。」

「我不記得我娘長什麼樣子，我只知道我和我爹相依為命，什麼親人都沒有了。」拾娘的聲音淡淡的，手卻忍不住摸上了戴在脖子上的菩提子，然後更冷地道：「我就是人家說的那種，有娘生沒娘養的了。」

「對不起，拾娘妹妹。」碧溪看著臉色尷尬的林永星，主動道歉道：「我不該提妳的短處，更不該觸及妳的傷心事，我以後不會了。」

「沒關係。」拾娘長長地吐了一口氣，雖然沒有人看得見，她還是擠出一個笑容，道：「沒有娘，我也長這麼大了，我相信我一樣可以過得很好。」

第二十七章

「這書套倒是別致，你怎麼得來的？」看著手中的書套，董禎毅也是說不出的喜愛，他手裡正好有些需要好生保護的書本，這東西送得還真是合他的心意。

「我院子裡的幾個丫鬟繡的，怎麼樣，這東西算是投你所好了吧？」看著董禎毅的神色，林永星很有些得意，給他送一份合心又合意的禮物還真不是件容易的事情呢。

「是很好。尤其這圖案，畫的人雖然筆法生疏了些，卻很有自己的風格，只要能夠持之以恆畫下去，必然有不俗的成就。」董禎毅輕輕摩挲著書套上的蘭花，很中肯地道。他三歲啟蒙，琴棋書畫是他所學的重中之重，哪怕是回到望遠城後條件艱苦也從未放下，他的書畫比林永星好太多，自然一眼就能看得出來這畫的優劣之處。

「能得你這麼一句評價已經不錯了。這是拾娘畫的，她還給我畫了一套牡丹的，也做了書套，我覺得你應該也喜歡，就讓她趕著畫了這些。」林永星笑呵呵地道：「這也是趕巧了，我正在發愁給你什麼樣的新年禮物呢。」

「你這丫鬟還真是個寶。」對於未曾謀面的拾娘，董禎毅已經是很熟悉了，林永星每次在拾娘那裡吃了癟總會和他抱怨，不過他極少得到董禎毅的同情就是了。

「可不是。」林永星贊同地點點頭，然後笑呵呵道：「她剛剛到清熙院的時候，清溪說什麼她琴棋書畫無不精通，我還笑話了一通，現在看來，她就算不能說得上無不精通，但是每樣都懂一些卻是肯定的。如果不是因為她父親病逝之後無力安葬，又無親無故沒有投奔的人的話，也不至於自賣自身了。不過，這也算是我的好運氣吧！」

「我也覺得你有這麼一個丫鬟是交了好運。這麼一個無所不能的丫鬟可是打著燈籠都找不到的。」董禎毅點點頭。別說是丫鬟，就算是有錢人家的姑娘都不一定有這麼好，別的不說，林舒雅定然是比不上這個丫鬟的。

「誰說她無所不能啦？」林永星嗤了一聲，然後笑得神秘兮兮地道：「你知道嗎？拾娘居然不懂女紅，連穿根針都要費好大的氣力呢。」

知道了拾娘的弱點之後，林永星忽然有了一種揚眉吐氣的感覺，而對拾娘也多了一些親近的感覺——無所不能的人還是敬而遠之得好。

「什麼？」董禎毅噗地一聲笑了出來。他剛剛還以為那個厲害的丫鬟真是無所不能了，沒想到轉眼就聽到了這麼好笑的事情，看來人無完人沒有說錯。

笑了一會兒，董禎毅起身拿了一摞書（注）遞給林永星道：「這些書都是難得的孤品，我從城西巷的莫夫子那裡借來抄寫的，抄了兩份，這一份給你，這可是有錢都買不到的好東西。」

城西巷的莫夫子？林永星微微一怔，覺得不管是這個地址還是這個名字聽起來都很是耳熟，忽然，他瞪大了眼睛——他來之前不就是把拾娘送到了城西巷的嗎？那個莫夫子怎麼聽起來和拾娘關係匪淺的樣子？

「怎麼了？」董禎毅看著林永星吃驚的樣子，隨意問了一句，然後笑著道：「是不是覺得很奇怪，我居然會去城西巷那樣的地方借書？」

林永星點點頭，然後道：「可不是。那地方可不是什麼讀書人居住的地方，雖然看起來倒也乾淨整潔，但也都是些普通百姓住的，你怎麼會去那裡借書呢？」

「說來也巧，幾個月前我在弗英兄那裡看到一本從未看到過的書，便向他借來觀看，是他告訴我城西巷有一個莫夫子，他家中藏書甚多不說，還借給愛看書的學子，我就抱著不妨過去看看的心態去了一趟，沒有想到果然如弗英兄說的那樣，藏書甚多。一開始的時候，因為主人家不在，我又沒有和他們打過交道，只能在閒暇時候過去抄錄回來，後來是禎誠遇到了莫夫子的女兒，那位姑娘很是體諒人，同意禎誠將書帶回來。」董禎毅笑著道：「我還準備了一份禮物，想過幾天送過去，表示自己的一分心意呢。」

「那莫夫子家的院子是不是挺窄小的，然後家裡一般都沒有人，都是鄰居幫著照顧一二？」林永星越聽越生疑，怎麼都覺得董禎毅說的地方是自己剛剛去過的地方。

「你怎麼知道？」董禎毅好奇地看了林永星一眼，道：「聽鄰居說，莫夫子去世已經半年左右，莫姑娘極少回家，但是為了方便借書的學子，並沒有將家門緊閉，而是請了鄰居照看一二……說實話，這樣高義的人真的是太少見了。」

注：摞，量詞。計算重疊放置著的東西的單位。如：「一摞書」、「一摞碗」。

莫姑娘？是莫拾娘吧！林永星有些不是滋味，但也有些自豪，拍拍董禎毅的肩頭，道：「那家裡一般都沒有人，你去了也是白跑一趟，我看還不如別那麼麻煩了，直接將禮物給我就好。」

「給你做什麼？莫非你認識莫姑娘，能把東西交到莫姑娘手上？」董禎毅玩笑了一句，卻在林永星點頭之後瞪大了眼睛，道：「你怎麼認識莫姑娘的？你這人連書肆都很少去，又怎麼會找地方借書看呢？」

「我那個總是目無尊長的丫鬟就姓莫，莫拾娘。五個月前，她爹病死了賣身進了府的。」林永星齜牙道：「我來你這裡之前才把她順道送去了城西巷，你說我是不是認識她？」

呃？董禎毅愣了愣，有些恍然，但是卻更疑惑了。看那一屋子的書，還有不少的孤本，就知道那位已經不在人世的莫夫子定然是一位飽學之士，莫拾娘那麼地與眾不同也就有了答案。可是，有那麼一屋子的書，莫拾娘不至於淪落到賣身葬父的境地啊？那些書，且不說那些孤本，就算是那些一般的書籍，賣了之後也能夠將莫夫子好好安葬的啊……

「我剛剛聽禎毅說起，說他在這裡借了不少書，可有這回事情？」從董家出來之後，林永星就讓得福趕車回到城西巷接拾娘。這會兒還沒有到他們預定好的時間，林永星直接進了早上並沒有跨進半步的莫家小院，然後找到正在書房整理的拾娘，也看到了那一屋子書。這裡光是書架就比他的書房多了三、四個，不用細看，就知道藏書比林家多得太多，林永星自然知道自己猜得一點都沒錯。

「不錯。董家少爺確實是到這裡來借書了。」拾娘仔細將書架整理了一遍，尤其是那些莫雲生前當成了寶貝的孤本，更是仔細翻看了一遍，就擔心有什麼破損；不過還好，到這裡來借書的人都是真正的愛書之人，將書借走之後，很是愛惜，這些書和以前相比沒有什麼兩樣。

「那……」林永星瞪大了眼睛，道：「這麼多的書，還有那麼多的孤本，妳隨便賣一些，都可以將妳爹好好安葬，也可以讓妳安穩度日，不至於非要賣身為奴啊！」

「大少爺可能不知道，自從我們父女倆在這裡定居下來之後，這裡就是很多買不起書、讀不起書卻又好學的人借書、看書甚至是讀書識字的地方。我爹爹臨死前希望這些書能夠讓更多的人看，能夠開闊更多人的眼界，而不是成為某個人的私藏，更不希望它們被人束之高閣，無人問津。」拾娘早就想過可能會面對這樣的質問，也早就想好了應該怎樣回答。

「可是妳……」林永星看著拾娘，不知道說拾娘父女倆品格高尚呢，還是說他們死腦筋，都不會為自己著想。

「大少爺覺得奴婢賣身為奴很委屈對吧？」拾娘輕輕一笑，然後嘆了一聲氣，道：「說實在的，奴婢也想過將這些書給賣了，用賣書的錢安葬爹爹，然後用剩下的錢度日，可是且不說那樣做會將爹爹的心血毀之一旦，自己也內疚一生。就算自己不內疚，那些錢能用多久呢？一年，兩年還是三、四年？還不如像現在這樣，既能繼續爹爹的志願，奴婢自己也能找一個安身立命的地方，一舉兩得。」

「妳和妳爹爹都是純善之人。」林永星嘆息了一聲，最後下了這樣的定論，或許只有純善之人才能這樣做吧。

純善？拾娘輕輕挑了挑嘴角，要是莫夫子也算是純善之人的話，這世上還真沒有幾個人算是心思深沈的了。至於自己，雖然沒有他心中那麼多的彎彎曲曲，但是和純善應該也扯不到一起吧？

不過，心裡怎麼想是一回事，拾娘嘴上還是淡淡地道：「當不得大少爺這麼誇獎，爹爹不過是做一些他自己覺得應該做的小事情，而奴婢也不過是不想毀了爹爹的心血而已，沒有什麼大不了的。」

「就是因為這樣才更顯得難得可貴。」林永星愈發覺得拾娘好了，看著拾娘的目光也是暖暖的，心裡下定了決心，以後不再那麼隨便地笑話拾娘，更不會為難她了……

第二十八章

「太太，您別擔心，大少爺一定能考上。」看著坐立不安的林太太，拾娘輕聲安慰道：「大少爺書讀得本來就不錯，這半年多來又特別刻苦，這一次縣試不敢說能夠成為望遠城的童生，但起碼也是前十名，您就放心好了。」

「我這心裡還是不踏實啊！」林太太嘆了一口氣，她看著拾娘，臉上帶了苦笑，道：「我不圖什麼案首（注），也不求他能夠有多好的成績，只要能夠順順利利考取我就謝天謝地了。」

今天是望遠城縣試放榜的日子，而林永星今年也下場考試去了，他還沒有進考場，林太太的心就揪成了一團，雖然他考完之後說很簡單、很順利，林太太也沒有放下心來。

「太太要是只有這麼一點指望的話就更不用這麼憂心了。」拾娘笑著將楊柳剛剛換過的熱茶遞給林太太，道：「奴婢敢向您保證，大少爺一定能夠上榜，您啊，應該想的是怎麼給大少爺慶祝。」

「唉……」林太太又嘆了一口氣，然後忍不住又往外張望了一會，卻還是不見回來報信的人，她心不在焉地喝了一口茶水，道：「永林今年也下場了，也不知道他考得怎麼樣？聽

注：案首，縣試、府試、院試的第一名稱為案首。

他說今年的考題不是那麼簡單，要順利考過可沒有那麼輕鬆啊。」

「太太，大少爺和三少爺相差好幾歲，讀書的時間也不一樣，怎麼能相提並論呢？」拾娘就知道林永林也去考童生試給了林太太不小壓力，林永星也因為這件事情，對這一次的考試慎重了很多。她倒是覺得這是件好事，有壓力才能有動力，不是嗎？

「唉……妳不知道。」林太太搖搖頭，林老爺一直盛讚林永林，覺得他雖然比林永星小了三歲多，可是學識一點都不比林永星差，齊秀才也說他天資聰穎，區區童生試難不倒他，要是林永林過了，而林永星卻過不了的話……林太太甩甩頭，不敢再想下去。

「奴婢明白太太在擔心什麼。」拾娘還是不緊不慢道：「太太，三少爺的功課奴婢也見過，雖然比大少爺的稍差一點，也是不錯的，奴婢不敢說他就一定能夠通過童生試，但縣試想來是沒有問題的，您也不用太擔心了。」

因為林太太的擔憂，拾娘倒也透過某些手段拿到林永林為了這次考試所做的一些功課，看了之後，她能夠肯定，除了無法從這裡面看出來的記誦以外，林永林不管是辭章還是政見時務都顯得太稚嫩，遠遠比不上林永星，縣試應該可以順利透過，但是四月的府試和之後的院試就不好說了。

林太太看了拾娘一眼。她雖然從來就沒有在拾娘面前透露過對林永林和齊姨娘的不滿，但是她不相信拾娘會什麼都不知道，她這一番話是在安慰自己，告訴自己林永林絕對不會搶了林永星的鋒頭，可是她心裡還是很擔心啊。

「太太，齊姨娘來了。」

正在糾結中，王嬤嬤的聲音打斷了她的思索，她抬起頭，王嬤嬤輕聲道：「齊姨娘說今天是縣試放榜的日子，她心裡很是忐忑不安，一個人怎麼都坐不住，所以想到太太這裡說說話，討個定心丸吃。」

是過來看自己怎麼著急的吧！林太太臉色一冷。要是林永星考砸了的話，順便還能看看熱鬧，甚至還能說上幾句乍聽是關心，再一琢磨才知道在諷刺的話。

林太太很不想讓齊姨娘進來，可是看了一眼沈著冷靜的拾娘，想想她剛才說的那些話，話到嘴邊卻改了口，道：「讓她進來吧。」

齊姨娘很快就進來了，給林太太行過禮問過安之後，坐在下首，滿臉擔憂地道：「太太，怎麼還沒有人回來報信呢？婢妾這心裡都快急死了。」

「有什麼好著急的？」林太太輕輕地瞟了她一眼，淡淡地道：「我都不著急了妳有什麼好著急？永星那孩子雖然頑劣，不能安安心心讀書，可他終究也在學堂廝混了這麼幾年，這麼一點考試真沒有必要擔心。而永林那孩子一看就知道是個上進的，他的學識或許還在永星之上，更不用擔心了。」

「大少爺在望遠學堂那樣的地方讀了兩年書，有望遠城最好的先生教導，自然是不用擔心，可是三少爺……唉，雖然教授他的先生都說他天資聰穎又能下苦功讀書，可終究年幼了一些，婢妾實在是擔心啊！」齊姨娘滿臉擔憂地看著林太太，一副沒有主心骨兒的樣子。

這是在炫耀嗎？拾娘沈默地待在一旁，很想看看林太太怎麼應對齊姨娘，她有預感，齊姨娘一定會被林太太嗆得難受。

「永林確實是天資聰穎的好孩子，不像永星那麼頑劣，更不像永星那麼不上進。」林太太順著齊姨娘的話嘆息著，心裡卻有些發堵，她的眼角餘光掃了一下拾娘，然後像是在為自己排解一般地道：「不過，妳剛剛也說了，他不管怎麼在望遠學堂讀了幾年的書，有望遠城最好的先生教導，應該不會連個縣試都過不了吧！」

「太太能這樣想就好。」齊姨娘沒想到林太太到這會兒還是一副老神在在的樣子，她擠出一個笑容道：「這縣試不過是第一道坎，要是連這個都過不了的話，這麼些年的書也真是白讀了去。」

「我也是這麼想的，要是連這個都過不了的話，我看他也沒有什麼讀書的天分了。」林太太點點頭，然後有些發狠地道：「要是永星這次考不過的話，我也不準備再費心讓他讀什麼書了，還不如乾脆跟著老爺學著做生意，反正林家祖祖輩輩也都是這麼過來的，沒有什麼大不了的。」

齊姨娘沒有想到林太太居然會說這樣的話，一時之間倒有些愣住了，看著林太太，眼中閃過不明的光芒，也不知道腦子裡在想些什麼，沈默了一會兒，她笑著道：「太太，您怎麼能說這樣的氣話呢？您可別忘了，老爺在大少爺身上花了多少心血，對大少爺的期望又有多大啊！」

「我說的可不是什麼氣話。」林太太輕輕瞟了齊姨娘一眼，淡淡地道：「至於說老爺對永星的期望……天天有人在老爺耳根邊上提醒著老爺，我怎麼敢忘記呢？」

齊姨娘的臉色微微一僵。她也明白自己在林老爺面前說的話，不一定能夠瞞得住林太太，畢竟她是當家太太，可是林太太極少像現在這樣說話來敲打她，她還是有些不自在。不過，她也不算太笨，咬咬牙，裝作沒有聽懂，笑著道：「大少爺要是不讀書，不走科舉之路的話，那可太可惜了些。」

這話說得好像林永星真的落了榜，不得不放棄了科舉一樣。拾娘輕輕地垂下眼瞼，遮住了裡面的諷刺。看來這個齊姨娘並沒有多麼厲害，不過是林太太一直縱著她，沒有心思收拾她而已。不過，林太太為什麼這樣做呢？難道不知道她的心思會越來越大嗎？

「要是有那個資質卻不能繼續讀書，那叫可惜，要是沒有的話，那就不算可惜了，人啊，有的時候不得不服命的。」林太太淡淡地道：「不過，好在他是林家的嫡長子，這家裡的一切以後都是他的，就算不考取什麼功名，不能為林家光宗耀祖，但當個富家翁衣食無憂也是可以的。但是永林也只能好好讀書了，要不然的話……妳看看二叔就知道了，二叔不管怎麼說還是嫡子，還是老太太的心頭肉呢！」

這話說得好。拾娘暗自喝彩，眼睛一眨不眨地盯著齊姨娘看，想看看她怎麼應對。

這一次，注定要讓拾娘失望了，齊姨娘的臉色一陣紅一陣青，顯然心裡很不是滋味。半晌，她努力地擠出一個笑容，道：「婢妾一定會好好督促三少爺好好讀書，務必讓他考取功名，為林家爭光。」

「嗯。」林太太點點頭，臉上也帶了笑容道：「妳告訴永林，我還等著他給我這個當娘的掙個誥命回來呢。」

不能笑，不能笑。拾娘用了渾身的勁才沒有笑出來，看著齊姨娘瞬間蒼白得一點血色都沒有的臉，深深覺得林太太的這句話說得是太好了，直戳齊姨娘的心窩子啊！

「太太、太太，大喜啊！」這個時候，外面忽然跌跌撞撞地跑進一個丫鬟來，卻是林太太身邊的二等丫鬟青穗。

「這麼莽莽撞撞的做什麼？」王嬤嬤輕輕地呵斥了一聲，然後笑著問道：「什麼喜事？是不是三少爺縣試過了？」

呃？怎麼先問三少爺？青穗微微一愣，不過她也是個精靈剔透的，立刻順著王嬤嬤的話，笑著道：「恭喜太太、賀喜太太，三少爺縣試過了，名列二十六，成績很不錯呢！」

明明是喜事，可是齊姨娘卻覺得氣悶，兒子是自己生的、自己養的，為什麼出息了卻向林太太道喜？不過不管怎麼說，這都是好事。她咬咬牙，笑著道：「還真是喜事啊。青穗，大少爺呢？大少爺考得怎麼樣？」

「這個……」青穗這會兒已經想通了王嬤嬤先問三少爺的意圖，臉上故意帶了些為難之色，似乎不知道該怎麼回話一樣。

「有什麼不好說的，說吧。」林太太卻是一點都不著急，青穗是她身邊的丫鬟，這麼不管規矩地衝進來必然是林永星有了好成績，她才不會為了給林永林報喜而這般沒規矩呢。

「大少爺考了第一名，是這次縣試的童生。」青穗的話讓齊姨娘剛剛恢復了紅潤的臉又蒼白了下去。這怎麼可能？那一向不刻苦又厭學的大少爺怎麼可能考得那麼好？

「恭喜太太、賀喜太太，兩位少爺都給您爭臉啊！」王嬤嬤立刻笑著給林太太道喜，將一旁的齊姨娘晾了起來。

「還真是雙喜臨門啊！」林太太滿心歡喜地道：「吩咐下去，晚上擺宴席，為兩位少爺祝賀，還有，這個月所有的人漲一個月的月錢！」

第二十九章

林永星兩兄弟順利通過了縣試，林老爺比任何人都歡喜，一個是給予厚望的長子，一個是一直都很喜歡的幼子，兩個兒子都這般爭氣讓林老爺臉上的笑容維持了好幾天，而得到這個消息的林二爺酸酸地說了句小時了了、大未必佳，也被林老太太給了一個白眼。

不過，這樣的好成績並沒有一直維持下去——四月的府試和之後的院試，林永星不但順利通過，還出人意料地一直保持了第一名的成績，成了這一次童生試的案首，讓林老爺很是風光了一把。不過，林永林的發揮卻不是很好，府試那一關就被刷了下來，雖然林老爺安慰他，說他年幼，以後還有的是機會，但是他還是懨懨的，好幾天都沒有什麼精神。

齊姨娘對林永星能夠在童生試中脫穎而出，取得讓人意外的好成績十分不忿，總覺得那不是林永星自己的本事。她不敢說林太太花了錢為林永星鋪路，卻在林老爺面前大力誇讚拾娘，話裡話外透露出林永星之所以能夠取得那樣的好成績，是因為有拾娘那麼一個既識文斷字又膽大心細的丫鬟督促，還求林老爺給林永林也找那麼一個丫鬟來陪讀——她最希望的當然是將拾娘弄到林永林身邊來，就算不能起到多大的作用，讓林永星失去一個得力能幹的丫鬟也是好事。

可惜她的如意算盤注定是要落空的，在林老爺心中，林永林固然是他很喜歡的兒子，但是最重要的還是林永星這個嫡子。齊姨娘才把自己的心思透露出來，就被林老爺淡淡警告了幾句，之後更有一個月都沒有到她房裡過夜，把齊姨娘嚇得夠嗆，倒是老實了不少。

這些事情雖然林老爺沒有透露出去，而齊姨娘更是將嘴巴閉得緊緊的，不敢多說一句，但林太太還是知道了。她只是冷冷地笑了笑，然後再一次漲了拾娘的月錢，將她和一等大丫鬟又區別開來，赫然成為林府月錢最高的丫鬟。

「拾娘啊，妳現在可是這府中最不一樣的丫鬟了。」林永星調侃地看著拾娘，給拾娘漲月錢，他覺得很應該，畢竟像拾娘這樣的丫鬟真的如董禎毅說的，就算是打著燈籠都找不到了，但是知道歸知道，調侃卻還是不能少的。

「奴婢知道大少爺是什麼意思。」拾娘看著林永星，不是很認真地道：「大少爺無非就是想說，奴婢什麼都不一樣罷了。月錢比人多，長得比人醜，膽子比人大，主意也更多，是吧？」

「那是妳說的，我可沒有那麼說啊。」林永星嘻嘻一笑，然後道：「我想說的是妳比所有的人都更有才華，也都更能幹，漲月錢那是理所當然的。」

「謝謝大少爺的誇獎。」拾娘擠出一個假笑，然後一點都不留情面地道：「不過，大少爺就算是說再好的好話，奴婢監督大少爺的時候也不會放水，大少爺就死了那個心吧。」

「欸……妳這是在挾恨報復。」林永星不是很認真地抗議一聲，然後又笑呵呵道：「我說，拾娘啊，妳的心眼也太小了點，我只是一開始的時候嫌棄了妳那麼兩次，妳就記仇記到現在，沒有必要這樣吧？」

「回大少爺，奴婢從來就不記仇。」拾娘看著林永星，很認真地道：「就像您說的，奴婢的心眼小得很，記不了什麼仇，有仇的話，奴婢當時就報了。」

「噗……」林永星忍俊不禁地笑了起來，然後搖搖頭，道：「算了，我還是不和妳鬥嘴了，反正我知道我是說不過妳的。」

「那是因為大少爺總是理屈。」拾娘又淡淡損了他一句，然後看了看天色，道：「時間差不多了，您該去正房那邊用飯了，今兒是專門為您設的慶功宴，您可不能遲到了。」

「唉，我知道。」林永星點點頭，然後臉上不自覺地帶了些厭惡，道：「姑母和二叔一家子也都來了，真煩。」

「大少爺，你這次童生試成了案首，可是林家的大喜事，他們怎麼可能不來呢？」拾娘知道林永星跟吳家的人和林二爺一家都很不對盤，但是今天這樣的日子，不可能不請他們過府來慶祝。她安慰一聲道：「不過是吃頓飯，少說話多吃菜就混過去了。」

「妳當我是飯桶啊！」林永星瞪了拾娘一眼，卻又忍不住笑了起來，搖搖頭，道：「今晚還不知道會耽擱到什麼時候呢，差不多時間妳就早點歇息了，不用等我回來監督我看書。」

「奴婢知道。」拾娘點點頭，她和清溪現在輪換著跟在林永星身邊出入，林太太不喜清溪，平日裡她跟在林永星身邊要多一些，但是像今天這樣的場合，一般都是清溪在一旁伺候。

「我們走吧。」林永星點點頭，然後對一旁的清溪道。

「少爺，奴婢今天有些不舒服，還是讓拾娘妹妹跟過去伺候您吧。」一向喜歡出頭的清溪卻低聲推託了一句。想到一會兒會見到林二爺，清溪的心裡就有些發毛，她實在是怕了那總是用讓人不寒而慄的眼神看自己的林二爺。

「妳不舒服？」林永星皺緊了眉頭，看看清溪，又看看一身半新不舊衣裳的拾娘，不悅地道：「妳不舒服為什麼不早說，都到這會兒了，拾娘要換衣裳時間來不及，不換衣裳的話，這麼一身過去又會被人挑剔……」

今晚這個慶功宴來的人可不少，要是拾娘就這麼過去了，一定會有人挑她的毛病，林永星可不希望拾娘被人為難。

「奴婢之前以為忍忍就過去了，可是沒有想到這會兒是更不舒服了，奴婢也不敢肯定自己能支撐下去。」清溪臉上帶了些哀求的神色，似乎真的是很不舒服一樣。

林永星皺緊了眉頭，覺得清溪做事越來越不用心了，經常要鬧出點紕漏來讓人心煩。

在拾娘到清熙院這半年中，林永星逐漸發現這院子裡的丫鬟沒有一個真正算是懶惰或是吃乾飯的，她們各司其職，各有各的優點，把這院子上上下下打理得很好；而以前他覺得最勤快、最能幹也最貼心的清溪卻沒有想像中的那麼好，甚至連泡茶這種小事都做得不夠好，他一直以來喝慣的茶都是碧溪泡出來的，清溪不過是端了茶進來，就冒領了別人的功勞罷了。

發現了這個之後，林永星就多了個心眼。很快，他就發現清溪有意無意不讓其他的丫鬟接近自己，只要是貼身伺候他或在他眼皮底下，他看得見的事情，清溪必然搶著做，但是自己視線以外的事情，她卻是能不做就不做，必須要做的話，她也只會使喚別的人去為她做。

這一切都打破了清溪在他心中的美好印象，對清溪也逐漸疏遠了一些。

對這一切，清溪自己心裡也是清楚的，她恨死了給清熙院帶來變化的拾娘，她覺得這一切都是拾娘的錯，她心裡恨極了拾娘，恨不得將拾娘給攆出去。可是，她也知道，事到如今，拾娘是怎麼都不可能離開清熙院的，而她再怎麼恨，也不能在背地裡做手腳了——清熙院除了方嬤嬤以外，都已經被拾娘給收買了，她只要有一絲妄動，定然會被人察覺，到時候被攆出清熙院的還不知道會是誰。要是換了以前，她倒還敢孤注一擲，但是現在……清溪苦笑一聲，要是林永星把她送回容熙院的話，恐怕她前腳進去，林二爺後腳就去向老太太討她了，她可不想像青柳一樣，被老太太賞了林二爺當暖床丫頭。

看著林永星緊皺的眉頭、不悅的神情，清溪輕輕垂下頭，道：「少爺，奴婢真的是挺不住了，要不然的話奴婢也不敢偷懶。您要是覺得拾娘妹妹來不及換衣裳的話，讓碧溪過去可好？她也是您身邊的一等大丫鬟，讓她去完全使得。」

讓碧溪過去？拾娘輕輕瞟了一眼清溪。她知道清溪不願去是為了避開林二爺那雙不老實的眼睛，也知道她最擔心的就是被林二爺用手段要了過去，可是碧溪過去也不是什麼好建議。要知道雖然比起清溪來，碧溪是遜色一點，可她也是個美人胚子，她要是讓林二爺記掛上了可也不是件好事。或者，這正是清溪想要的結果，來一個禍水東引（注），把林二爺的目光引到碧溪身上？

「既然清溪姊姊不願意去，那還是奴婢跟您過去吧。」想到清溪可能包藏禍心，拾娘自然不能讓她如願，立刻笑笑道：「大少爺先喝杯茶，奴婢會用最快的速度換衣裳過來的。」

「那妳快一點。」拾娘都這麼說了，林永星自然不會反對，點點頭，拾娘就快步過去了。

清溪恨恨地一咬牙。就如拾娘所想的那樣，她確實是在打著用碧溪將林二爺的注意力引走的主意，更想好了要是林二爺看上了碧溪的話，在暗中推一把，卻沒有想到還沒開始行動就讓拾娘給破壞了。但是，她現在也不能多說什麼，林永星對她已經有了看法，不像以前那樣，總是把她往好處想了，要是她再多說什麼的話，反倒容易弄巧成拙。

第三十章

這人來得還真多真全啊。林家設宴三桌，今天的主角林永星和長輩們一桌，林永林陪著林二爺和吳太太的子女坐了另一桌，齊姨娘陪著林二爺的幾個妾室又坐了一桌，個個臉上都帶著笑，似乎都很歡喜的摸樣。

進來伺候的丫鬟婆子們，有的站在主子身邊伺候，為主子倒酒挾菜，有的則規規矩矩站在牆角，聽候吩咐。拾娘就站在林永星的身後，她眼瞼微微下垂，卻沒有錯過宴席上眾人的表情——

比較好看懂的是林老太太、林太太以及林老爺，他們臉上是壓都壓不住的笑容和發自內心的歡喜，而齊姨娘臉上雖然一樣洋溢笑容，可是笑容始終沒有到達眼底，甚至眼中時不時還閃過一絲濃濃的妒忌。

還有那位在林家很有地位的姑奶奶吳太太，吳家老爺沒有過來，只有她帶著兒子、女兒過來。她臉上的歡喜之色倒沒有作假，可是她看著林永星好生誇獎一番之後，又看著自己的

注：禍水東引，後人誤把江東當作三國東吳來理解，是以有了「嫁禍東吳」、「移禍東吳」、「禍水東移」的用法，實際上是找不到典故的。現在引申為將不好的事情由一方引向另一方，多指將第三方想加諸自己的壞事引導至與自己相對的一方。

兒子吳懷宇嘆氣，雖然沒有多說什麼，但是臉上的遺憾之色卻讓旁人不由得想，她是不是後悔沒有讓自己的兒子也去讀書，走科舉之路了。

當然，最精彩的還是林二爺，一邊狠狠誇獎了林永星一番，說他能夠在童生試中取得案首這樣的好成績，真正是給林家長了臉面；誇完就語重心長地說什麼不能因此驕傲自大，要像他一樣，保持謙虛上進好學的心態，繼續努力云云。別說林永星聽不進去，就是林老爺也覺得刺耳，要知道林二爺當年的童生試成績也不過是普普而已，鄉試也是考了兩次，才考了一個吊車尾的成績，次年的會試也不過是有了一次參與的機會而已，虧得他好意思這麼說。

不過，今天是個高興的日子，林老爺雖然對林二爺說那些話心裡很不滿，但也沒有說什麼，而林太太也只是示意林二爺身後伺候的丫鬟給他倒酒挾菜，堵了他的那張嘴。

林二太太則會說話得多，好話一句接著一句的來，說得林老爺和林太太因為林二爺皺緊的眉頭都舒展了開來。不過，拾娘的目光卻在她，尤其是她身後的花瓊身上轉了好幾圈。花瓊可是那位青姨娘身邊的大丫鬟，怎麼不去那一桌伺候青姨娘，卻跑來二太太身邊伺候了？這件事怎麼看都很蹊蹺。

酒過三巡，林二爺呵呵笑著打破了飯桌上的安靜，道：「永星啊，今天是你的好日子，我和你二嬸合計了一下，決定送你一份適合你的禮物。」

「就這麼一點小成績，小姪哪裡好意思收二叔、二嬸的禮。」林永星笑著推辭了一句，雖然不知道這位不著調的二叔會給他什麼禮物，但是就如林永星不對林二爺的人品抱希望一樣，他對他所謂的好禮物也不抱半點希望。

「都是自家人有什麼不好意思的？」

林二爺呵呵一笑，然後輕輕一揮手，一直在林二太太身後伺候的花瓊就上前一步，盈盈行禮。林二爺指著花瓊道：「這個丫頭模樣端正，性格也好，又是個很會伺候人的，我就把她送給你了。」

把花瓊送過來？拾娘微微一驚，本能地就想要反對，但是她不過是微微抬了一下頭，就又垂下頭了——這裡可沒有她說話的分。

林老爺和林太太一起皺緊了眉頭，相視一眼，不約而同想起林二爺這個不著調的，當年中了秀才之後要的獎勵便是將身邊的大丫鬟收為通房，他這是想要做什麼？難道想讓林永星和他一樣不著調嗎？

「二弟，這禮物不妥吧。」不等林永星說什麼，林老爺就開了口，淡淡的語氣中帶著不悅，道：「永星才十四，不，十五歲，雖然說像他這個年紀就成親的也有，可是他剛過了童生試，更是需要努力用功的時候，明年的鄉試我還希望他能夠再接再厲，考個舉人回來呢，現在就送他什麼丫鬟，豈不是耽誤他用功？」

「大哥，你不用這麼大驚小怪的。」林二爺不以為然地看著林老爺，道：「我又沒有說是給永星送通房丫頭，不過是個伺候人的丫鬟而已，沒有必要這麼擔心。花瓊這丫頭長得端正，也識得幾個字，伺候永星讀書剛剛好。我這也是為了永星好，有個賞心悅目的丫鬟伺候著讀書，也比較舒坦不是？你看看他身後的那個，長成了什麼樣子，讓這樣的丫鬟伺候著讀書，別說是有什麼紅袖添香的樂趣了，不被嚇得半夜作噩夢就是好事。」

拾娘靜靜站在那裡，似乎什麼都沒有聽到。

「二叔，謝謝二叔的好意，不過，這份禮物……」林永星雖然不知道花瓊是上一次惹得拾娘不高興的人，但是卻不想接這份禮物——不管林二爺送的是什麼樣的天仙人兒他都不想要。不過，話又說回來了，要真是像清溪那樣的美人，林二爺估計也捨不得送出手了。

「永星，你也是讀書人，難道不知道長者賜不敢辭的道理嗎？」林永星的話被林二爺直接給打斷了，他可不想聽到林永星把話給說完了，板著臉道：「或者你是覺得二叔的這份禮物太薄了，所以不想要？」

「小姪不敢這樣想。」林永星被他這麼用話一壓，不得不起身，鞠躬道：「小姪的清熙院丫鬟已經不少了，沒有必要再添什麼人，也沒有多餘的位置，還請二叔見諒。」

「沒有多餘的位置？就這麼一個丫鬟，多她一個算什麼？」林二爺不屈不撓地看著林永星，然後再看了一眼林老太太，又嘆氣道：「算了、算了，你不要就算了。你現在是秀才老爺，是案首，又是大哥的長子，要什麼好模樣的丫鬟沒有，又怎麼可能看得上花瓊這樣的蒲柳之姿，又怎麼看得起我這個丟了官，灰溜溜地回來投奔你父親，沒有出息的叔叔呢？」

林永星黑了臉。這話說得實在是誅心（注），要是自己不要的話豈不是證明自己看不起他了？但越是這樣，他越是不想收下這個丫鬟。

林老爺的臉色同樣不好看，但是卻也不好再說拒絕的話，只能看著老太太，道：「娘，您看這……兒子實在是為難啊！」

「有什麼好為難的。」林老太太被林二爺那副可憐的樣子給打動了，她輕輕地瞟了一眼還沒有起身的花瓊，道：「老二不是說了嗎，又不是給他塞什麼通房丫頭，不過是個尋常的丫鬟，有什麼好為難的？還是你們真覺得老二是個沒出息的，都看不起他？」

「兒子不敢。可是……」林老爺沒有想到林老太太到這個時候還只記得給林二爺撐腰，一點都不想想林二爺這樣做可能帶來的不良影響。林永星可還沒有訂親事呢，要是收了這丫鬟，林二爺再出去胡說一番，林永星的名聲豈不是和他一樣糟糕了？

「娘，老爺沒有那個意思。」夫妻一體，林老爺為難的時候，林太太總是會出聲為他解圍。她淡淡瞟了一眼花瓊，道：「二叔送個給星兒伺候筆墨的丫鬟倒也沒什麼，只是現在這時間和這丫頭都不大妥當……」

「有什麼不妥當的？」對於林太太，林老太太更沒有什麼好聲好氣了，她冷冷道：「我知道你們兩口子都覺得老二沒出息，覺得老二是灰溜溜地回來投奔你們，要仰你們的鼻息生活，所以就不在乎老二做什麼、說什麼。」

「媳婦不敢。」林太太看著老太太發怒的樣子，一點都不驚慌，還是平靜地道：「娘不知道，這丫鬟上一次跟著主子到家裡來過，還在家裡和二叔家另外的丫鬟吵嘴打鬧，可不是

注：誅心，意指揭露、指責人的思想或用心。

個有規矩的，媳婦是擔心這樣的人到了星兒身邊也不安分，鬧得星兒不得安寧，影響了他讀書。」

「還有這樣的事情？」老太太微微有些遲疑，要是有這樣的事情的話，這丫頭還真不合適留下來。

「大嫂為什麼不說是因為不喜歡這丫頭的出身，所以才嫌棄呢？」林二爺看著老太太遲疑的樣子，倒也不著急，淡淡地道：「娘，這丫頭原本是兒子妾室青鸞身邊的大丫鬟，青鸞是兒子以前的一位上峰（注一）送兒子的瘦馬（注二），這丫頭是和她一起從那裡面出來的。」

老太太的眉頭皺得更緊了，忽然覺得小兒子真是不著調了，這樣的人都敢給林永星，真是胡鬧。

「娘，您看……」林老爺無奈地看著林老太太，想著她這下應該不會再護著林二爺了吧？

「老二，這丫頭的出身挺讓人膈應的，這件事情還是算了吧。」老太太終於不負眾望地說了一句公道話。

「算了就算了，我無所謂。」林二爺不在乎地道，一點都沒有剛才咄咄逼人的樣子，不過他臉色忽然一轉，道：「娘，那您是不是也該把清溪那個丫頭從清熙院調出來啊？」

「這件事和清溪有什麼關係？」老太太皺緊了眉頭，以為是林二爺對清溪沒有死心，他私底下可不止一次的抱怨過，說自己疼孫子不疼兒子，給林永星那麼一個絕色的丫鬟，卻忘了他……唉，他遲早要在女色上吃大虧。

「我要是沒弄錯的話，那個清溪丫鬟的娘也是個瘦馬出身的，現在還在青樓裡賣身，清溪可不比花瓊好多少，要是花瓊大哥、大嫂都有得挑剔的話，您把清溪那丫頭給了永星，還不知道遭了多少抱怨，還不如乾脆做做好人，把那丫鬟要回您身邊算了。」林二爺滿懷希望地看著老太太，只要那丫頭出了清熙院，遲早都是自己的人。

林永星心裡咯噔一響，他立刻明白林二爺無緣無故送個丫鬟給自己為的是什麼了。他每次見到清溪眼睛就放光，話裡話外地說自己豔福不淺，今天鬧這麼一齣必然也是為了清溪……唉，他對這個彷彿色中餓鬼一般的二叔真的是無語了……

注一：上峰，意指上級長官。
注二：瘦馬，揚州方言，指妓女。

第三十一章

「妳就暫時住這裡吧。」碧溪冷冷淡淡地對滿臉堆笑的花瓊道，而陪著她一起的鶯歌和燕鳴也沒有什麼好臉色。

也不知道林老太太是怎麼想的，她最後還是變了主意，壓著林永星將花瓊給收了下來，並沒有如了林二爺的意，將清溪給要了回去；而林永星雖然極不願意要花瓊這個丫鬟，更不願意因此和林二爺扯上什麼關係，但是被林老太太用孝道壓著，又不想鬧得大家難看，只能捏著鼻子忍了。

但是，接受了這個人，並不意味著他就會讓花瓊靠近。回到清熙院後，他直接將人丟給碧溪，交代碧溪安排，當然，他沒有忘記交代碧溪把她安排得遠些，最好不要讓她有機會靠近自己。

「這裡啊……」花瓊輕輕掃了一眼，這是間單獨的屋子，裡面也有幾樣簡單的家具，床上嶄新的鋪蓋是剛剛鋪上的，屋裡子也打掃得乾乾淨淨的，屋子不大，但一個人住也算是很寬敞了，起碼比她在林二爺家住的地方要好一些。但是……

「姊姊，我新來乍到不懂規矩，可是……」花瓊臉上帶了些許為難的神色，道：「我來之前二老爺交代過了，說我過來是貼身伺候大少爺的，我要是住這裡的話，是不是不太方便伺候大少爺啊？」

花瓊很清楚林二爺心裡在打什麼主意，說是要將她送給林永星是假，藉這件事情打別的主意才是真的。要是林二爺真心想要送個丫鬟給林永星紅袖添香的話，林二爺府上比自己合適的大有人在，又怎麼會輪得上自己呢？畢竟她上次和芳齡在林府鬧了那麼一齣，她的出身在林府已經不是什麼秘密了。而林老爺、林太太對林永星的期望甚高，連府裡的丫鬟都防著，擔心她們勾著林永星，讓他無心讀書了，又怎麼會讓她這樣出身的人靠近他們的寶貝兒子呢？

但是，花瓊心裡卻還是期望這件事情能成——在暗門子裡待了一年多，花瓊知道女人，尤其是像她這樣沒有什麼好出身的女人，想要過好日子只能靠男人。跟著青鸞進了林二爺的門之後，花瓊也曾經想過攀上林二爺，不能像青鸞一樣當個正經的妾室，當一個通房丫頭也是不錯的。

但是，青鸞正得寵，林二爺把青鸞捧在手心裡疼愛，哪裡看得見她這個只能算是清秀佳人、還沒有長開的小丫鬟？何況青鸞似乎察覺到了她的心思，不但防備得緊，不讓她有機會靠近林二爺，私底下還警告過她——這一次拿她出來送人固然是她比較合適，但也不乏青鸞的警告。

所以，在知道林二爺的打算之後，花瓊就在巴望著這件事能成——比起已過而立之年卻一事無成，到現在還需要依靠兄長過日子，不知道以後會過成什麼樣子的林二爺，年輕而前途光明，家大業大的林永星更吸引人；尤其是林永星房裡還沒有人，要是她能爬床成功的話……光是想想，就讓花瓊心花怒放了。

可是，眼前這個姿色並不比自己差的大丫鬟為什麼會將自己安排在倒座房（注）裡住，不但顯得自己的地位很低，而且離林永星的臥房、書房也太遠了些，不方便她靠近林永星啊！

「二老爺交代過了？」碧溪似笑非笑地看著花瓊道：「這裡是什麼地方？這裡是林府，是清熙院，這裡的主子只有一個，就是大少爺，妳認清楚了。」

「我知道這裡的主子是大少爺，我不就是過來伺候大少爺的嗎？」花瓊臉上的笑容不變，她早已經練出就算人家給一巴掌都陪笑的功夫了。

「伺候大少爺有很多伺候法。」拾娘的聲音從外面傳過來，鶯歌連忙讓了讓，讓她進來。她看看收拾乾淨的房間，笑著道：「這院子裡的人，不管哪一個都是伺候大少爺的，不過各司其職罷了。大少爺的起居是清溪姊姊和碧溪姊姊伺候，書房裡是我負責，迎春四人配合兩位姊姊，還要輪流值夜，鶯歌六人幫著我們，並負責清潔。我們都是伺候大少爺的，但並不是要靠近大少爺，在大少爺身邊才能伺候他，這一點妳可得記清楚了。」

「我是二老爺給大少爺的，二老爺可是大少爺的長輩。」花瓊知道拾娘說的不錯，但是她不能就這樣接受這種安排，無奈之下只能將林二爺再搬出來，道：「這樣安排我的話，是不是對二老爺有些不敬呢？」

注：倒座，舊時建築大廳皆坐北朝南，有時為方便出入，朝北的一邊也打開，裝上門窗，稱為「倒座」。

「這個啊……」拾娘輕輕一笑，道：「清溪姊姊是老太太賜的，碧溪姊姊是太太千挑萬選出來的，迎春、丹楓也都是在府裡當差了好幾年，做事認真負責才讓太太挑選出來的，就連我也都是太太專門給大少爺安排的。這院子裡算來算去，好像還真沒有哪個不是大少爺的長輩安排的呢？至於說不敬，二老爺自己都說了，只是送個人伺候大少爺，可沒有說要怎麼安排妳啊！」

「可不是。」碧溪贊同地點點頭，鶯歌和燕鳴也都一起笑了起來。

「可是我不一樣！」花瓊急了，她原本就不算十分聰明，被拾娘這麼頭頭是道地一說，一時間還真的是不知道該怎麼反駁，只能這麼蒼白地來了一句。

「有什麼不一樣的？」拾娘淡淡反問一句，然後又笑了起來，道：「論長相，我們這院子裡除了我以外，沒有一個長得差的，別說是和清溪姊姊那樣的絕色相比，就算是鶯歌、燕鳴都不輸妳，妳並不出挑；論勤快能幹，碧溪姊姊在這府裡也都是出了名的，有她在，我們這院子裡還真找不出個懶惰愚笨的，妳頂多也只能算是一般，又有什麼好不一樣的？喔，我忘了，二老爺說妳識字，可以伺候大少爺讀書，可是，妳讀過多少書？大少爺書房裡的書我不敢說每一本都看過，都記得，但是起碼有一半我是看過，知道內容的，這一點妳又能比得上嗎？」

花瓊被拾娘打擊得有些惱怒，她忿忿看著拾娘，道：「我或許讀書識字比不上妳，可我可沒有妳的那副尊容，起碼不會讓大少爺看了作噩夢。我想大少爺也不會願意整天看著妳那張臉。」

「那麼妳注定只能失望了。」拾娘微微一笑，道：「大少爺說了，看我這張臉頂多也就是眼睛不舒服，但是看到妳的話卻會讓他渾身不舒服，所以妳還是規規矩矩待在這裡的好。」

「妳……」花瓊上前一步，雙拳緊握，滿臉憤怒地看著拾娘，很有上前拉著拾娘廝打一番的念頭——如果不是因為她新來乍到，這裡其他的人又明顯和拾娘一個鼻孔出氣的話，她還真的想動武呢，她還是比較相信誰的拳頭大，誰就會贏的道理。

拾娘一點都不擔心地看著花瓊。她來之前便叫了兩個五大三粗的粗使丫鬟守在外面，只要有一點點不對勁，她們就會衝進來，根本不用擔心花瓊動粗。事實上，她還希望花瓊鬧將起來，那樣的話不用等明天，馬上就可以把她綁了丟出去了。

「還有，大少爺剛剛吩咐了，沒有召喚的話妳不得進二門也不准出清熙院，要是有違的話，那麼他也只好不顧二老爺的好意，將妳遣回去了。」拾娘補充了一句，然後笑著對碧溪道：「大少爺已經梳洗好，準備就寢了，碧溪姊姊也早點休息吧。唔，對了，大少爺說，這院子裡來了生人，為了安全起見，從今晚起，二門落鎖，免得有人不懂規矩地亂竄。」

「我明白了。」碧溪笑著點點頭，轉過臉，面對花瓊的時候又收起了笑容，淡淡地道：「時間不早了，我們也該回去了，妳也早點休息，明兒還有事情要做呢。」

「我……」花瓊知道，要是自己今晚不爭取的話，那麼自己注定只能待在這個地方，極難接近林永星了。但是這一次沒有人理會她，拾娘和碧溪挽著手，鶯歌、燕鳴也挽著手笑嘻嘻地離開，就這麼把她給丟下了。

花瓊氣得在房裡跳腳，但也知道她現在除了認命之外，只能慢慢等機會了。

第三十二章

「拾娘妹妹，我來幫妳收拾吧！」花瓊臉上帶著笑。她到清熙院已經半個月了，可是別說是爬床，就連林永星的衣角都沒有機會碰到，林永星在的時候是不准她進二門的，她只能在林永星出入的時候見上一眼，可那個時候林永星身邊至少有兩、三個丫鬟，她連靠近一點都不可能。

「不用了。」拾娘淡淡拒絕。她不想和花瓊再打任何交道，事實上，如果不是擔心自己的反應過激，讓花瓊起了疑心的話，她的態度會更差。

「都是自家姊妹，不用客氣。」花瓊才不管拾娘是不是拒絕，立刻笑著蹭了進來，拿了一塊抹布，一邊隨意擦著已經光潔的書桌，一邊笑著道：「拾娘妹妹，每天大少爺在的時候，妳要陪大少爺讀書寫字，大少爺去了學堂還要一個人整理打掃書房，一定很累吧？我沒多少事，我來幫妳吧。」

在清熙院這半個月，花瓊自然知道這院子裡，方嬤嬤最威風，對誰都是頤指氣使的樣子；周嬤嬤最有權威，不管是什麼事情都能過問。而三個大丫鬟，清溪狀似最得寵，眼睛生在了頭頂上，除了主子之外，誰都不放在眼裡；碧溪最忙碌，整天都有做不完的事情；拾娘最隨和，對誰都是好聲好氣，不管誰找她幫忙她都很好說話。可是，就是這個最沒有架子的拾娘才是這院子裡最有地位的，不管她說什麼，包括兩位嬤嬤都會好好考慮，更甚者連林永星都對她言聽計從的。她相信只要打通了拾娘，林永星必然會讓自己到身邊伺候，那個時候，自己的機會就來了。所以，就算心裡很恨拾娘，但她還是涎著臉湊了上來。

「我不累。」拾娘輕輕地瞟了她一眼，將書桌上的書放回書架，淡淡地道：「鶯歌、燕鳴每天都會幫我，不用麻煩妳了。」

「不麻煩，真的不麻煩，我整天都沒有什麼事情，閒得慌，正好找點事情做。」花瓊連連搖頭，然後笑著道：「拾娘妹妹，還記得我們第一次見面的時候，我說妳很面熟嗎？」

「嗯。」拾娘隨意應了一聲，手上的事情沒有停下。

「我不是想跟妳套近乎才那麼說的，妳真的是很像我的一個妹子，如果妳臉上沒有這個胎記的話，幾乎和她一模一樣。」花瓊一邊說一邊小心翼翼打量著拾娘的神情，見她神色如常，並沒有因為自己提到胎記而發怒，微微鬆了一口氣，又加了一句道：「簡直就是孿生姊妹一般。」

孿生姊妹？拾娘的腦子嗡的一聲響，恍惚間似乎想起了什麼，但又似乎什麼都沒有想起，心裡有一種說不出的失落感覺，像是不小心丟失了自己最寶貴的東西一樣。她心裡苦笑一聲，怎麼會有這樣的感覺呢？她還能有什麼好丟的？

拾娘的心情瞬間變得很差，臉色難看起來，她失了耐心，轉頭看著花瓊，帶了些嘲諷地道：「總是聽妳說妳那妹子，我很好奇，妳那妹子是什麼身分？叫花子？暗門子裡養的粉頭？還是和妳一樣，先是乞討的叫花子，然後又進了暗門子？」

花瓊被拾娘這麼一問，臉上的神色就有些難堪，想要發怒，卻又想到自己有求於人，又按下怒氣，擠出笑來，嘆氣道：「拾娘妹妹，我們也是生活所迫，沒有辦法才淪落為乞丐的。唉，也是那年五王之亂給鬧的，家裡窮，原本想找個大戶人家賣身為奴，可是世道亂，有哪個大戶人家願意在亂世收年紀小、做不了多少事卻要吃不少飯的孩子？」

花瓊的話讓拾娘想起了那段最艱苦的歲月，那段曾經相扶持著走過的歲月，她臉上的表情緩和了一些。

一直留意她臉色的花瓊鬆了一口氣，苦笑著道：「不過，我的那個妹子不一樣，她……怎麼說呢，她的模樣跟氣質和我們都不一樣，不像是窮苦人家的孩子，當初我撿到她的時候，她堅持說她不是被拋棄的，而是因為某些迫不得已的原因和家人失散了。我們那個時候都髒兮兮的，而她雖然也一樣髒兮兮的，但穿的卻是上好的綢緞，一看就知道不是一般人能穿的。」

這些話花瓊從來就沒有和拾娘說過，她那一次高燒之後，花瓊只簡單地說了她的名字，以及她被撿回來的事情，其他的卻是一點都沒有說。

「妳的意思是說妳那妹子應該出身還不錯？」拾娘輕輕地挑起一個微笑，帶了些嘲諷的意味，道：「出身再好不也成了叫花子了嗎？再說，妳怎麼能肯定她的出身好？她說的嗎？妳就確定她不是為了自抬身價說出來騙人的嗎？」

花瓊苦笑一聲，然後道：「我們沒有選擇的餘地。要麼乞討，艱難地活下去，要麼就乾脆餓死凍死……我那妹子一直都堅信她的家人會回來找她，為了等到那一天，做叫花子又算什麼呢？不過，她卻始終有些端著架子，直到大病一場，忘了以前的一切之後，她才真正接受了自己的身分。我到現在都還記得，那年的冬天好冷，凍死了好幾個姊妹，她也被凍病了，發起了高燒，她在昏迷之中一直叫爹娘，叫哥哥，說她想他們了，說他們怎麼還沒有來找她……對了，還說了些我聽不懂的話，記不大清楚說了些什麼，只覺得那些話不是沒有讀過書的人能說出來的。」

這些拾娘也從來沒有聽說過，她微微一怔，卻沒有說話。

「她也是個命大的，燒成那個樣子，腦子都燒壞了，連自己是什麼人、叫什麼都記不得了，還活了下來……不過，忘記了以前不見得是件壞事，她的腦子活絡，人聰明，嘴巴甜，還總是能想到別人想不到的東西，出了不少的點子。我們那幾年過得雖然艱苦了些，卻都活了下來，熬到了天下太平。」花瓊嘆了一口氣。那個時候日子還真是苦，但是現在回想起來，卻總能想到一些開心快樂的事情，而現在……唉……

「後來呢？妳那妹子現在去了什麼地方？」拾娘看著花瓊，心裡不知道是什麼滋味。

「後來我們失散了，我被人買進了暗門子裡，成了青姨娘身邊伺候的丫鬟，而她卻不知道去了什麼地方。不過我想她的腦子那麼好使，只要沒有死，一定過得比我好。」花瓊搖搖頭，不知道是不想激怒拾娘，還是想要掩飾自己曾經的背叛，編了一個謊言出來。

拾娘的臉色又好看了一些，道：「那麼說來，那個長得和我很像的人可沒有進什麼煙花之地了？」

「沒有，當然沒有。」花瓊看著拾娘的臉色笑著道：「她要是也淪落到了煙花之地的話，我又怎麼說妳和她長得像呢？那不是存心給妳添堵，讓妳不開心了嗎？」

「那就好。」拾娘點點頭，然後笑著道：「我這心裡也舒服多了。」

花瓊鬆了一口氣，然後笑著道：「拾娘妹妹，以後我來幫妳收拾書房可好？」

比以前聰明，知道把握機會了。拾娘心底微微一哂，臉上卻帶著笑，點點頭，道：「妳要是願意的話就來吧。不過，我醜話可說在前頭，少爺在的時候妳可不能過來，要是讓少爺見了不高興的話，可是會連累我的。」

「是。」花瓊沒有想到都到了這會兒了，拾娘還有那麼重的防備心。她垂下頭，嘆氣道：「我不會連累妳的。」

似乎是因為這麼一通話下來，已經有了幾分情面，拾娘微微猶豫了一下，出聲安慰道：「妳也不要太難過了，等少爺心情好的時候，我會為妳說幾句好話，或許少爺會寬容一些。」

花瓊驚喜地抬起頭，感激地道：「我先謝謝拾娘妹妹了。要是大少爺能夠讓我進來伺候的話，我一定什麼都聽妳的。」

不管什麼地方，什麼人都是需要選邊站的，這是老鴇請來的教養媽媽教的，她也相信拾娘在等自己的這句話。

果然，拾娘臉上的表情更溫和了。她點點頭，道：「那倒也不至於，我們都在清熙院當差，相互幫助也是應該的。」

「那我就等妹妹的好消息了，希望不要等得太久。」花瓊愈發覺得自己的話說對了。

「不會太久的。」拾娘笑著承諾。她覺得也差不多是時候讓花瓊近身伺候了，她連林永星的衣角都搆不著的話，又怎麼可能做錯了事情讓人抓小辮子，然後再攆出去呢？唔，大少爺要是知道自己的打算的話，應該會同意她進來，並配合自己給她下套子吧……

第三十三章

「清溪姊姊，妳怎麼這樣看著我，難道我有什麼地方不對嗎？」花瓊一臉無辜地看著清溪，還故意侷促地拉了拉自己的衣服，似乎很緊張，心裡卻已經是笑翻了去。

拾娘答應為花瓊在林永星面前說好話的第三天，花瓊不得進二門的禁令便解除了，花瓊終於如願以償進了二門，能夠靠近林永星了。

花瓊雖然不夠聰明，但也沒有蠢到家，並沒有因為取得這麼一點點成績就得意忘形。她先是將自己一直珍藏，怎麼都捨不得用的一支銀鎏金的簪子送給拾娘當作謝禮，她知道，能夠這麼快就勸說了林永星，讓他改變了主意，拾娘在林永星面前、在這清熙院的地位比她想像的還要高。這樣的人只能討好，絕不能得罪，而拾娘之前對她似乎並沒有多少好感，送這支簪子，既是表達自己的謝意，更是為了拉近兩人的關係，她相信以後在這院子裡求得到拾娘的地方定然很多。

然後，花瓊仔細觀察著清熙院眾人的關係，以及她們每個人做什麼樣的差事，然後從中找一個自己能夠插進去，又不會讓眾人反感，群起攻之的突破口。當然，要是能夠一開始就接近林永星那是最好不過了。而花瓊觀察最多的還是清溪、碧溪和拾娘——她在青姨娘身邊是大丫鬟，到了清熙院之後，沒有人告訴她自己應該是什麼等級，而她就理所當然將自己定位在一等丫鬟的行列之中。

現在在清熙院，和林永星接觸最多，在一起的時間最長的自然是拾娘，只要林永星醒著，拾娘基本上就在他身邊伺候，不是監督他看書習字就是陪著他下棋作畫，有的時候還會坐下來喝喝茶說說話什麼的，兩個人似乎總有說不完的話，做不完的事情一樣。不過，花瓊想都沒有想過在那個時候插進一腳，不光是難插進去，更主要的是她對拾娘有一種淡淡的畏懼感——能夠那麼輕易就讓林永星鬆了口的人，自然可以更輕易讓林永星再將自己攆了出去，她還是不要去冒虎口拔牙的險。

而碧溪，雖然是一等大丫鬟，但是她和林永星接觸得並不多，她更多的還是默默做事，安排協調迎春等人。她的事情，花瓊倒是可以搶過兩樣來做，可那些事情都是些吃力不討好的，花瓊思索再三之後，還是決定放棄了。

最後，花瓊盯上了清溪，那個讓林二爺一見之下就生了邪念的美人。

清溪的差事是最清閒也是最簡單的，無非就是貼身伺候林永星，伺候他起床更衣，熱了為他打扇，茶水涼了為他換熱茶，看他累了為他捏肩捶背，這些事情花瓊都認真學過，也最是拿手，她覺得自己做得會比清溪更好。而且她也發現，清溪雖然是這院子裡最漂亮的，但是在林永星跟前卻不是最得意的人，和院子裡其他的丫鬟關係也是一般，迎春等人對她恭敬有餘，親密不足，就算是搶了她的事情，讓她不高興了，也不會讓自己成為眾矢之的。

拿定了心思之後，花瓊就開始行動了。

清溪伺候著林永星更衣，她就屈身下去為林永星穿鞋，順手也就把他的衣襟整理了；清溪為林永星打扇，她就在走廊上灑清水，為房間降溫；清溪為林永星捶背，她就跑過去為林永星捏腿……看起來像是配合清溪，實際上卻也搶了清溪的差事，讓清溪恨得直咬牙，恨不得立刻把她給攆了出去。

但是，清溪和半年前已經不一樣了，她知道自己在林永星面前的地位大減，而眼前的這個眼中釘又是林二爺送進來，老太太壓著林永星收下的，沒有抓到花瓊的錯處，就算是老太太也不一定會給她撐腰，只能忍了下來。但是她的忍讓令花瓊愈發張狂起來。今天一早，花瓊居然搶著為林永星更衣，讓她給林永星穿鞋，這才把她給激怒了，等林永星一走，她就直接找上了花瓊。

「大家都不是傻子，我為什麼這樣看著妳，妳心裡應該很清楚，沒有必要裝蒜。」清溪下巴微微抬起，用一種睥睨的姿態看著花瓊，不屑地道：「妳給我聽好了，從現在起，我伺候大少爺的時候不准妳在一旁晃悠，妳要是閒得慌的話，幫著鶯歌、燕鳴打掃清潔也就是了。」

「清溪姊姊，妳怎麼能這麼說呢？妳別忘了，我也是大丫鬟，近身伺候少爺是我的本分，妳說這樣的話未免太霸道了吧？」花瓊眨巴著眼睛，保持著無辜的樣子。

「妳也是大丫鬟？」清溪冷嗤了一聲，上上下下打量了花瓊一番，道：「誰說妳是大丫鬟的？我告訴妳，這裡是林府，是不是大丫鬟太太說了算，不是想當就能當的。」

「太太是沒有說我是大丫鬟，但是太太也沒有說我不是大丫鬟，不是嗎？」花瓊一點都不退縮地反問道。她也知道自己現在身分很尷尬，雖然她已經留了下來，林永星似乎也接受了她的存在，卻也無視她的存在，她只能取個巧，將自己以前的等級搬了過來。清溪的這番話要是換成了主子們來說，她自然不敢反駁，但是換成清溪，她也自然是不服氣的。

「那是因為太太根本就不想理會妳這種出身的奴婢。」清溪冷冷看著花瓊，道：「別以為妳留了下來，太太就會接受妳，太太不過是不想為這麼一點小事讓老太太不高興罷了。我警告妳，妳要是老老實實地做事，不要想些不該想的，要不然的話，我定然求了老太太，把妳給攆了出去。」

「我的出身怎麼了？」花瓊瞪大了眼睛看著清溪，道：「我知道我的出身不好，不但因為生活所迫當過叫花子，以乞討為生，還被賣進了煙花之地，可就算是在煙花之地，我也只是個伺候人的丫鬟啊！再說了，別人可以因此看不起我，清溪姊姊又怎麼能因此蔑視我呢？我們不都是一樣的苦命人嗎？」

「妳……妳胡說八道什麼。」清溪被氣得跳了起來。她的身分在林府不算是秘密，但是明眼的人都知道，她是老太太特意挑選了出來，以後讓林永星收房的人，自然不會在她面前說些戳心窩子的話。

「我胡說了嗎？」花瓊看著清溪又氣又怒的樣子，心裡很是得意。林二爺為了打清溪的主意，可是把清溪的身世給查了個清楚——清溪的生母也是瘦馬出身，不過比青鸞有名氣得多，據說在京城都有些名聲，就在她名聲最顯的時候，被人買了送給了某位大官，成了那位大官的妾室，而清溪也算是官宦人家的庶女。六年前，戾王矯詔登基之後，曾經清洗了一批質疑、反對他的官員，而清溪的生父就是其中之一。好在她的生父雖然身死詔獄，卻沒有罪及家人，就像董家一樣，至少活了下來。

生父既死，嫡母自然不待見那些妾室和庶出子女，尤其是清溪的生母，那可是她的眼中釘、肉中刺。在回原籍、路過望遠城的時候，她的嫡母就將清溪母女倆賣了，將清溪的生母直接賣進了青樓，在發賣清溪的時候心軟了一下，讓人牙子找個殷實的人家，也就是這樣，她才輾轉被賣進了林府。

「妳……我去求老太太評理，反正，這院子裡有妳沒我。」清溪被刺激得狠了，哪裡還能顧及什麼，直接放出話來。

「清溪姊姊，這點小事沒有必要鬧到老太太那裡吧？」花瓊微微一驚，老太太壓著林永星接受自己也是無奈之舉，要真是鬧到她那裡，清溪不一定討得了好，自己也會遭了厭。

「小事？我可不覺得這是小事。」清溪冷冷看著花瓊，道：「起碼請老太太立個章程，看看妳在這院子裡算什麼，免得有些人不知道輕重高低。」

「清溪姊姊要真是這樣認為的話就去吧。」花瓊撇撇嘴，話音一轉，帶了些威脅地道：「不過，清溪姊姊可要想好了，別到時候攆不走我，卻把自己給搭了進去。」

「妳什麼意思！」清溪的心突地一跳。林二爺送人的時候她雖然不在場，但是卻也清楚事情的原委，也曾經慶幸過自己那天沒有跟過去。

「沒什麼意思，不過是覺得這樣的事情沒有必要讓老太太心煩而已。」花瓊一看清溪的樣子就知道她怕了，立刻笑著道：「我想老太太一定因為二老爺抱怨她偏心而心情煩躁，恐怕沒有心思理會這些小事情。」

清溪自然知道林二爺為什麼抱怨老太太偏心，也知道現在還真不是找老太太評理的好時機，說不定真的像花瓊說的那樣，把自己給搭了進去，她只能恨恨瞪了花瓊一眼，轉身離開。

花瓊看著清溪離開的背影，得意地笑了起來。看來自己找對了可以捏的軟柿子了……

第三十四章

「妳們誰來告訴我這到底是怎麼一回事！」老太太惱怒地看著跪在下面的丫鬟們，而林太太沈靜地坐在一旁什麼話都不說，一副什麼都聽她的樣子。

「老太太，奴婢是被人陷害的！」花瓊搶先一步開口，一臉委屈地道：「奴婢像往常一樣給大少爺端茶，卻沒有想到清溪會故意絆我，這才把茶水打翻了，潑在大少爺手上，燙傷了大少爺的。」

「清溪，是這樣的嗎？」花瓊說完，老太太就順口問了一句，心裡卻不怎麼相信花瓊的話，不是認為清溪不會陷害人，而是相信清溪不會用這種拙劣的手段，清溪可是她特意挑選出來的，性情什麼的她心中有底。

「老太太，奴婢怎麼敢做那樣的事情。」清溪自然是矢口否認，冷靜地道：「奴婢是不喜歡花瓊，不喜歡她張口閉口就說她是二老爺送來的，不喜歡她搶別人的差事；但是奴婢明白，不管私底下有什麼爭執有什麼矛盾，只能在私底下解決，絕對不能讓主子們煩心，不能因此給主子帶來任何的麻煩，更別說讓主子因此受傷害了。」

清溪的回答頗讓拾娘有些刮目相看的感覺，她這番話既承認了自己對花瓊的不滿，也點出了花瓊不守規矩，更主要的還表明了自己的清白，真是不錯。

「那麼妳的意思是花瓊自己不小心了？」老太太皺了皺眉頭，她覺得清溪的話可信度要高得多，對花瓊拿著林二爺拉大旗（注一）很有些不滿意。

「奴婢只能說自己絕對沒有絆她，不敢說花瓊不小心做錯了事情。」清溪一邊說，一邊用那眼角的餘光瞥了花瓊一眼。

「妳是什麼意思？難道我還能故意打翻了茶水，燙了大少爺陷害妳嗎？」花瓊著急了。她是恨不得把清溪給擠出去，可不是現在，她現在在清熙院都還沒有站穩腳跟，怎麼會做那種傷敵一千自損八百（注二）的事情呢？她明明就是被人給絆了一下的。

「我只是說自己沒有絆妳，至於妳是不是存了什麼心思，我不敢隨便下定論。」清溪一點都不退讓地看著花瓊。她就是這個意思又怎麼樣？

「妳這個小——」花瓊氣極，一時怒氣上頭，也不管這是什麼場合，張口就要罵人。

「閉嘴！」不等她罵出來，站在老太太身後的貴樹家的就呵斥一聲，對花瓊的印象更差了。林府的丫鬟婆子私底下不說，但是當著主子的面哪個敢這樣胡亂罵人的，簡直是找死。

花瓊被這麼一聲呵斥，只能不甘心地住了嘴，眼睛恨恨瞪著清溪，恨不得衝上去扭打一番的樣子。

「除了她們兩個以外，還有沒有別個在場？」老太太臉色更陰沈了，心裡不光是惱怒花瓊，對林二爺也多了些不滿——要不是他的話能有這麼多的事情嗎？

「回老太太的話，奴婢當時也在。」拾娘不等清溪和花瓊說話，主動地回了話。她沒有理會緊張地看著，擔心她落井下石的清溪，更沒有理會滿臉期待，等著她仗義執言的花瓊，聲音清脆地道：「奴婢當時正在為大少爺唸書，沒有看到花瓊是怎麼摔倒的，也不知道是不是發生了什麼，但奴婢記得很清楚，清溪當時離花瓊起碼有兩尺的距離。」

兩尺以上？拾娘雖然沒有為清溪辯解，卻也證明了清溪的清白，老太太看著花瓊的眼神很是不對起來——她已經認定了，今天的這一齣是花瓊自導自演的，就是為了把清溪給擠出清熙院，雖然清溪沒有到她面前訴苦，但是花瓊這段時間換著花樣搶清溪的差事，還步步進逼的事情，她也並非一無所知。

「老太太，真的是有人絆了我！」花瓊慌了，她以為拾娘會為她說話的。

清溪則是大大地鬆了一口氣，她雖然清楚自己沒有做手腳，卻也擔心拾娘會藉這個機會報復自己，畢竟自己和她一向不大和睦。

「還死鴨子嘴硬。」老太太眉頭皺得緊緊的，看了一眼面無表情的林太太，道：「老大家的，妳說該怎麼處理這個死丫頭？」

「娘，您說怎麼處理就怎麼處理，媳婦沒有意見。」林太太笑笑，沒有給任何意見。她知道老太太覺得處理重了，林二爺面上過不去，處理輕了，對林永星又不好交代，所以才把這個棘手的事情甩給自己；可是，她怎麼會認為自己就會接這個吃力不討好，以後還可能遭

注一：拉大旗，「拉大旗作虎皮」意指比喻仗著別人的威勢，來保護自己、嚇唬他人。

注二：傷敵一千自損八百，意指名義上是己方獲得勝利，其實是雙方兩敗俱傷，損人不利己。

了埋汰的事情？

老太太氣絕。她要是有妥當的辦法的話，還能問她嗎？

「老太太，奴婢真的是被人絆了的。」花瓊聽這話就知道自己已經被定了罪，她知道，要是不趁著她們還沒有決定怎麼處理自己前把事情弄清楚的話，自己一定沒有什麼好果子吃，起碼被攆出清熙院是肯定的。

她腦中忽然靈光一閃，指著拾娘道：「我想起來了，我摔倒的時候她在我身邊，一定是她絆倒了我！」

「拾娘絆了妳？一會兒要是證明拾娘是清白的話，妳是不是該說那茶壺自己長了腳飛了出去，把大少爺給燙著了呢？」林太太冷嗤一聲，淡淡地道：「也不知道弟妹是怎麼管家的，送出手的一等大丫鬟就這麼個樣子。」

花瓊的話沒有一個人相信，都認為她是在胡亂攀扯別人，但是除了林太太外都不敢插話；而林太太這話讓老太太心裡更生氣了，重重拍了一下茶几，斥道：「到現在還不肯承認自己的錯，貴樹家的，把她給我拉出去打二十板子，然後叫了人牙子賣出去！」

「是，老太太。」貴樹家的連忙應聲。她知道老太太這是上了火，所以才不理會這樣做會不會掃了林二爺的面子。

「板子是該打，不過人牙子就別叫了。」林永星的聲音從外面傳進來，然後簾子被掀開，他包著手走了進來，道：「奶奶，不管怎麼說花瓊也是二叔送的，就這麼把人給發賣了出去，讓二叔知道了，還以為我們故意落他的面子呢！」

「那你的意思怎麼辦？」老太太自然也知道這個道理，林永星這裡給她做了臺階，她立刻順著就下來了。

「打完板子，把她送到城外的田莊上當差，既做了懲罰，又全了二叔的面子，一舉兩得。」林永星簡單地道，這也是他和拾娘之前商量好的，包括拾娘絆倒花瓊，找個由頭發落花瓊也是他們商量好的，唯一意外的是茶水會潑在他的手上，好在這些天天氣很熱，碧溪泡好茶之後都要讓茶涼一會兒才會讓人端過去，只不過燙紅了一些而已。

「就這樣辦吧。」老太太意興闌珊地點點頭，立刻有粗使婆子把花瓊給押了下去，她這才關心地問道：「星兒，你的手怎麼包成了這個樣子？很嚴重嗎？」

「不是很嚴重，好好休養十天半個月也就是了。」林永星搖搖頭。他能說這是他讓大夫故意給包成的樣子嗎？顯然不能。

十天半個月？老太太心疼起來，恨恨地道：「貴樹家的，吩咐下去，多加十板子，讓她長長記性，免得以後再出什麼么蛾子。」

「奶奶，二十板子已經不少了，打多了，要是出了什麼差錯，二叔那裡不好說話。」林永星勸了一句，然後又嘆氣道：「還不知道把花瓊打發了之後，二叔會不會又找什麼理由送人呢？奶奶，我可先和您說了，我院子裡不缺人，不管二叔說什麼，您可不能再心軟，往我院子裡塞人……當然，更不能把我院子裡的人要走。」

林永星不過是擔心林二爺尋事生非，拿這點小事做文章，然後打清溪的主意——他一直都知道，清溪是老太太特意為他挑選出來，以後收房的人，雖然他現在沒有這樣的心思和念頭，但是不意味著他就能容忍林二爺打清溪的主意。當叔叔的覬覦姪子身邊的丫鬟，林二爺不嫌丟人，林永星還覺得臉上無光呢！

老太太微微一怔，卻聽出別樣的味道來——難道花瓊鬧事是得了兒子的授意，以為這樣就能把清溪從清熙院趕走，然後他順勢來找自己要人？這個老二啊，怎麼都一把年紀了還不著調啊！

第三十五章

「總算是把那個礙眼、礙事的花瓊給丟出清熙院了。」把那個讓他看不見心裡膈應，看見了眼睛、心裡都不舒服的花瓊給攆出去之後，林永星覺得清熙院的空氣都清淨了不少，心情更是大好，看著拾娘笑呵呵地道：「還是妳比較厲害，瞄準了機會就果斷出手。」

「她在您面前晃悠了大半個月，眼見您看到她的時候眼睛都快冒火了，再不把她給攆出去的話，還不知道您會被煩成什麼樣子呢。」拾娘笑著回了一聲，道：「要是讓她影響到您的學業，那可就不好了。」

他們兩個人說話並沒有刻意避開人，碧溪聽了這些話臉色如常，沒有什麼變化。自從解除了禁令，讓花瓊進院子之後，拾娘私底下就和她打了個招呼，讓她多個心眼，防著花瓊做事不小心連累她。碧溪面上看不出，實際上卻極為聰明剔透，一聽這話心裡就有了底，不但事事小心，更不和花瓊直接起爭執，以免成了炮灰。

而清溪的表情就精彩了，她的臉一陣紅一陣白，想要忍住，卻終究還是嚥不下這口氣，帶了些委屈又帶了些控訴地道：「少爺，今天的事情是你們設計的？當初您讓她進院子伺候，就是為了找機會把她給攆出去嗎？」

「設計倒也不至於，不過是剛好有這麼一個機會，就果斷地利用了。至於說讓她進院子伺候……她不進來的話，又怎麼能夠找到她的錯，然後把她給打發走呢？」林永星隨意笑笑，並沒有將清溪那副委屈的樣子當回事——一點點不順心她就這樣子，剛開始的時候還會有些憐香惜玉的心思，但是見多了，也就那樣了，不過還是耐著性子解釋了一句。

「少爺……」清溪又是委屈又是憤怒，但是她不敢朝著林永星發火，只能紅著眼睛，不依地跺了一下腳，道：「您怎麼都不和奴婢商量一聲呢？」

林永星皺皺眉頭，對清溪的話有些反感，臉上的笑容淡了幾分，淡淡地道：「我需要事事都和妳商量嗎？」

林永星的話讓清溪眼眶中轉悠的眼淚嘩地淌了下來，她淚眼朦朧地看著林永星，傷心地道：「少爺，您以前不是這樣的，以前您不管有什麼事情都會和奴婢商量一聲的……您可知道，這半個多月奴婢的日子過得有多麼煎熬，那個花瓊整天在您面前小意討好，一副想要取代奴婢的樣子，奴婢還以為，您喜歡她這樣做……」

林永星眉頭皺得更緊了，對清溪動不動就掉眼淚這一點煩躁透了，也沒有耐心和她說話了，冷淡道：「我累了，要睡一會兒，妳們都出去吧。」

看著林永星冷漠地上床，一副懶得理會自己的樣子，清溪的眼淚撲簌簌掉得更厲害了，剛才是三分傷心、七分借題發揮，而現在則是七分傷心，三分無法壓抑了，看著碧溪輕手輕腳為林永星放下帳子，和拾娘相攜出去，她也只能悶悶地出了門。

「是不是妳讓少爺這樣對我的？」出了門，清溪不再忍氣吞聲，而是憤怒地指著拾娘，恨恨道：「妳進清熙院之後我對妳不薄，妳怎麼能這樣對我？妳對得起自己的良心嗎？」

拾娘平靜看著有些失去了理智的清溪，冷淡地問道：「首先，我不覺得妳對我好，我怎麼對妳都是心安理得的；其次，我並沒有讓大少爺怎麼對妳，我對妳沒有多少好感，但是也沒有把妳當成敵人，沒有必要、更沒有心思對妳怎麼樣，我沒有那個閒工夫。」

「那少爺為什麼會對我越來越冷淡，以前有什麼事情都會和我商量，現在卻連知會一聲都沒有了？」拾娘的話清溪是一個字都不相信，林永星的改變是在拾娘來了清熙院之後才有的，不是拾娘在林永星耳邊說了什麼才是怪事。

「大少爺對妳越來越冷淡，是因為他看清了妳的真面目，知道妳沒有表現出來的那麼好，所謂的完美無缺不過是搶了別人的功勞，往自己臉上貼而已。以前對妳有多大的期望，現在對妳就有多大的失望，他又怎麼可能對妳還像以前那樣呢？」拾娘冷冷看著清溪。她從未在林永星面前粉飾太平，但是她也從未在他面前說清溪的不是，不是她品德高潔，而是她明白，在詆毀別人的同時被毀的也是自己，她只是讓林永星知道清熙院其他人的優點而已。

清溪最失敗的一點就是習慣占別人的功勞，碧溪等人做了的事，卻給林永星那樣的暗示，讓林永星以為是她做的，時間長了，就讓林永星有了一個錯覺，覺得清溪既能幹又忙碌，什麼事情都是她在做，也都做得妥妥貼貼的，而其他的丫鬟都是懶人、閒人。可是當他忽然發現碧溪等人各有優點，也一直努力地在伺候自己，自己之所以不知道，是因為清溪有意誤導自己，讓自己產生誤解，林永星會覺得自己笨，會認為清溪在耍手段，更會為自己被蒙蔽而氣惱，自然而然就逐漸疏遠了清溪。

清溪咬牙。林永星的變化她看在眼中，自然明白其中的緣故，她不會先反省自己，而是恨上了拾娘。她恨恨道：「變成現在這個樣子，還不是因為妳從中搞鬼？莫拾娘，妳以為讓少爺對我失望，妳就可以取代我的位置了嗎？妳別作夢！」

「我為什麼要取代妳的位置？」拾娘看著依舊執迷不悟的清溪，輕輕地搖搖頭，帶了幾分自傲道：「我就是我，我只會樹立屬於自己的位置，而不會去搶別人的位置，不是我清高，而是我明白，能夠搶走的位置都不是獨一無二的，我今天搶到了，取代了別人，明天就有可能被別人擠走，然後取代，我沒有心思對一個隨時可能失去的位置費神。」

拾娘的話讓碧溪若有所思地點點頭，而清溪則是完全愣住了，愣愣看著拾娘，一時間都不知道應該說些什麼了。

拾娘也不想聽她說什麼，輕輕撇了撇嘴，對碧溪笑笑，抬腳就要離開。

「拾娘妹妹……」在她走開之前，清溪苦澀地開口了，聲音中帶了從未有過的誠摯，道：「妳能不能教教我，怎樣才能做一個獨一無二的人？」

拾娘的話，清溪聽進去了，更聯想到了這些日子和花瓊爭鬥受的苦——花瓊為什麼會搶她的差事，是因為她是個好捏的軟柿子嗎？恐怕不見得，好脾氣又不愛爭強好勝的碧溪才是那個好欺負的吧，但是為什麼花瓊偏偏要針對自己，而不是碧溪呢？最大的原因恐怕還是花瓊也看出來了，碧溪不是那麼好取代的；而自己卻不一樣，自己做的事情只要心細一點、小意一些就能做好，並沒有太大的難度。

「別人教的，還能算是獨一無二嗎？」拾娘可沒有心思教她什麼，她從來就不是一個寬容大度的人，說這番話點醒她已經是因為她的心情還算不錯，但是也僅此而已，她不可能再做更多的。

「我明白了。」但有的時候，這麼一句話已經足夠了。清溪眼睛一亮，很認真地朝著拾娘施了一禮，道：「拾娘妹妹，謝謝妳。」

第三十六章

「拾娘，妳和清溪說什麼了嗎，她怎麼像是變了一個人似的？」林永星略帶好奇地問道。花瓊被打發走了之後，清溪也像是變了一個人一樣——她還是像以前一樣，伺候林永星的時候力求親力親為，不假手他人，卻也不會像以前一樣，什麼事情都攬過來，不讓人插手。對林永星的態度也變了，她對他恭敬依舊，但是卻不會像以前那樣故作親昵，一副已經是林永星房中人的樣子；更不會像以前一樣，高興的時候送個秋波、眉目傳情一番，不高興或者有所求的時候就眼圈一紅、可憐兮兮的樣子。

這樣的清溪多了幾分清新，多了幾分理智，也多了幾分大氣，讓林永星有耳目一新的感覺，對她的關注反倒比以前多了些。

「奴婢只是讓她明白了，奴婢絲毫沒有取代她的意思，奴婢只做自己。」拾娘微微一笑。清溪也是個聰明人，以前是陷入了迷障，而現在那層迷障不再，她自然明白怎樣做才是對的。

「取代她？她怎麼會這麼認為呢？她是奶奶專門挑選了給我以後收房的，而妳卻是娘專門找來拾掇我的，怎麼能扯到一塊兒去呢？真是糊塗。」林永星搖搖頭，帶了一分他自己都沒有察覺的試探意味，嘻笑著道：「不過，她會這樣想也是有道理的，本少爺玉樹臨風、有才有財，這府裡有哪個丫鬟不巴望著能入了本少爺的眼呢？」

「別人奴婢不知道，但是奴婢絕對會是那個例外。」拾娘冷靜地潑了林永星一盆冷水，林永星是個還算不錯的男人，但是她從來都沒有過半點異樣的心思，也絕不會讓他有誤會的可能。

「我傷心了。」林永星做出西子捧心的姿態，像是在逗趣，卻也像是在掩飾什麼一樣，眼神有些閃爍。

「傷心？」看著林永星耍寶的樣子，拾娘無所謂地回了一句：「那大少爺慢慢傷心吧，奴婢先去做事了。」

「欸欸……我還有話想和妳說呢。」看著拾娘無動於衷的樣子，林永星只好悻悻放下手，不再耍寶。他知道要是再不正經下去的話，拾娘不會給他留什麼面子的。

拾娘靜靜看著林永星，眼中一片清明，等著他說話。

「妳啊……」林永星無奈搖搖頭，他見過的女人雖然不多，可也不少，但是像拾娘這樣，似乎隨時都能夠很冷靜的女人卻是獨一無二的，讓他覺得這樣的女人很強卻也很讓人放心，當然，也會讓他有一種受挫的感覺。他嘆氣，道：「妳真不想是個荳蔻年華的女子，這麼老成，無趣得很。」

「如果大少爺想要看荳蔻少女情竇初開的樣子，奴婢可以給您找兩個對您愛慕不已的過來。」拾娘又成功地潑了林永星一盆冷水。

「還是算了吧，我難得有一天清靜。」林永星搖搖頭，然後不死心地問道：「拾娘，妳有沒有想過以後要嫁個什麼樣的人？」

「奴婢從未想過，不過奴婢的爹爹倒是曾經和奴婢談過這個。」拾娘微微遲疑了一下。她不應該和什麼人，尤其是不應該和林永星討論這樣的問題，但是林永星今天有些異常，露出一絲讓她覺得不妙的苗頭，她覺得有些話還是早點說開了要好一些，免得以後不好收拾。她帶了些回憶道：「奴婢爹爹在世的時候曾經一再叨唸，說他要為奴婢找一個一輩子都對奴婢好的男人，要奴婢歡歡喜喜坐著大紅轎子出嫁，還說家裡的那些書籍都給奴婢當嫁妝……可是他的身體不好，熬不到那一天。他臨終之前最遺憾的有兩件事情，其中一件就是不能看到奴婢嫁人。」

「妳爹的眼光一定很高吧！」雖然沒有見過莫夫子，但是林永星對莫夫子的評價卻很高——能養出這麼一個厲害的女兒，又有那麼一屋子書，還有那麼寬廣的胸懷，無償將珍貴的書籍借給他人的人，必不會是凡夫俗子。

「還好吧。」拾娘平淡道：「爹爹曾經說過，不求富貴，不求貌比潘安，只希望那人有擔當、重情義，能夠一輩子對我好就行。當然，識文斷字、明事理，也是有必要的。」

這要求……林永星愣了愣，聽起來似乎挺簡單的，可是真的要找那一個滿足這些條件的人還真是不容易，起碼在他身邊這樣的人也就鳳毛麟角的那麼一、兩個，而他們中條件最差的也不是拾娘這樣的小丫鬟能攀得上的——林永星也聽出來了，以拾娘的心氣，是絕對不會嫁人為妾的。

「那另外一件讓妳爹覺得遺憾的是什麼事情呢？」話說到這一步，不適合再說下去了，而林永星一向都很明白適可而止的道理，他馬上換了一個話題。

「另外一個遺憾是他沒有在有生之年帶我回京城。」拾娘輕輕地嘆了一口氣，迎上林永星訝異的目光，淡淡地道：「大少爺或許也知道，望遠城並非奴婢的故里。奴婢父女流亡到此的時候，恰逢天下安定，就定居下來而已。那個時候，爹爹還想著，等他養好了病就帶著奴婢回京城，可沒想到，他的病一天重過一天……」

「妳是京城人士？」拾娘簽了身契之後，林太太倒也問過郭槐家的，知道拾娘和莫夫子都是外鄉人，但具體是哪裡的，卻沒有多問。要知道，五王之亂波及很大，望遠城當時也深受兵禍之苦，也不知道有多少人不得已背井離鄉、遠走他鄉。像拾娘家這樣，在天下安定之後，就找一個地方定居下來的人不在少數，也並不惹眼，畢竟不是每一個人在離開家鄉之後還能回去。

「是。」拾娘點點頭，然後又嘆口氣，道：「奴婢一家原本是舉家離開京城的，可不幸的是在逃亡的路上失散了，後來一直沒有找到。奴婢的爹爹說，他們要是安然的話，一定會回到京城的家，要是找回去的話，或許還有一家人團聚的時候。」

「也就是說妳還有別的家人？」林永星看著拾娘，不知道為什麼，心裡卻有些異樣。

「應該有吧，我也不敢肯定。」拾娘苦笑著搖搖頭，道：「奴婢不敢肯定他們都能平安，就算平安，也不敢肯定他們就會回去，但總是一個想望不是？」

「那妳還想去京城找他們嗎？」林永星看著拾娘，小心翼翼問了一聲，他真的不希望拾娘離開林家。

「自然是要去找的。」拾娘又苦笑一聲，道：「說實話，除了爹爹以外，奴婢真的不記得什麼親人了，對他們完全沒有印象。奴婢離開京城的時候尚且年幼，又曾經生過一場大病，把以前的事情都忘了，是不是要回去，能不能找到他們，對奴婢而言沒有多大的區別。可是，只是爹爹心中的遺憾，奴婢不想讓他在九泉之下不得安寧。」

那麼也就是說就算去了京城，就算找到她的家人，她也不一定會留在京城了？想到這裡，林永星莫名地舒了一口氣，笑著道：「要去京城也好說，要是妳家少爺我順利中了舉，必然要去京城參加會試，本少爺答應妳，等到那個時候，我一定帶著妳一起去。」

拾娘等的就是這句話，但是她還是遲疑地道：「這樣不好吧？大少爺去考試，奴婢怎麼能跟著當個累贅呢？」

「胡說什麼呢？妳怎麼會是累贅呢？」林永星呵呵一笑，道：「妳一道去的話，既可以照顧我的起居，又可以監督我讀書，一舉兩得啊！」

「這倒是。」拾娘贊同地點點頭，然後笑著道：「不過，那也要大少爺您能中舉，要不然的話一切都是假的。唔，我看這樣吧，從明天開始應該更加抓緊時間用功讀書了。」

「欸欸，我的傷還沒有好，總得多休息兩天吧……」

第三十七章

「拾娘姊姊，妳看這書架收拾得對不對？」二妞，不，應該叫沁雪了，一臉甜笑地問道，那副討誇獎的模樣逗笑了拾娘。

她是過完年的時候賣身進了林府的，林太太本來並不是很中意她，覺得她憨厚有餘，機靈不足，但還是勉為其難地收下了她，沒有讓她跟著其他一起賣身進來的小丫鬟學規矩，就直接把她調到了清熙院，指明了給拾娘打下手的。而林永星知道她是那個一直幫著拾娘看家，收拾莫家的小丫頭之後，對她倒也多了幾分欣賞和善意，就依了林太太的意思，讓她在書房裡幫著拾娘拾掇。

不過，林永星很不喜歡她以前那個土裡土氣的名字，就給她改名為沁雪，還說什麼這個名字很有靈性，一定會給二妞帶來好運，把二妞哄得分不清東南西北。對於這一點，拾娘卻不以為然。林永星很喜歡給丫鬟取名字，清熙院的丫鬟除了拾娘以外，都是林永星取的名字——倒不是林永星不想給拾娘換一個名字，可是……怎麼說呢，拾娘剛到清熙院的時候，林永星唯一的念頭就是把拾娘給攆出去，自然沒有心思給拾娘換個他覺得好的名字，等到他認可了拾娘之後，拾娘卻已經在他心裡有了不同於其他人的地位，他本能地覺得拾娘一定不喜歡他給她改什麼名字，所以也只能在心裡想想而已。

「對，收拾得很好。」拾娘笑盈盈地點頭。對沁雪，她從來都不吝於誇獎，她喜歡沁雪的單純憨厚，喜歡看到她因為小小的誇獎而露出來的燦爛笑容，那是她所沒有的，不過她只是欣賞，卻不羨慕，人和人永遠是不一樣的。

聽了拾娘的話，沁雪立刻歡歡喜喜笑了起來。她覺得在林府的日子真的很幸福，可以穿以前想都不敢想的好料子的衣裳，每天都能吃得飽飽的不說，飯菜還都是葷素搭配，做的事情也不多，更主要的是可以像以前一樣跟在拾娘身邊，可以跟著她識字。她現在都已經能背誦《三字經》和《千字文》了，上面的字也都會讀、會寫了。

「好了，我們到院子裡坐著喝口茶吧。」拾娘笑著拍拍沁雪的手，外面天氣很好，院子裡已經圍坐了一圈人，手裡拿著繡活，一邊做一邊說笑，很是熱鬧。

「嗯。」沁雪重重點了點頭，很自然地挽著拾娘的手往外走，一邊走還一邊笑呵呵道：「拾娘姊姊，我跟著迎春姊姊學會了打攢心梅花的絡子，我那裡正好有足夠的絲線，我給妳打一個戴在身上，一定很好看。」

「好，我等著。」拾娘笑著點點頭。她不會女紅在清熙院已經是眾所周知的了，她身上穿的、戴的、用的都是清熙院其他的丫鬟給她做的，包括肚兜都一樣。

「拾娘啊，妳多少跟著學一點，起碼學會自己繡肚兜吧。」碧溪帶了三分逗弄、三分取笑地道：「我們不可能給妳做一輩子的肚兜吧！」

「我不介意妳們做夠我穿一輩子的肚兜，讓我留著慢慢穿。」拾娘笑著回了一句。她的箱子裡已經裝了不少肚兜，這一年多來，過了童生試的林永星讀書愈發用功認真了，這讓林太太無比歡喜，也把拾娘當成了大功臣，賞了她不少的好料子和好東西。她撿著自己喜歡的留了一些，送了一些給郭槐家的和以前對她多有照顧的街坊大嬸，也給碧溪她們分了一些，真正給自己做衣裳的卻很少，畢竟她還在孝中，雖然不能一身素白，但不能穿得太鮮豔。

「碧溪姊姊，我看還是算了吧。」丹楓嘻嘻笑著揭短。「拾娘的手可是要拿筆的，可不能扎得滿手針眼。」

這話一出，所有的人，包括沁雪都嘻嘻哈哈笑了起來，拾娘只能無奈搖頭，任由她們取笑逗樂。

「這是在說什麼呢？怎麼笑得這麼歡快？」正嘻笑間，清溪帶著她的貼身丫鬟穎兒走了過來——年前，林太太讓她開了臉（注），雖然沒有被林永星正式收房，但名義上卻也是林永星房裡的人了。

林太太以前一直不喜歡清溪，總把她當成了老太太的耳目，是老太太用來攏絡和教壞林永星的，對她從來不給什麼好臉色。林二爺剛打歪主意的時候，林太太還曾經想過順水推舟，把她給了林二爺，既能給老太太添堵，又不用再擔心她勾引林永星，耽誤了他讀書。

但是林太太終究還是沒有做那樣的事情，不是她心軟，她要是個心軟的人，早在林老爺出海的那個時候，就被林老太太這一家子給拖累垮了。只是她深知林二爺的脾性，知道那是

注：開臉，舊時女子出嫁時，須去淨面部汗毛，並修齊鬢角，改變頭髮的梳妝樣式，稱為「開臉」。

個得隴望蜀的主，這一次如了他的意，他並不會因此而滿足，只會變本加厲，甚至將林府稍有姿色的丫鬟都當成他的囊中之物；而對他從來都只會寵溺依順的老太太，更會一味護著他，那樣的話，林府還不知道會被他們兩個鬧得亂成什麼樣子。

再說，清溪雖然沒有過了明路（注），但這府裡上上下下的人都知道，她是老太太林永星房裡選的人，就這樣被林二爺得了去，別人在議論林二爺不懂規矩，連姪子的女人都搶的同時，難免也會嘲笑林永星懦弱，那更是林太太不願意看到的。所以，林太太終究還是沒有做什麼動作，只是在一旁看著林二爺像個小丑一般地耍些上不了檯面的手段。

唯一讓她意外的是，清溪這一年來性情有了不小的改變，為人處事都大氣了不少，倒讓林太太多了幾分欣賞，等她及笄之後，就做了個好人，給她開了臉、正了名。不過，林太太也說了，林永星現在最要緊的是讀書，是錦繡前程，其他的都不重要，不能因為女色誤了前程。

清溪一聽這話就明白了，給自己一個名分，固然是林太太認可了自己，但又何嘗不是因為林太太給自己的一顆定心丸。她必然很擔心自己為了將名分定下來，私下勾著林永星成了好事不說，還讓林永星沈迷女色，誤了前程。有了這樣的認知，清溪有了名分之後，反倒比以前更小心、更謹慎，甚至對林永星也不像以前那般，事事上心過問。

正了身分之後，她對院子裡的其他丫鬟，尤其是拾娘倒是比較親近了，從來都不會在她們面前擺什麼架子，除了對她既羨慕又嫉妒的丹楓之外，其他人對她也親近了些。

「清溪姑娘。」見清溪過來，所有人都起身輕輕地一福，給她行禮，然後碧溪笑著道：「也沒有什麼，不過是在拿拾娘的短處笑話罷了。」

「又說拾娘不會女紅了吧？」清溪也笑了起來，然後搖搖頭，道：「我看妳們有那個時間笑話她，還不如多給她做幾件衣裳，再過兩個月，拾娘也該除孝除服了，不用像現在穿得這麼素淡了。」

「可不是。這一眨眼的工夫，拾娘進府都整整兩年了，是差不多該除服了。」碧溪笑著點頭，然後又笑著道：「姊妹們，我們就上點心，好好給拾娘做幾身鮮豔一些的衣裳。」

拾娘在清熙院的人緣一向都很好，碧溪的話一落，眾人就紛紛應和，而拾娘卻在眾人不留意的時候抬起頭，喟嘆一聲。這時間過得真快，轉眼就兩年了，再過三個月，自己就可以除服了，再過四個月，林永星就該去參加鄉試了，而再過半年，自己也要及笄了……

注：過明路，意指事情已經公開，不須再掩飾。

第三十八章

「今天董夫人來過。」

林太太看著坐在她下首的林舒雅，不意外地看到女兒聽到這個消息臉色就陰沈下來。林太太心裡暗暗地嘆了一口氣，卻什麼都沒有表示。

「她來做什麼？是不是家裡窮得揭不開鍋（注）了，所以上門打秋風的？」林舒雅尖酸地問道，她對董家所有的人都帶著濃濃的厭惡和不屑，覺得那一家子的窮酸味足以將她給熏暈了。

「舒雅，妳這是說什麼話呢！」林太太皺著眉頭呵斥了一聲，道：「那可是妳未來的婆婆，妳這樣說話實在是太不像話了。」

「什麼婆婆，我還沒有嫁過去呢！」林舒雅最恨的就是林太太提起這樁婚事，而林太太也知道她對這樁婚事很是不滿，甚少提起董家的人和事。林舒雅撇了撇嘴，問道：「如果不是打秋風的話，無緣無故的她上門來做什麼？」

林太太臉色微微一沈，道：「妳還有一個月就及笄了，當初妳和禎毅訂婚的時候就說好了，等妳及笄就嫁過去，董夫人上門來就是說你們的婚事。」

注：揭不開鍋，意指鍋中沒米飯。比喻斷炊。

林舒雅大吃一驚，一下子跳了起來，叫嚷著：「娘，我不嫁！我才不嫁！」

「胡說什麼呢！」林太太沈了臉，道：「什麼叫做妳不嫁？這話別說是傳到外人的耳中，要是讓妳爹聽見，都不得了。」

「聽見就聽見，反正我就是不嫁！」林舒雅一點都不怕，恨恨道：「我就不明白了，董家有什麼好，那個董禎毅又有什麼好，為什麼非要讓女兒嫁給他？這不是把我往火坑裡推嗎？」

「妳閉嘴！」林太太臉色難看地呵斥一聲，道：「董家有什麼不好？禎毅又有什麼不好？董家可是官宦人家，禎毅才華出眾，董家在朝中又有故交舊友，只要禎毅今年的秋闈、明天的春闈好好考，拿到好的成績名次，得了貴人青眼（注），不敢說就此平步青雲、飛黃騰達，但是掙個功名、補個實缺卻也是輕而易舉的事情。妳要是嫁了他，就是官家夫人，有什麼不好？如果不是因為妳大哥和禎毅是同窗好友，妳爹爹對董家曾經關照一二，有那麼幾分香火情的話，妳以為妳能嫁到董家？」

「董家是官宦人家，我知道董家是官宦人家，您不知道說過多少遍了……」林舒雅聲音低了些，但內心的暴躁卻更明顯了，她連嘲帶諷道：「可是娘，您說什麼樣的官宦人家才會像董家那樣，除了一棟破舊的老宅子，幾畝連佃農都找不到的薄田，兩間不知道什麼時候就開不下去的鋪子以外，什麼都沒有？」

「董家要不是現在這種窘境，妳能和禎毅訂下婚事嗎？」林太太看著林舒雅，她知道打小就在富貴堆裡長大的女兒看不上董家，會覺得董家太窮了些；可是她怎麼不想想，要不是因為董家落魄了，她一個商賈人家的女兒怎麼可能有機會嫁進董家，嫁的還是董家最有出息的長子呢？她輕輕地搖搖頭。這些話她和林舒雅講過，她卻從來沒有聽進心裡。林太太只好婉轉道：「雅兒，妳是娘唯一的女兒，娘自然捨不得妳受苦，自從妳訂了婚，娘就已經開始為妳準備嫁妝了，妳爹也說了，多給妳準備一些田產、房產和幾間賺錢的鋪子，妳光靠自己的嫁妝也能過得很好。」

「靠我的嫁妝？娘，我記得您和我說過，嫁漢嫁漢、穿衣吃飯，說女兒家找丈夫，為的就是一輩子能有個依靠，怎麼到了我身上的時候，卻讓我靠自己的嫁妝養活自己，甚至還養活他們董家一家子？」林太太不說嫁妝還好，一提嫁妝，林舒雅就更憤怒了，不管是哪個女兒家，都會希望自己有十里紅妝，可是她們都不會希望自己的十里紅妝為的是讓自己嫁過去養夫家，她自然也不例外。

「娘是和妳講過嫁人是為了找個一輩子的依靠，但是娘也說過，患難夫妻才能真正相互依靠。娘當年嫁給妳爹的時候，林家可比現在的董家還不如啊！」林太太頭疼地看著林舒雅。自己教過她多少，她卻總是只能聽得進去她願意聽的。她開解道：「禎毅不是池中之物，不會這一輩子困在望遠城這個小地方，更重要的是他是個重情重義的人，他飛黃騰達的時候也不會拋下妳的。」

「我對董禎毅才不抱什麼希望呢，個個都說他滿腹詩書，說他就算不能像他爹一樣中狀

注：青眼，意指人正視時黑色的眼珠在中間。後以青眼表示喜愛或看重。

元，也能考取功名封妻蔭子（注），可是為什麼三年前他卻不去考舉人呢？我看啊，他的本事都是別人吹出來的！」林舒雅可沒有林太太那樣的眼光，更沒有林太太那樣的魄力，她才不會明知道嫁過去要吃苦受罪，卻還一頭撲了上去。

「妳——」林太太被林舒雅氣得倒仰，也知道自己好聲好氣和她說什麼都是白搭，林太太乾脆收了說服她的心思，直接乾脆道：「這樁婚事已經定了，不容得妳不答應。再說，婚姻大事原本就是父母之命，媒妁之言，哪裡有妳一個女兒家挑來挑去的分？」

林舒雅咬緊了下唇，倔強地看著林太太。她說不願意就是不願意，林太太就算說得天花亂墜也不能改變她的心思。

「董夫人的意思是希望將婚期訂在明年的四月，我和妳爹也覺得這個時間好，禎毅高中之後就娶妳過門，那可是雙喜臨門的大好事。」林太太也不管她是不是樂意聽，直接道：「具體的日子還沒有選定，但就在四月裡卻是不會變了。把這件事情告訴妳，可不是為了讓妳攢足了勁和我鬧，而是讓妳心裡有個準備，妳從今天開始，就好好地在家裡做繡活，準備嫁妝，閒暇時間也多看看書。禎毅是個讀書人，妳多看幾本書對妳也好。」

「要是他落榜了呢？」林舒雅惡意地道：「娘，我知道妳和爹心裡在想什麼，無非不過是想攀上官家罷了，但是你們就這麼肯定他能高中？就不擔心不但白費心機還搭上女兒一輩子？」

「就算禎毅落榜了，婚禮也要照常舉行。」林太太看著林舒雅，很認真道：「這樁婚事是我和妳爹好不容易才為妳謀劃來的，不容有任何差錯。」

「就算我死了也要照常舉行嗎？」林舒雅氣極，從來沒有想到林太太對這樁婚事是這般重視，根本就不考慮自己的幸福。

「不錯。」林太太不會給林舒雅留下任何餘地，她瞭解女兒，但凡自己露出那麼一絲不捨和心疼，她就能來個一哭二鬧三上吊，甚至用自殺絕食的方式來威脅自己退了這門親事。

「娘，您怎麼能這麼狠心？」林舒雅眼眶一紅，然後突地站起來，捂著臉跑了出去，顯然是被林太太給氣哭了。

「這孩子……」林太太無奈地嘆氣。她怎麼就不明白自己的一片苦心呢？

「娘，您也不要太擔心了，妹妹遲早會明白您的苦心的。」一直在一旁沒有言語的林永星安慰了一聲，然後又笑了起來，道：「再說，婚禮不是準備在明年的四月嗎？要是一切順利的話，禎毅那個時候最起碼也是進士及第，妹妹一定會歡歡喜喜地上花轎的。」

「我也只能這麼想了。」林太太又嘆了一口氣，然後關心地看著林永星，道：「再過四個月你就要上考場了，你有把握嗎？」

「娘，兒子會盡力的。」林永星信心滿滿，卻沒有把話說死了。

林太太點點頭，放下心來，對兒子她是越來越放心了，她相信兒子一定會光耀林家門楣的……

注：封妻蔭子，意指舊時稱人顯貴之語。表示妻子因丈夫受封典，兒子因父親得襲位。

第三十九章

「什麼？您去林家商議婚期去了？」董禎毅皺著眉頭看著母親，衝口欲出的質問在看到她鬢角花白的頭髮之後嚥了下去，化為深深的嘆息。母親的做法他不能認同，但她的辛勞，她為這個家，為自己著想的心卻是好的。

「毅兒，你心裡是不是在責怪娘，怎麼連商量一聲都不曾就跑去林家了？」就算董禎毅什麼都沒有說，董夫人還是知道他心裡在想什麼。她輕輕地嘆了一口氣，道：「娘這都是為了我兒的前程著想啊！」

「娘，婚事和前程扯不上什麼關係。」董禎毅嘆了一口氣，道：「娘，您應該知道我現在最要緊的就是好好看書，為八月的秋闈做準備，其他的都不重要。可是，您現在來了這麼一齣，難免要占用我的時間，會影響我的。」

董禎毅這些年一直兢兢業業，半點不敢鬆懈，就是為了一舉成名天下知，而現在他已經做好了準備，極有信心在今年的秋闈、明年的春闈上一鳴驚人。越是這種時候就越不能有半點懈怠，更不能分心，要不然的話，他多年的努力就會付諸流水，那是他絕對不能接受的。

董夫人這個時候最應該做的，是將家中的一切打理得妥妥貼貼的，不讓他分心，而不是張羅他的婚事，干擾他讀書，為他添麻煩。

「我知道，我知道。」董夫人連聲道：「我知道你現在除了讀書以外不能分心在別的事情上，也知道今年的秋闈對你、對我們這個家來說有多重要，我已經和林太太商量好了，婚禮該有的我們會一樣不落，但儘量不給你添麻煩，不干擾你讀書。林太太是個通達的，已經同意了我的意見，你啊，什麼都不用管，只要讀你的書，等著明年的四月當新郎官就好，其他的事情都由我來辦。」

「不是，娘，您沒有必要這麼著急讓我成親吧？我今年十六，明年也才十七，正是勤讀苦練的好時候，不適合成親。」董禎毅嘆氣，雖然說十六、七歲成親不算早，但是十八、九歲也不算晚，等殿試之後，自己的前程見好，再考慮成親的事情不是更好嗎？

當然，這麼想的時候，董禎毅可以忽視自己對林舒雅一點都不感興趣的事實，他知道不管自己有多麼不喜歡林舒雅，她都是自己未來的妻子，那個要和自己同度一生的人，他對她並沒有太高的期望，也沒有想過要悔婚，但不能晚點和她一起生活嗎？

「娘這不也是為了你考慮嗎？」董夫人知道兒子自始至終對這樁婚事就不太滿意，不滿意和商賈人家結親，不滿意要娶一個連詩詞歌賦為何物都不知曉的妻子，之所以沒有大力反對，不過是不想讓自己傷心難過罷了。事實上，董夫人對林舒雅也不怎麼滿意，她見過林舒雅幾次，一個被寵壞了的女孩，沒有多少才華，沒有什麼學識，就連她自己最熱衷的穿著打扮都沒有多少見識；要是在董家風光的時候，這樣的姑娘別說是給禎毅當正室，就算是妾室，董夫人都會嫌棄。

但此一時，彼一時，她已經不是以前那個清高的國子監大學士家的姑娘，更不是總喜歡抬著架子的諫議大夫夫人了，她只是一個死了丈夫，又沒了娘家可以依靠的寡婦，她已經受夠了人情冷暖，已經嚐遍了世間苦楚，她不再像以前那般清高，相反地，她現在極端市儈。和林家結親，她看中的只有兩樣，一個是林家的萬貫家產，一個是林太太的精明厲害和果敢堅強。

她相信，只要兒子能夠金榜題名，那麼林家一定會是他堅強的後盾。而為官者，需要的不僅僅是才華，不僅僅是上位者的欣賞，還需要人脈，人脈是需要銀錢上下打點的，董家絕對沒有那個實力去打點，所以，只能寄希望於董禎毅的妻族了。

董夫人也曾經想過，不那麼著急地為董禎毅訂親事，等他金榜題名之後再為他尋一門婚事。要知道京城不少的清貴人家都喜歡招有學問、有才華、有前途的年輕人為婿，她當年不就是這樣的嗎？

但是，在林家透露了結親的意向之後，董夫人左思右想之下，還是不顧董禎毅的意思，答應了這樁婚事；除了擔心拒絕會讓林家惱羞成怒，刁難他們，讓他們剛剛因為聖旨而好轉的生活再一次陷入窘境之外，也是擔心兒子不能在科考的路上走得太順當，那樣的話，早點訂親也不見得是件壞事。

「娘，兒子知道娘是為了兒子考慮，但是明年四月成親真的是不大妥當。四月初殿試，正是忙碌的時候，兒子哪裡有閒心考慮終身大事？娘，要不然您和林伯父、伯母再商量一下，看看能不能把婚期往後延一延，要是能夠到明年年底就更好了。」董禎毅真心覺得母親這樣安排是在給自己添麻煩，他的目標從來就沒有變過，他想要做的是三元及第的狀元公，如果能夠實現的話，那麼明年的這個時候他定然忙得腳不沾地，哪裡還有時間成親啊！

「我是特意挑在四月的。」董夫人嘆了一口氣，道：「娘知道你信心滿滿，認為秋闈的解元、春闈的前三甲是你的囊中之物，但是你有沒有想過，萬一出了什麼意外，一切不那麼順當呢？毅兒，雖然娘對朝堂之上的事情並不瞭解，但也並非一無所知，每次科考都會有各種貓膩在裡面，尤其是到了會試的那一關……你爹爹明明有狀元之才，為什麼連會元都中不了？不是他的運氣不好，而是因為他身後的靠山不夠強。而你，卻連一個靠山都沒有，娘真的擔心你被人給擠了下來。」

「那和讓我在四月成親有什麼關聯？」董禎毅也知道考場會有一些黑幕，但是他相信只要自己能夠走到殿試的那一關，就不會明珠蒙塵。

「如果你進不了前三甲的話，會需要很多的銀錢打點，而家裡卻已經負擔不起了。」董夫人苦笑道：「要是成了親就不一樣了，林家一定會支持你，就算林家不支持，舒雅的嫁妝也……」

「娘，兒子不至於淪落到得依靠妻子的嫁妝鋪路的地步。」董禎毅臉色沈了下去，董夫人這話是在打他的臉。

「娘知道你有你的自尊心，但是娘也是……」董夫人就知道兒子會生氣，但是她也顧不得那麼多了。

「娘，兒子不想聽您的那些理由，兒子現在也沒有時間和精力去管那些事情，兒子只想說，兒子會依您的意思娶林姑娘進門，但是兒子希望這樁婚事能夠延後。」董禎毅看著董夫人，覺得滿腔怒氣有些壓抑不住，他朝著董夫人行了禮，道：「娘，您好好考慮，兒子先去看書了。」

看著董禎毅頭也不回地走了，董夫人的眼淚都下來了。她知道兒子在生氣，可她這也是為了他，為了董家考慮啊，要是還有別的選擇的話，她也不會出此下策啊……

第四十章

「表姑娘，請您坐著喝杯茶，小的馬上就把最好的料子都送過來給您過目。」到了綺羅閣，掌櫃的把林舒雅迎進了裡面的雅間就出去了。

「姑娘，要是讓太太知道我們私自出府的話，一定會生氣的。」林舒雅身邊的大丫鬟香茉有些惴惴不安地道。

小姐昨晚一夜都沒有睡好，從林太太房裡回去之後，大肆發洩了一通，將屋子裡不少的東西都打得粉碎，又趴在床上哭到大半夜，今早更是隨意吃了點早飯就強行出府。雖然林太太說過不讓她隨意出門，但門房看她臉色陰沈也不敢多攔，相信林太太這會兒已經知道了小姐私自出門的消息，或許都已經帶著人出來找她們了，要是把她們堵在了這裡……

綺羅閣是吳家的產業，林舒雅到這裡名為看料子，實際上卻是過來和吳懷宇見面的。這是林太太得了林永星的提醒，將林舒雅管嚴了，不讓林舒雅和吳懷宇在府裡有見面的機會，又不讓林舒雅去吳家之後，吳懷宇和林舒雅想出來的對策之一。不過，吳懷宇說過，沒有重要的事情最好不要過來，以免被林太太發現，連門都不讓她出就不好了。所以，林舒雅今天也是第一次過來。以前都是依靠吳懷宇的庶妹，和她一般年紀的吳懷柔做中間人鴻雁傳書的。

「她生氣就讓她生氣好了。」林舒雅眼皮微微有些浮腫，眼中也布滿了血絲。她昨晚是哭著睡著了的，聽香茉這麼勸說，她不但沒有什麼擔心害怕，反而起了怒氣，將剛剛端起來的茶盞啪地一聲放到桌子上，怒道：「她都不管我的死活了，我還有必要在乎她生氣不生氣嗎？她要是生氣，把這件事情鬧開了才好！」

「姑娘，您聲音小點，要是讓外面的人聽到了……」香茉苦笑。林太太就這麼一個女兒，就算再生氣也不過是責罵一頓或者將她關在繡樓中反思而已；但是自己卻一定會被狠狠責罰，甚至直接發賣了出去。

「聽見就聽見，有什麼大不了的？」林舒雅忿忿地接了一句，不過嘴裡這樣說，聲音卻小了，別人聽到了無所謂，要是正好讓表哥聽到可就不好了。

香茉在林舒雅身邊也伺候了四、五年，最是清楚她的性子，知道她不會在這裡嚷開了，心裡微微放心，然後道：「姑娘，太太一定會問起我們為什麼私自出府，出府來又是做什麼的，您可得想個理由，要不然的話太太一定會很生氣……奴婢知道，您不怕太太生氣，可是萬一太太因此禁了您的足，不讓您出院子半步的話，就更不好了。」

林舒雅這一次沒有發怒，她也知道林太太就算沒有讓人出來找，等自己回去之後也定然會把自己叫過去斥責詢問一番的，自己怎麼樣都應該找一個勉強過得去的理由才是。

「在想什麼呢？我敲門都沒聽見。」正在思索著，卻聽到心心念念的人在耳邊說話，林舒雅一抬頭，入眼的是吳懷宇的一張俊臉，她哽咽一聲，也不管是不是還有他人，也不管是不是於禮不合，就撲進吳懷宇懷裡——算算，她都已經有小半年沒有和表哥見面了，上一次見面還是過年的時候，吳太太帶著吳懷宇兄妹過來拜年，遠遠地見了一面。

吳懷宇沒有想到林舒雅會這麼熱情，不過他也沒有推開林舒雅，他一邊溫香軟玉抱滿懷，一邊朝著愣在屋子裡的人使了個眼色，綺羅閣的掌櫃立刻退下，而他走的時候不忘將同樣愣住的香茉也拉了出去。

「這是怎麼了？可是受了委屈？」吳懷宇輕輕拍著林舒雅的背。他和綺羅閣的掌櫃打過招呼的，那掌櫃見到林舒雅進門就派了機靈的小廝跑去吳家找他，正好在吳家大門口遇上，他乾脆騎了馬過來，只聽掌櫃的說她看起來像是狠狠哭過一場。

「表哥……」吳懷宇不問還好，這麼一問，林舒雅只覺得悲從中來，叫了一聲之後就又哭了起來，在吳懷宇的哄勸下，好半天才止住眼淚，哽咽著道：「昨天董家那個死婆子上門，要我在明年的四月嫁到董家，我爹娘居然答應了……嗚嗚……」

「明年四月？」吳懷宇皺緊了眉頭，稍微一思索，就想清了其中原委，冷冷地道：「他們還真是會打如意算盤啊！」

「表哥，你怎麼這麼說？」林舒雅停止哭泣，瞪大了眼睛看著吳懷宇。在她眼中，吳懷宇又聰穎又能幹，還很會體貼人，家裡也很富有，哪裡是董禎毅那樣的人比得上的。

「妳知道今年開科考試，董禎毅那人別的不好評價，讀書卻很是厲害。我聽人說，望遠學堂的先生們對他是齊聲讚賞，說他有狀元之才。」吳懷宇臉上帶了淡淡的不屑和自己都沒有察覺的嫉妒，分析道：「今年的秋闈對於董禎毅來說不過是走個過場而已，相信他就算不能中解元，也不會太差；但明年的春闈就不一定了，先不說大楚人才濟濟，他那點水平未必就能把別人都比下去，就說他的身分……我雖然不算是讀書人，但也知道會試之中要一鳴驚人，單憑才華是不夠的，還要背景和靠山。舅舅總認為董家在京城定然還有些舊故知交，認為董禎毅一旦金榜題名就會有人照拂一二，舅舅這麼想固然沒錯，哪個當官的沒有三、五個知己，董禎毅他爹定然也不例外。可是，舅舅卻沒有想過人走茶涼，這人都死了，那些個知己還算知己嗎？董禎毅一家回到望遠城這麼些年，可沒見什麼故交上門拜訪，照拂一二，要不然的話，董家那些親戚敢那麼對他們母子嗎？」

「那和我們的親事有什麼關係啊？」林舒雅並非是傻子，也不是不聰明，但是她一向都懶得用腦子，以前有什麼事情林太太都給她打點好了，而現在，她更喜歡聽吳懷宇的意見。

「當然有關係。」吳懷宇冷冷道：「人和人之間的關係都是走出來的，來往密切了，關係自然慢慢就好了，時間長了不來往，關係自然也就疏遠了。舅舅、舅母當初為妳訂下這門婚事，不就是看中了董禎毅這個人嗎？他們不就是認為董禎毅可以憑藉著自己的滿腹才華飛黃騰達嗎？他們既然對董禎毅抱了這樣的希望，而他又要和妳成親了，那麼舅舅定然會為他鋪路子。林家關係或許差了些，但是林家不缺錢財，俗話說有錢能使鬼推磨，只要大筆的銀子撒下去，為董禎毅把路給鋪平了，還怕他不能一舉成名天下知嗎？這董家啊，是用婚事當定心丸，好讓舅舅吃了，死心塌地為董禎毅撒銀子。」

吳懷宇的話林舒雅從來都是深信不疑的，聽他這麼一說，林舒雅就在心裡給董家人定了罪，她恨恨地道：「我就知道那個死婆子不安好心，要不然好端端的為什麼提婚事！」

「這也是我的臆測，並不一定就是準的。」林舒雅相信了之後，吳懷宇馬上又換了說辭，笑著道：「妳沒多久就要及笄了，也到了可以論及婚嫁的時候了，或許董家是因為這樣才提婚事的，畢竟，這婚姻大事是耽擱不起的。」

「才不是這樣呢。」林舒雅搖搖頭，道：「表哥，妳知道我娘說什麼嗎？她說會給我多準備嫁妝……這是什麼意思，不就是說董家要靠我的嫁妝嗎？有這樣的人家嗎，都還沒有成親就打起未來媳婦嫁妝的主意了。」

「表妹，給妳準備豐厚的嫁妝那是舅舅、舅母心疼妳。」吳懷宇安慰了一聲，卻又頓住了，然後長長嘆了一口氣，道：「畢竟董禎毅以後是要當官的，妳有嫁妝傍身，以後說話也能硬氣一點。」

「表哥，你怎麼能說這樣的話？」林舒雅又是憤怒又是傷心地看著吳懷宇，道：「你明明知道我的心思，你說這樣的話不是傷我的心嗎？」

「我何嘗捨得妳嫁給別人，可是舅舅、舅母……」吳懷宇苦笑一聲，拍拍林舒雅的背。吳太太曾經探過林太太的意思，卻遭了拒絕。

「我不管娘怎麼想。」林舒雅用力抱緊吳懷宇，傷心地道：「她都不管我的死活了，我為什麼還要管她呢？表哥，你得想個辦法，我真的不想嫁。」

「辦法倒是有，只是我擔心妳以後會怨我的。」吳懷宇等的就是她這句話。

「我怎麼可能怨你？」林舒雅大喜過望，放開吳懷宇道：「表哥，有什麼好辦法，你快點說！」

「這個啊，暫時保密。」吳懷宇看到林舒雅噘起的嘴，笑了，道：「我只是說會有辦法，具體怎麼做還得回去好好想想。」

「原來表哥說有辦法是騙我的啊？」林舒雅有些失望，但是很快又振作起來，笑著道：「不過我相信表哥一定會想出好辦法的，我就等表哥的好消息了。」

當然會有好辦法，還是兩全其美的好辦法。吳懷宇心裡冷笑一聲，臉上卻帶著笑，道：「我讓掌櫃的把前幾天才到的料子拿過來給妳看吧！那是京城最時興的料子，妳做了衣裳穿在身上，一定很漂亮……」

第四十一章

「禎毅，明天開始就不用來學堂了，你要不要到我家和我一起做最後的努力？」

林永星笑呵呵地看著董禎毅。今天是七月的最後一天，還有十天就是鄉試開考的日子了，雖然就在望遠城考試，不用花時間在路上，但是望遠學堂還是一如既往早早放了假，讓今年準備參加科舉的學子回去好生休養，為考試做準備。

「不用了。」董禎毅搖搖頭。沒和林舒雅訂婚之前，他倒是會去林家，林永星書房的藏書不少，他經常在那裡一泡就是一整天，和林舒雅訂婚之後，他去的次數反而少了。

「真不去？」林永星笑呵呵地看著他，道：「你不是一直很想見見拾娘，看看是什麼樣的奇女子能夠讓我連連吃癟到現在嗎？這可是個好機會啊。」

董禎毅對拾娘還真的是很好奇，早就想見一見拾娘，卻總是陰差陽錯地錯開了，到現在都沒有見過拾娘，更沒有領教過林永星說的厲害。

董禎毅搖搖頭，他對拾娘好奇沒錯，但也沒有好奇到要專門跑去認識的地步，真要那樣做了，對拾娘也是一種不尊重——雖然她是林家的下人，但也是一個女子，那樣做始終是不適宜的。

「走吧。」林永星真的很想要董禎毅去林家和他作個伴，雖然說這兩年他的進步是所有人都看在眼底的，他對自己也是有信心，不敢說能夠通過會試，可鄉試還是有把握的；但馬上就要進考場了，心裡難免還是有些忐忑不安，要是董禎毅能夠和他一起的話，起碼也有個打氣的人啊！

他看著董禎毅，半開玩笑半認真地道：「是不是覺得不好意思？再過半年，你就是我妹夫了，自家人沒什麼不好意思的。」

「我要參加鄉試，我娘一定很緊張，我還是在家裡會好一些，起碼讓她看到我成竹在胸的樣子，要不然的話真不知道她會擔心成什麼樣子。」董禎毅還是搖搖頭，不過這一次他給了一個讓林永星不得不接受的答案。

「那好吧。」知道不能把董禎毅拐到林家，林永星也接受了這個現實，然後笑著道：「那我們在考場外碰個面，我可是還需要你給我打氣呢。」

「好。」董禎毅點點頭，然後先林永星一步上了馬車，林永星看著董家的馬車離開之後才上了馬車。

而他在後來的日子，最後悔的就是沒有強行拉著董禎毅去林家，哪怕是去吃一頓晚飯都好啊……

「發生什麼事情了嗎？」林太太看著臉色灰白，帶著憂慮，身上的直裰也有些縐巴巴的董禎誠，心頭有一種著實不妙的感覺。董家兄弟兩個她都不算陌生，每次見他們都是精神抖擻、從從容容的，身上的衣裳更是整整齊齊，哪怕是一身洗得發白的衣裳，都能穿出挺拔的味道來，但眼前的董禎誠卻帶了讓她覺得陌生的狼狽。

「林伯母，家兄前天傍晚在回家的途中，被一行陌生人攔住，不分青紅皂白地毒打了一頓，昏迷了一天一夜，直到昨天半夜才清醒過來。」董禎誠心裡滿是恨意，他不知道是什麼人在暗地裡謀算兄長，但是他知道，出了這麼一回事，董禎毅這一次恐怕連考場都進不去了。

「什麼？」林太太大驚失色，萬萬沒有想到董禎誠會帶來這樣的消息，她著急地問道：「找大夫了嗎？大夫是怎麼說的？」

「大夫給看過了，說受的傷看起來很嚴重，但是沒有傷及肺腑，好好調養一段時間就沒事了。」董禎誠苦苦一笑，道：「但是，大夫也說了，家兄現在的情況別說是去貢院考試，恐怕連下床都成困難，這一次的鄉試，他只能放棄了。」

想到躺在床上，連翻身都不能的董禎毅，再想到嚎天喊地，除了咒罵那些將董禎毅害成現在這副模樣的人以外，不知道自己還能做什麼的董夫人，董禎誠就是一陣無力。他看著林太太，道：「家兄現在躺在床上需要靜養，家母傷心過度，幾度昏厥，家裡也亂成了一團。我今天過來是想和您通聲氣，讓您知道這件事情。家兄說他原本答應林大哥，要為他打氣的，但是他現在這樣子只能食言了，還請林大哥能夠理解。」

「是什麼人幹的？」林太太憤怒之極，這件事明擺著是有人在背地裡搞陰謀，為的就是阻撓董禎毅進考場，難道是有人想要今年望遠城解元之名，卻又沒有把握光明正大贏了董禎毅，所以就用了如此下作的手段？

「家兄一向與人為善，從來沒有和人起過爭執，更沒有和什麼人結過仇，根本就猜不出是什麼人幹的。」董禎誠搖搖頭，然後又道：「不過家兄說，木秀於林風必摧之（注），或許是有人擔心家兄搶了鋒頭，所以才用這般卑劣的手段來害他也說不定。家兄讓小姪過來，一是為了和伯母通聲氣，讓伯母知道這件事情，二來卻是希望伯母警醒一些，這些天千萬不要讓林大哥私自出門，以免重蹈他的覆轍。等到上考場的那天，更是要多帶些人手過去，以防萬一。」

「我知道了。」林太太點點頭，然後關切道：「禎毅現在情緒怎麼樣？遇上了這樣的事情，他一定很傷心、很難過吧？」

「家兄還行，只是覺得這樣一來又要耽誤三年，而三年後還不知道又是什麼情況。倒是家母，既擔心家兄的身體，又傷心這件事情耽誤了家兄的前程，都哭暈了好幾次，不過現在情緒也逐漸穩定下來了。」董禎誠嘆了一口氣，然後又道：「家兄受傷的這件事情，還請伯母先瞞著林大哥，不要讓他因為這件事情受到影響。」

「我明白了。」林太太點點頭，然後道：「你快點回去照顧禎毅，我把家裡安排一下，就親自過去看他。」

「伯母每天有那麼多的事情，又要照顧林大哥，真沒有必要為了家兄跑一趟。」董禎誠搖搖頭，來這一趟可不是為了讓林太太過去探病的。

「當然有必要，他馬上就是我的姑爺了，我要是不知道這件事情倒也罷了，但現在知道了，怎麼都得過去看他。」林太太搖搖手，讓董禎誠將勸阻的話收回去，然後恨恨地道：「我也會把這件事情同你伯父說一聲，讓他去查一查到底是什麼人做的……凡是做過的必有痕跡，我就不相信找不出那個下黑手的人。」

「那就勞煩伯母了。」董禎誠也恨透了那個暗中下黑手的人，很想知道到底是什麼人幹的。

注：木秀於林風必摧之，比喻才能或品行出眾的人，容易受到嫉妒。

第四十二章

「奴婢給太太請安。」拾娘規規矩矩向林太太行過禮之後，便靜靜地站在一旁。她不知道林太太忽然把她叫過來是出了什麼事情，但是她一點好奇的模樣都沒有表現出來。

林太太看著沈靜的拾娘，煩躁的心忽然也寧靜下來了，她喝了一口茶，看著拾娘道：「我和老爺剛剛從董家回來，董家大少爺前天晚上從學堂回家的途中被一群人給打傷了，到現在都還躺在床上起不了身……」

說到這裡，林太太微微一頓，想起董禎毅鼻青臉腫的狼狽樣子，董夫人在一旁泣不成聲，說雖然都是些皮肉傷，但是也傷得不輕，身上到處都是青青紫紫的，也不知道要到什麼時候才能恢復。而董禎毅雖然狼狽不堪，神情卻還算鎮靜，顯然他已經接受了不能上考場這個殘酷的現實；這倒是讓林太太對他更高看了幾分，林老爺更駁回了他提出來的婚期延後的意見，甚至還說既然不能上考場，那麼就早點成親，還說正好四月裡沒有幾個好日子，乾脆選在正月成親。

董禎毅受傷了？而且還不輕？拾娘微微一怔之後，立刻想到了後果——董禎毅還能參加鄉試嗎？就算去了，又能不能撐完三天三夜的考試？當然，最關鍵的是林太太和她說這件事情有什麼目的和意圖呢？

「這孩子也是個厚道的，自己渾身是傷卻還想著星兒，說讓我們小心一點，這些日子不要讓星兒出門，以免遇上了什麼不好的事情，還想延後婚期，擔心這麼倉促地準備婚禮讓雅兒受委屈。」林太太嘆了一口氣，然後道：「妳的話，星兒一向都還是比較聽得進去的，妳這些天可得把星兒給看好了，別讓他往外跑，更別讓他聽到什麼風聲，影響了心情。」

是擔心影響他考試吧？拾娘心領神會地點點頭，這一點不用林太太交代，她也會盡力去做的，她比任何人都希望林永星能夠上榜，那樣的話，明年二月她就能跟著林永星去京城了，那是她最不能放下的事情。

不過……拾娘抬起頭看著林太太，輕聲問道：「太太，可知道董家少爺為什麼會遭此厄運？是往日和什麼人有仇怨，所以被人打擊報復的嗎？」

「應該不是。」林太太不是很肯定地搖搖頭，道：「妳沒有見過禎毅那孩子，要是見了妳就不會這樣問了。那孩子溫文爾雅，脾性最好不過了，待人接物都很有章法，也很謙和，和人臉紅的事情都極少有，又怎麼會和人結怨呢？我們都推測，可能是有人不想讓他在鄉試中搶了自己的鋒頭，所以才用了這般下作的手段。」

溫文爾雅？好脾氣？謙和有禮？拾娘輕輕了垂下眼瞼，擋住了眼中的不以為然。她從來都不認為世上真有那樣的人，這個董禎毅不是個善於偽裝的偽君子，就是個能忍人所不能忍、有大毅力的人，不管是哪一種，都不是好相與的。

「妳覺得我們的推測不對嗎？」

林太太看著沈默的拾娘，誤解了她的表情，她嘆了一口氣，道：「我也覺得不會那麼簡單，畢竟才名在外的人不只禎毅一個，但是只有他遭此厄運，這其中定然還有我們所不知道的緣由才是。」

「不知道太太為什麼會有這樣的猜測？」拾娘不好再沈默下去。在林府這兩年多來，林太太對她多有關照，雖然這是因為林永星在她的監督下進步神速，讓林太太開心愉悅的原因；但是她也知道，在很多主子眼中，自己是下人，理應盡力，林太太能這樣對她，還是因為林太太對她另眼相看。尤其是她在處理一些雜事的時候，如果自己碰巧在場的話，林太太不但不會避著自己，還會指點自己一些管家、管事的小技巧，而那恰恰是她最需要學的東西。

「一來是這件事情來得太湊巧，二來是那些人打了禎毅，離開的時候曾丟下一句話，說這是他們少爺的一點點警告，讓他以後眼睛放亮一些，不要搶不屬於自己的東西。」林太太苦笑一聲，道：「禎毅這孩子除了讀書之外，對別的事情都不上心，又怎麼可能搶了別人什麼東西呢？」

「這個也難說。」拾娘可不那麼認為，知人知面不知心，誰知道董禎毅背地裡又是什麼樣子呢？或許他在自己都沒有察覺的情況下，搶了本該屬於別人的東西，然後才被人收拾呢？

林太太皺皺眉，看著拾娘道：「那妳有什麼不一樣的想法嗎？」

「奴婢沒有什麼特別的想法，只是奴婢覺得沒有那麼簡單。除非有人認為，董家少爺不能上考場，解元便是自己的囊中之物，要不然的話就不會行此險招；畢竟這樣的事情要是被查出來的話，那人一輩子都要背上一個洗不掉的汙點，這一輩子的科考之路也該到頭了。」拾娘自然不敢說自己對董禎毅的人品信不過，只能找另外的理由。她看著林太太道：「凡事做過必留痕跡，不管那人怎麼善後，一定都會有痕跡可查，奴婢相信，除非這件事情能夠給他帶來極大的利益，要不然的話，那人絕對不會做這樣的事情。」

「那麼妳認為會是什麼人做的呢？」林太太贊同地點點頭，她也認為只要用心查，一定能夠把這件事情給查清楚。

「奴婢不知，不過，奴婢卻知道，誰在董家少爺受傷這件事情上受益，那麼誰就有可能是這件事情的主使人。奴婢指的不只是八天後的鄉試，還有別的事情，在鄉試之前下手，說不定只是那人的障眼法罷了。」拾娘保守地道。在她看來，就算查不出來也不要緊，慢慢地熬上個把月，看看誰從這件事上獲利就能看出些端倪了。而現在，雖然有可能查到對方遺留下來的蛛絲馬跡，但是相同地，只要那人也是謹慎的，一旦發現勢頭不對，完全有可能斬斷線索，不讓火燒到自己的身上。

「妳說的很有道理。」林太太點點頭，她和林永星一樣，拾娘說話都很認真地聽，大多時候也都能聽得進去，這一次也不例外。不過，她也沒有繼續這個話題，而是道：「除了這件事情妳得瞞著星兒，並監督著他別讓他往外跑以外，還有一件事情也需要妳去做。」

「請太太吩咐。」

「禎毅和星兒約好了在進貢院前見面，相互打氣的，現在禎毅肯定是不能去了，妳得想個辦法把這件事情給圓回來，不能讓這件事情影響了星兒的情緒。」林太太知道這件事情還是有些棘手的，反正她是不知道該怎麼做比較好，只能交給拾娘了。

「奴婢會想辦法的。不過，奴婢還請太太把這件事情給封住了，千萬別讓有心人故意傳到大少爺耳中。」拾娘相信，要是齊姨娘知道這件事情的話，一定會想盡一切辦法讓林永星知道。這兩年林永林的光彩完全被林永星給遮住了，齊姨娘一定希望改變這樣的境況。

「這個妳放心，我會的。」林太太點點頭，知道拾娘說的是什麼，她一定不會讓人在背後拖後腿的。

第四十三章

「少爺，您總算是睡醒了。」床上的林永星一有動靜，守在床邊的伊蓮就發現了，她歡歡喜喜道：「您都睡了一天一夜了，太太都派人過來好幾趟了。」

「這一覺睡得真舒服。」林永星伸了一個懶腰。在他的記憶中，他從未像這次這樣睡得舒坦，當然，他以前也從來沒有像這次一樣，整整三天精神都高度集中，半點不敢鬆懈。

「那是當然，您在貢院可是考了整整三天，拾娘說您從貢院出來的時候腳步都是飄的，回來之後就胡亂吃了點東西，說要洗澡，卻在澡盆子裡睡著了，怎麼叫都叫不醒。」伊蓮笑嘻嘻回了一聲，而聽到她的聲音，外面的人也陸續走了進來，最吸引林永星的當數清溪……手上端著一碗正散發著誘人香味的粥，那一定是用雞湯慢慢熬出來的雞汁粥。

「是喔，我好像洗著洗著就熬不住了。」被伊蓮這麼一說，林永星忽然想起自己睡著之前的事情，他看著伊蓮道：「妳們是怎麼把我弄到床上的？」

「是拾娘早就猜到可能會有那樣的事情，所以早早就叫了兩個力氣大的小廝過來候著，等到您超過時間都還沒有起身，就讓小廝進去伺候您起身，然後讓他們把您給揹到床上。」清溪笑著解釋了一句，然後把粥遞到林永星手裡，笑著道：「這粥涼得剛剛好，少爺先吃一點墊墊肚子，廚房裡馬上給您做幾個合意的小菜過來。」

林永星肚子早就餓得咕嚕叫了，接過粥呼嚕呼嚕幾下，就把一碗不算少的粥給吃完了，將碗還給清溪，意猶未盡地道：「怎麼就這麼一點點，沒有多準備一點嗎？」

「您餓了那麼久，不能一下子吃太多，這麼一點暖暖胃，等會兒再多吃一點就是。」清溪笑著搖搖頭，道：「這粥是下午才熬的，拾娘說您最快也要到下午才能醒過來，果然被她給說中了。」

「她有什麼時候說不中的？」林永星很隨意地回了一句，然後問道：「拾娘呢？我有話想要問她。」

「大少爺有什麼想要問奴婢的，直說就是。」剛好拾娘走了進來，聽到林永星這句話就順勢問了一聲，心裡卻已經猜到林永星要問什麼，無非是關於董禎毅的事情。

四天之前，拾娘親自送林永星到貢院，她特意交代過車伕得福和小廝柱子，讓他們將速度稍微放慢了一些，等林永星到貢院門口的時候，貢院的大門已經大開，參考的學子已經開始緩慢往裡走了。董禎毅那個時候還躺在床上養病，自然是見不到的，但是他們見到了受林太太所託的董禎誠，他神色自若地對林永星撒了謊，說董禎毅早早地就趕來了，因為等不及林永星，便先一步進了貢院，進去之前還特意吩咐他在門口等著林永星，代他預祝林永星考試順利。

林永星自始至終就被蒙在鼓裡，不知道董禎毅出事的消息，自然沒有起疑，只是嘀咕了兩聲，說董禎毅不講義氣、不夠意思，都不等他一下，就放開了這件事情，將精神集中到了考試上面。

考完的時候，也是拾娘去接林永星的。在貢院裡待了整整三天，雖然說都帶了吃的、喝的和鋪蓋，但是在那裡面又有幾個學子能夠安心地吃喝睡覺？林永星平日裡表現的雖然都是大剌剌，沒心沒肺的，但是他對這一次鄉試其實是重視無比，出來的時候整個人萎靡不振，走起路來彷彿在飄一樣，半點力氣皆無。

見到拾娘的時候，還不等他問，拾娘就笑呵呵地說她剛剛見到了董家的馬車，董家的二少爺正扶著和他一樣滿身疲倦，連走路都走不穩的董家大少爺上了馬車，還說董家大少爺說了，等精神恢復了之後會和他再聯絡。

一貫對拾娘信任和依賴的林永星聽了這樣的話，連多問一句都沒有，上了馬車之後倒頭就睡，一路睡回林府。

「也沒有什麼大事情，不過是想問問禎毅那邊的情況怎麼樣？有沒有派人過去問候一聲？」林永星很隨意地問道，他相信董禎毅考得絕對比自己更順利，所擔心的不過是董禎毅的身體並不見得就比自己更強健，那麼三天下來，身體能不能吃得消？

「大少爺是擔心董家大少爺啊。」拾娘笑笑，道：「奴婢還真沒有讓人去問董家大少爺的情況呢！這樣吧，奴婢這就讓人跑一趟董家，大少爺只管安安心心用飯，等您吃飽喝足之後，人也能回來了。」

拾娘自然知道董禎毅是什麼情況，卻不想直接告訴林永星，一來是林永星在貢院定然沒有好好用過一頓飯，回來的那天晚上也是隨意吃了一點，就累得趴下了，要是現在告訴他董禎毅的情況，不但於事無補，還會影響他的食慾，真是沒有必要。二來是這件事情她覺得還是林太太來說會比較好一些，她再怎麼得林太太和林永星的信任，身分卻還是擺在那裡的，不大合適管太多的事情。

「那快點給我擺飯吧，我現在餓得能夠吃下一頭牛。」林永星呵呵笑著，整個人顯得輕鬆適意。他這是第一次參加鄉試，緊張在所難免，但是總的來說發揮得還是不錯的，他相信自己雖然不會有太好的成績，但是中舉卻也沒有什麼問題——就算名落孫山，以林永星的性格他也不會再糾結，只會想著下一步應該怎麼走。

「來了、來了！」碧溪笑著帶著輕舞幾人進屋，她們手上不是端著菜就是端著湯，手腳麻利地擺好飯菜，三葷三素一湯，做的都是林永星平日裡愛吃的，看得他食指大動。

「拾娘，妳就派個人跑一趟董家吧！」林永星接過碧溪為他盛好飯的碗，準備填飽五臟廟的時候，還不忘交代一聲。

「奴婢這就去見太太，請太太叫人跑一趟董家。」拾娘笑著點點頭，看著林永星動筷之後，退了出來，直接去了林太太院子裡。

第四十四章

「什麼？禎毅因為受傷沒有去考試？」林永星的聲音之大，讓站在門外的拾娘都聽得真真切切的。他很是不滿地道：「娘，這麼大的事情為何一直瞞著我不說呢？您應該知道，我和禎毅親如手足，我應該在第一時間過去看他才對啊！」

「你這孩子，怎麼還是這副急脾氣？」林太太淡淡抱怨了一聲，然後嘆氣道：「禎毅剛一清醒過來就讓禎誠過來報信，就是擔心你的急脾氣，擔心你衝過去看他無心看書，更擔心這個消息影響你的心情，讓你不能安心考試。娘要是早早把這件事情告訴了你，豈不是對不起禎毅的一番苦心？」

「那我從貢院出來的時候，也應該把這件事情告訴我啊！」林永星聲音稍微低了一些，知道以董禎毅性格，必然不會願意看到自己因為他的事情耽誤了這一次鄉試，就算不是，林太太這樣做也是為了他考慮，畢竟鄉試對於他而言，同樣也很重要，雖然不能說可以決定他的一生，但也是他人生中最重要的大事之一了。

「你在裡面待了三天，整個人的精力都已經透支了，我哪裡捨得讓這些煩心的事情干擾你，讓你不能好好休息一下？」林太太搖搖頭，道：「再說了，就算是告訴了你，除了讓你拖著一身的疲憊，跑去看他一眼，讓他心裡愧疚也不能好好休養之外，還能有什麼用處？還不如等你休息好了，讓你神清氣爽地過去探視，好好地陪他說說話，開導開導他得好。」

「那我現在過去看他吧。」林永星是一刻都等不及了，說完就起身，想要過去看看董禎毅的情況。

「現在？都什麼時候了，你還過去看他？」林太太實在是拿林永星說風就是雨的性子沒法，她嘆了一口氣，道：「你這會兒過去的話，只會影響禎毅好好休息，給董夫人添麻煩。我已經讓人準備了禮物，你明天一早過去看望禎毅吧。」

「娘，我等不得了。」林永星皺眉，他也知道現在已經晚了，但是要讓他熬到明天，他非急得跳起來。

「等不得也得等。」林太太瞪他一眼，這一點沒有商量的餘地。

「娘，您和爹爹有沒有查出是什麼人在背地裡下的手？」林永星恨恨道：「在這種關鍵的時候下黑手，那人得有多恨禎毅啊！」

「沒有頭緒。」林太太搖搖頭，道：「你爹找了在望遠城能夠找的關係，都查不到這件事情是什麼人做的，我和你爹推測，如果不是做這件事情的人心思縝密，設計得天衣無縫的話，就是這件事背後的人不是望遠城的人，要不然的話，望遠城裡那些三教九流的人不可能一點風聲都沒有聽到。也不知道是禎毅不小心得罪了什麼人，還是他礙了什麼人的好事，讓那人非要在這個關鍵的時候下黑手。」

「一點消息都沒有？」林永星皺著眉頭，道：「這怎麼可能呢？向禎毅下黑手的那些人連蹤跡也找不到嗎？」

「找不到。」林太太搖搖頭，道：「望遠城沒有任何的幫閒（注）和這件事情有關係，他們甚至都不知道有這麼一回事情……唉，看來這件事情一時半刻之間也查不清楚了，只能等過一段時間看看，看這次鄉試的結果，看看禎毅受傷不能考試，讓什麼人得了好處了。」

「這又是何解？」林永星皺緊眉頭，看著林太太，覺得林太太這話說得有些沒頭沒腦的感覺。

「這是拾娘說的，她說什麼人在禎毅受傷這件事上得益，這件事情就有可能是什麼人做的。」林太太解釋了一句，道：「我和你爹都覺得是不是有人想要望遠城鄉試的案首之名，覺得禎毅是個威脅，所以就行此卑劣的手段。但是拾娘卻不這麼認為，她總覺得事情沒有那麼簡單，畢竟就算是禎毅也不敢說解元是他的囊中之物，應該沒有人覺得除了禎毅，自己便是望遠城最有才華的那一個了吧？」

「這倒也是。」林永星點點頭，道：「先生們雖然都說禎毅有狀元之才，卻都不敢肯定禎毅就是這一屆的案首，畢竟除了才學之外，考官的喜好也是很重要的。如果那人是為了案首這個位置，最應該做的是瞭解主考官的喜好，讓自己獲得主考官的青眼，而不是用這種下作的手段，畢竟這樣的事情要是被捅了出來的話，那人這一輩子也別想再出頭了。」

「對了，你們倆都在望遠學堂，平日也比較親近。你有沒有發現有什麼人對禎毅有不好

注：幫閒，讓官僚、富人們養的食客，為他們辦事效勞。

的意圖？或者說有沒有那種視禎毅為絆腳石的人？」林太太這是典型的病急亂投醫。

「沒有。」林永星仔細思索了一會兒，很肯定地搖頭，道：「禎毅在學堂的人緣不錯，沒聽說過他和什麼人結怨，也沒有什麼人看他不順眼。至於說絆腳石也說不通，如果禎毅失利，固然會有人得益，但是這個人到底是誰卻不好說，學堂可沒有什麼人敢自負說除了禎毅就是自己最厲害。」

「那麼，會是望遠城之外的人做的嗎？」林太太的心咯噔一響。這件事情最壞的就是有人不希望董禎毅，或者說是董家人能夠鹹魚翻身，而那樣的人或許是林家需要仰望的存在。

「娘，您的意思是……」林永星皺緊了眉頭。林太太這麼一說，他心裡也有了不妙的感覺，要真如林太太所擔心的那樣的話，是和董家，或者說是與董禎毅已故的父親有嫌隙的人做的這件事情，那麼這件事情還真的不算完了，董家和董禎毅一定還會有更多的麻煩。

「就是你想的那個意思。」林太太心情一下子很差，她眉頭緊皺地道：「要是這樣的話，禎毅這一輩子還真的是很難出頭了，舒雅以後一定會怨我和你爹一輩子的。」

舒雅？林永星微微一怔，不知道為什麼腦海中忽然閃過林舒雅和吳懷宇的臉孔，他情不自禁脫口而出，問道：「娘，您說禎毅出事會不會和舒雅有關係？」

「你在胡說什麼呢，這怎麼會和舒雅有關係呢？你別忘了，我們兩家已經在張羅他們兩個的婚事了，舒雅很快就要嫁給禎毅了，她自然是巴望著禎毅有出息。」林太太皺緊了眉頭，很是不悅地看著兒子，就算兄妹不和，也不能這樣胡亂往親妹妹頭上扣罪名吧？

「可是舒雅並不想嫁給禎毅。」林永星搖搖頭，道：「您說舒雅要是認為只要禎毅考場失利或乾脆不能參加鄉試，就能影響他們的婚事的話，她會不會做些糊塗事情？」

「不會吧……」被林永星這麼一說，林太太忽然想起剛剛聽說婚事的時候激烈反對的林舒雅，又想起這段時間很是溫和，什麼事情都配合自己的女兒，真心覺得她前後的舉止很反常，不確定地道：「就算舒雅有這個心思，也沒有機會和本事做這件事情吧？」

「娘，舒雅是做不了這件事情，但是吳懷宇想做這件事情卻不須費多大力氣。」林永星忍耐地閉了一下眼睛，睜開眼時，眼中一片冷清，道：「吳家見不得人的心思您應該比我更清楚。」

「我一會兒會和你爹好好地商議一下，讓他查一查吳家……」林太太話都說不下去了，她心累地嘆氣。希望這件事和舒雅，和吳懷宇沒有關係……

第四十五章

「怎麼臉色這麼差？難道考場發揮得不好？」董禎毅臉上帶著平和的微笑，和林永星記憶之中沒有什麼不一樣的地方，還有心思說話調侃林永星，可就是這樣，林永星心裡才愈發不是滋味起來。

「考試還算順利，我覺得比平時發揮得還要好一些。」林永星搖搖頭，然後看著董禎毅臉上還未散盡的青紫，恨恨地道：「你還記得那天向你下毒手的人長得是什麼樣子嗎？有沒有什麼特別之處？」

「怎麼？想把人找出來為我出口惡氣嗎？」董禎毅戲謔地問了一聲，然後笑著搖搖頭，道：「我把我能夠記得的都已經和伯父、伯母說過了，他們這些天都沒有任何進展，你又能有什麼辦法？你不要管這件事情了，還是安安心心等放榜；當然，你也不能鬆懈了，別忘了明年二月的春闈，那才是最重要的。」

「不為你出這口惡氣，我這心裡怎麼能舒服得了？又怎麼有心思看得進去書？」林永星憤恨地道，然後帶了些試探地道：「禎毅，你老實和我說，這件缺德的事情是什麼人做的，你心裡有沒有底？」

「怎麼？你猜到是什麼人做的了嗎？」董禎毅很敏銳地看著林永星。說實話，他心裡還真的猜不到是什麼人對自己下這樣的毒手。想和自己競爭的學子，先不說他們有沒有那麼大的膽子，就算有，難道他們就能肯定，只要自己不能參考，解元就是囊中之物？他為了今年的鄉試做足了功課，除了學業之外，更將今年望遠城有才名的學子都研究了一遍，他肯定望遠城的學子無一能和自己媲美——這不是他自視過高，他的目標是三元及第，要是連望遠城的案首都不能拿到手的話，別的也都不用想了；還不如像董夫人想的那樣，沒出息地娶了林舒雅，然後依靠林舒雅的嫁妝和林家的財力疏通關係，鋪平自己的官路。至於林老爺、林太太最擔心的，是不是京城有人不想見到自己，他就更覺得荒謬了——真要有這樣的人的話，自己又怎麼可能平安活到今天？

「我沒有你那麼聰穎，你都不知道，我又哪能猜到？」林永星被董禎毅這麼一問，就知道自己說錯了話，連忙打哈哈。不管這件事情是不是林舒雅和吳懷宇做的，他都不能說。他知道林老爺最是講究信譽，而林太太對董禎毅一向欣賞，一直把他當成了好女婿，林舒雅再怎麼掙扎都嫁定了，他不希望這件事情讓董禎毅心裡有陰影，然後影響夫妻感情，甚至冷落林舒雅。他心裡再怎麼不喜歡林舒雅，再怎麼覺得林舒雅配不上董禎毅，那也都是他的親妹妹，他還是希望看到她幸福美滿。

董禎毅玩味地看著林永星，看得他一陣心虛，連忙朝著他笑道：「你都猜不到是什麼人幹的，我怎麼可能猜到？我要是有你那麼聰明的話，也不會到現在都還被你遠遠地拋在後面，怎麼都追不上你了。」

「你也別妄自菲薄。」董禎毅也很瞭解林永星的性子，雖然心裡懷疑林永星知道些什麼，但是也知道他的嘴巴在必要的時候很嚴實，又不想為這件已經過去的事情鬧得兩人不愉快，就暫時拋開了，笑著道：「你這兩年的進步神速，這是所有人都看在眼中的，我想這一次鄉試你只要發揮正常，上榜是絕對的。不過，你可不能因此驕傲自滿，就算你能夠一鳴驚人，意外中了解元，也不過是望遠城的案首，要在會試之中嶄露頭角還嫌不夠。」

「我知道。」林永星倒還真沒有想過自己能夠成為解元，他的要求真不高，只希望自己能夠順利中舉，然後在明年的會試之中不要考得太差，落榜也不要太難看，那就已經足夠了。他看著董禎毅道：「你現在有什麼打算沒有？」

「我？好好休養一段時間，再等三年唄。」董禎毅笑笑，道：「我今年也不過十六歲，再過三年也才十九，不管是考舉還是做什麼，都不算晚。」

「你還真看得開啊！」林永星哈哈大笑起來，道：「說實話，我對鄉試還是滿有把握的，不過會試就不同了，我想啊，我去京城參加會試，也不過是湊個數罷了。三年後的鄉試，你自己去考，但是四年後的會試，我們倒是可以作伴。」

「對自己這麼沒有信心？」董禎毅笑了，雖然他覺得林永星鄉試的成績不會太差，但是他還真不看好林永星的會試，不是他看扁了人，而是林永星的水平擺在那裡。他這兩年多確實很用功、很努力，進步也確實是相當大，但是會試是什麼，那是千軍萬馬過獨木橋，林永星的底子太弱，兩年的時間根本無法改變他這個致命的弱點。

「我這是有自知之明。」林永星笑著打趣自己，道：「我這個人優點不多，但是最可貴的一點就是很有自知之明，這一點拾娘也是認可的，對吧？」

「是。」站在林永星身後的拾娘聽到林永星這樣問，只能無奈地應了一聲。她還真不覺得林永星有什麼自知之明，這個人充其量也只能說天生樂觀。

拾娘？董禎毅微微一怔，他一直躺在床上，沒有起身相迎，而林永星進門時又一直和他說話，他還真沒有分心留意他身邊帶了什麼人，聽到拾娘的聲音，他才將目光投過去，看到了在林永星身邊，沒有什麼存在感的拾娘。

董禎毅一眼看到的不是拾娘臉上那刺眼的胎記，也不是拾娘嘴角平和的微笑，而是她如同寒星一般的眸子，那雙眼睛真不像是一個荳蔻少女的眼睛，沒有少女那種羞澀、靦覥，也沒有那種好奇和活潑，只有一種不符合年紀的冷靜以及一種讓他欣賞又防備的審度。

有這麼一雙眼睛的人，必然不會像他的母親董夫人一樣，沒有遇事的時候事事算計，彷彿天下就她一個聰明人一般；真正遇到事情，而那些事情又不在她的預料之中的話，慌了神、抓了瞎，除了團團轉，除了嚎天喊地之外，就不知道該怎麼辦才好。

這樣的人就算遇上了自己完全想不到的情況，也會本能做出最理智、最靈敏的反應，這樣的人是最好的夥伴，也是最危險的夥伴。說她最好，那是因為她總能用最好的狀態應付突發事件，說她最危險，則是因為只要她覺得有必要，那麼她就算是痛苦萬分，也會毫不猶豫地拋棄一些東西，包括對她而言很重要的——

第四十六章

「爹，娘。」

林舒雅忐忑地看著林老爺和林太太。她是被林太太叫過來的，原本只以為林太太有什麼事情要交代，但是見了臉色冷峻的林老爺就不這樣想了。林老爺生意很忙，每年到了年底這幾個月更是忙得團團轉，連吃完飯都經常見不到人影，更不用說大白天了。

「跪下！」林老爺看著明顯心虛的女兒，暴喝一聲。

林舒雅一個激靈，雖然不明白到底出了什麼事情讓林老爺這般生氣，但還是撲通一聲跪了下去，規規矩矩地，一雙帶著畏懼的眼睛看著林太太，試圖從她那裡得到點暗示。

林太太看著一臉害怕的女兒，心裡除了心疼之外，更多的卻是生氣。她從來就沒有想到整天在她眼皮子底下的女兒會有那麼大的膽子，簡直讓她都感到陌生了。

「我問妳，讓人在臨考前將禎毅毒打一頓，讓他下不了床，進不了考場，耽誤了他的前程的到底是誰的主意？」林老爺從牙縫裡蹦出這句話，心裡恨極了眼前這個不爭氣，不知道好歹的女兒。

林永星的話林太太終究還是聽進去了，她並沒有瞞著林老爺私底下去查證什麼，而是和林老爺通了聲氣，讓他派人去查。林老爺當時還不相信這件事情和吳懷宇有什麼關聯。對於曾經見死不救的姊夫吳老爺，林老爺並沒有多少好感，但是他對長姊卻很尊重，就算知道她有的時候會對林家的家務事指手畫腳，也沒有改變對她的尊重，連帶著對吳懷宇也很是喜愛。

他不願林永星、林永林兄弟和他一樣，守著林家的產業，一輩子當個生意人，雖然過得富足，卻始終被人看不起，受人制約，所以他讓兩個兒子讀書，希望他們能夠考個功名回來。

但是，林老爺終究是生意人，還是一個成功的生意人，在自豪兩個兒子讀書都很用功的同時，心裡又有淡淡的遺憾，遺憾沒有兒子能夠接手林家的生意，所以對做生意頗有些天分的吳懷宇很是喜愛，也經常指點吳懷宇。吳懷宇是他的外甥，卻又不僅僅只是外甥。

也正是因為這樣，林太太左思右想之後，狠心將林舒雅和吳懷宇之間的那絲隱隱的曖昧告訴他，並說了林永星懷疑的想法，林老爺第一反應就是不相信，但是他相信林太太不會無中生有，更不會拿自己女兒的聲譽開玩笑。耐著性子，冷靜聽林太太把所有的話給說完之後，他並沒有提出質疑，而是去查證了一番，結果卻讓他十分地光火——毆打董禎毅的事情果然就是吳懷宇做的，他做得還算乾淨俐落，那些人在當天晚上就被吳懷宇送到了吳家城外的莊子上，第二天就安派到望遠城之外的鋪子去了，沒有個三、五年不會回來，真要過了三、五年，這件事情也差不多過去了。

如果不是因為他專門查了吳懷宇，查了吳家這段時間的動靜的話，還真的會被他給瞞過去了。

林老爺確認了這件事情之後，心裡既憤怒又失望。吳懷宇是他自小看著長大的，他要真的是喜歡林舒雅，喜歡到了非卿不娶的地步，他可以和自己坦白，自己就算找不到兩全其美的辦法解決這件事情，也不會責怪他。可是現在，這算怎麼一回事？心裡說不出是什麼滋味的林老爺，沒有將吳懷宇叫到跟前來問話，而是回到家，把查到的事情和林太太簡單說了，又將林舒雅叫了過來，想問清楚這件事情的原委。

「董禎毅被人毒打？」林舒雅大吃一驚。她還真的是不知道這件事情，這還是她第一次聽說，一時之間也沒有想到這件事情會是吳懷宇做的，她訝異看著林老爺，道：「爹，我被娘關在家裡，連大門都不能出，董禎毅出了事情，怎麼能找上我呢？」

「那麼說這件事情不是妳和懷宇商量的了？」林舒雅不似作偽的表情讓林老爺的臉色緩和了一些，但臉色還是很難看。

表哥？林舒雅愣住了，忽然想起了那日和吳懷宇見面時候說的那些話，難道這就是表哥的主意？難道董禎毅不能上考場，自己就不用嫁給他了嗎？

林舒雅的呆怔落在林老爺、林太太眼中，他們相視一眼，知道董禎毅被打這件事情林舒雅就算不知道，也不意味著就和她沒有關係。林老爺搖搖頭，道：「妳可知道禎毅出了這樣的事情，意味著什麼？」

「女兒不知。」林舒雅搖了搖頭，看著林老爺的目光中卻帶了希望，希望能夠聽到她想聽到的消息。

「意味著禎毅又將被耽擱三年，意味著你們成親的時候，他還是個沒有功名的秀才。」林老爺看著女兒，雖然和女兒相處的時間並不長，但成日和人打交道的林老爺還是看出了女兒的心思。他心裡嘆氣，她怎麼會以為出了這麼一點事情就會影響婚事呢？還有懷宇，都那麼大的人了，做生意也不是一天、兩天的時間，怎麼這麼天真？

就這樣？沒有別的了？林舒雅不敢置信地看著林老爺，難道都這樣了，爹娘還要自己嫁到董家嗎？

「還有，因為這檔子事情，你們的婚事也受了些影響。」林老爺看著女兒，道：「四月本來就沒有什麼好日子，我和妳娘決定同董夫人商量一下，改一改你們的婚期，看看能不能將婚期提前。」

怎麼會這樣？林舒雅不敢置信地看著林老爺，再看看林太太。都這樣了，他們還不改變初衷，還要將自己嫁到董家，甚至還提前婚期？她激烈搖頭，道：「爹，我不嫁，我死都不嫁！」

「嫁不嫁由不得妳！」林老爺怒斥一聲，然後看著林舒雅道：「婚姻大事從來都是父母之命、媒妁之言，由不得妳任性，妳喜歡也好，不喜歡也罷，到了那天妳都得乖乖地上花轎！」

「爹，您這是要逼死女兒嗎？」看著態度和林太太一般無二的林老爺，林舒雅不敢再頂嘴，只能換一種方式，試圖用眼淚軟化林老爺的態度。她見齊姨娘做過幾次，效果雖然不說有多好，但總是有的。她眼淚汪汪地看著林老爺，道：「女兒寧死也不嫁。」

「妳就算死了，也是董家的媳婦。」林老爺看都不看她的眼淚，而是轉頭對著林太太，道：「妳讓人給我把她看好了，從今天開始，不准她和任何人有什麼來往，更不准她出門，老老實實地在家裡準備出嫁。至於婚期，妳就不用操心了。」

「是。」林太太點點頭，然後試探著問道：「那禎毅被打的這件事情……」

「暫時就這樣吧。」林老爺知道林太太想問的是這件事情是要掩飾一二，還是怎麼辦？他心裡嘆了一口氣。這件事情還真的是很棘手，隱瞞還是坦誠相告都不好，只能走一步算一步了。

「我明白了。」林太太點點頭，知道這件事情鬧到現在夾在中間為難的人成了林老爺自己，一邊是自己最看好、很快就要成為女婿的董禎毅，一邊則是從小就心疼的外甥，除了將這件事情按下去之外，沒有更好的處理方法了。

還是髮妻最能理解自己的難處。林老爺嘆口氣，搖搖頭，不再理會還在那裡哭個不停的林舒雅，轉身離開了——他還有的是需要忙碌的事呢。

「娘，我真的不想嫁給董禎毅……」知道林老爺已經鐵了心，林舒雅只能將最後的希望寄託在林太太身上，她哭著道：「娘，董家什麼都沒有，以前還能說董禎毅這人會讀書，能夠博個功名，而現在……」

「只要禎毅人還在，一切都好說，只不過妳要多吃兩年的苦，多熬上幾年才能出頭罷了。」林太太又不是那種目光短淺的人，怎麼可能因為出了這一點點事情，耽擱三年就改了念頭。她看著林舒雅，道：「不過，這也不見得是什麼壞事，在董家吃兩年苦，和禎毅也算是患難過，以後他富貴了，不說他能一如既往地對妳，但起碼也不會因為富貴了而對妳不好。」

「要是董禎毅死了呢？」林舒雅惡從心頭起，心裡忽然怨起了吳懷宇，既然可以讓人將董禎毅毒打一頓，誤了他考試，為什麼不乾脆一點，一不做，二不休將董禎毅打殘了，或者乾脆打死了，杜絕後患呢？

「妳還不明白妳爹的意思嗎？這樁婚事不容更改，妳爹的意思已經很明顯了，妳就算是死了，這門婚事也不會出任何意外。」林太太看著不死心的女兒，搖搖頭，苦口婆心地道：「他既然都已經說了這樣的話，那麼如果董禎毅真出了什麼意外，恐怕他也會讓妳嫁過去守一輩子的寡。雅兒，聽娘的話，妳還是安安分分準備嫁人，別再折騰了，要不然到了最後，吃虧受罪的只能是妳自己。」

該認命嗎？林舒雅暗自咬牙，她絕不認命！

第四十七章

林舒雅孤零零地站在院子裡，聽著外面傳進來的歡聲笑語，臉上卻是一片寂寥，難掩心中的失落和傷心。

林永星鄉試取得了第三十七名的好成績，這讓林老爺、林太太喜出望外，林府張燈結綵為他慶祝，彷彿過節一般；但是她這個林家的姑娘，卻依舊被關在自己的院子裡，連出去看一眼都不被允許。

「姑娘，您還是回房休息吧。」香茉看著有些魔怔的林舒雅，輕聲道：「太陽已經落山了，天氣也涼了下來，小心身子。」

「還有人關心我的死活嗎？」林舒雅冷冷反問一聲，然後揮揮手，道：「好了，妳什麼都別說了，讓我一個人清靜一會兒吧！」

「姑娘……」香茉叫了一聲，卻得不到任何回應，只能無可奈何地退下，讓林舒雅獨自一人站在有些蕭瑟的秋風之中。

「表妹。」不知道站了多久，林舒雅聽到一聲日思夜想的聲音，她猛地轉頭，卻見到一個挺拔的身影有些狼狽地騎在牆頭，正是她以為這輩子再也見不到的吳懷宇。

林家設宴，吳太太理所當然也帶了兒子前來慶祝。吳懷宇今日有話想要和林舒雅說，可未承想在容熙院見不到林舒雅，而她的庶妹吳懷柔要找林舒雅說話，也被林太太以林舒雅身子不舒服，正在養病為由回拒了。吳懷宇越想越覺得不對勁，這才冒險，趁著所有的人正在圍著林老太太說討喜話的當口，偷偷翻了圍牆。

「表哥……」彷彿作賊一般地拉著吳懷宇進了自己的閨房，林舒雅叫了一聲之後，就哽咽得說不出話來。距離上一次見吳懷宇不過隔了三個多月，卻讓林舒雅有一種恍若隔世的感覺，她以為自己已經乾涸的眼眶中又盈滿了眼淚。

「妳這是怎麼了？」剛剛在外面並沒有看清楚林舒雅的樣子，這會兒到了光亮處，消瘦得不成樣子的林舒雅，還真的是把沒有準備的吳懷宇給嚇了一跳。他這一個多月來為了避嫌，並沒有到林家，而吳懷柔也沒有收到林舒雅的消息，原以為是林舒雅和他心有靈犀，現在看來卻是林家出了他不知道的變故。

「我……」吳懷宇這麼一問，林舒雅悲從中來。這一個多月的日子是她今生最難熬的日子，林太太以她準備待嫁為由，將她關在了院子裡，更派了幾個信得過，力氣又大的婆子守門，別說是出府，就連院子她也別想出去。為了防止她派身邊的人出去送信，和吳懷宇暗通款曲，她身邊的丫鬟婆子也被禁止出入，就連吃飯也都是專門有人送給她，徹底杜絕了她和外界聯絡的可能。

林舒雅怎麼樣都不甘心就那麼順從父母的安排，想方設法地往外面送信，結果往往是她身邊的丫鬟婆子被林太太一頓板子下去，受傷不說，還直接被攆到了莊子上，她現在身邊除了香茉之外，一個信得過的人都沒有。

在向外面送信不果之後，林舒雅鬧著要絕食自殺，而林太太只過來看了她一眼，告訴她婚期改在了二月十六，還說她尋死覓活於事無補，讓她自己好好思量，多餘的話卻是一句都沒有說。當然，她身邊的丫鬟婆子，尤其是她信任的香茉，都被打了一頓，林太太警告她們，但凡她有任何的差錯，這一院子的人都得給她陪葬。

被嚇壞了的香茉等人紛紛勸說她，而她也真的狠不下心來一死了之，所謂的絕食不過是威脅的手段而已，沒有任何成效，也就老老實實地進食了，但是因為心情極壞，她還是急遽地瘦了下來。

「表妹，妳別只會哭啊，妳快和我說說到底出了什麼事情。」看著哭成了淚人兒的林舒雅，吳懷宇心裡很是煩躁，一邊耐著性子安慰著她，一邊焦急地追問道：「妳什麼都不說的話，我怎麼知道出了什麼事情，又怎麼能夠幫妳把事情給解決呢？」

「表哥，爹娘不改初衷，還是要我嫁到董家，他們甚至改了婚期，改在了二月。」林舒雅哽咽著道：「我不願意，絕食相脅，可爹爹居然說我就算是死了，也是董家的鬼……嗚嗚，表哥，如果不是想見你最後一面的話，我真的已經活不下去了！」

「舅舅怎麼能這般狠心！」這件事情並未出吳懷宇的意料，要知道董禎毅可是林老爺精挑細選出來的，有這麼一個以後極有可能飛黃騰達的女婿，不但可以護著林家，讓林家免受一些盤剝，還能扶持林永星兄弟，林老爺又怎麼可能會因為林舒雅的吵鬧不甘就毀了這門婚事呢？不過，這樣的話他自然是不會說出口的。他伸手握住林舒雅骨瘦如柴的手，滿是心疼不捨地道：「舅母怎麼說？她最是心疼妳，必然捨不得讓妳受折磨的。」

「我娘也一樣，不但不勸著爹爹，讓爹爹改變主意，反而幫著爹爹勸我，要我聽話認命……」林舒雅想起林太太的態度，忍不住又哭了起來。

「舅母怎麼也這樣？」吳懷宇拍著林舒雅的手，輕聲安慰道：「好了，妳也別哭了，還有四、五個月的時間，我會為妳想辦法的。」

「想什麼辦法？又找人把董禎毅毒揍一頓？」林舒雅每每想起這件事情，就有些怨氣，要是當初吳懷宇一不做二不休地將董禎毅打殘了，自己恐怕就不用像現在這般煩惱了。

「妳怎麼知道？」吳懷宇一驚。那件事他自覺做得很隱秘，從事情發生到現在也沒有任何人找上他，他還以為瞞過了所有的人，沒想到卻被關在閨房中，連門都不得出的林舒雅給說破了。

「爹爹和我說的，還把我給狠狠地訓斥了一頓，說這件事情把董禎毅給耽誤了。」林舒雅看著吳懷宇，道：「娘還說什麼，這不見得是件壞事，說我嫁到董家跟著他吃兩年苦，是患難夫妻，不用擔心他富貴了以後就輕慢我……娘這是用她自己來做例子呢！」

吳懷宇心裡有些著慌，看著林舒雅，道：「舅舅還說什麼了？有沒有說會把這件事情告訴董家的人？」

林老爺夫妻知道這件事情，吳懷宇還不是很擔心，充其量也就是他被林老爺狠狠地訓斥一頓，然後就不了了之了；但要是董禎毅知道了這件事情的話，所有的謀劃都會成空不說，還和董禎毅結下了仇怨，那才是糟糕透頂的事情。

林舒雅不明白吳懷宇怎麼這般緊張，難道他害怕董禎毅富貴了之後報復他？她搖搖頭，道：「爹沒有說別的，不過爹應該不會把這件事情和董禎毅說吧，除非他不打算和董家結親了。」

吳懷宇也是關己則亂，林舒雅這麼一說，他也就緩過神來了。是啊，林老爺還要把女兒嫁給董禎毅呢，要是董禎毅知道了這件事情的話，對他可沒好處。

想到這裡，吳懷宇心神大定，看著林舒雅的眼神也更溫柔了，輕聲道：「表妹這是怨我誤了董禎毅的前程嗎？」

「他的前程我才不關心呢，我只恨表哥下手不夠狠，只讓董禎毅吃了些苦頭，卻沒有讓爹爹絕了結親的心思。」林舒雅嗤了一聲，然後看著吳懷宇道：「表哥，你說現在該怎麼辦？你別和我說什麼從長計議，爹娘現在管我管得死死的，別說是讓我出門，就連出院子都不行，連今天這樣的大喜日子，我都被關在房裡，不得出去。」

「看來舅舅是鐵了心要讓妳嫁到董家了。」吳懷宇苦笑一聲，然後有些喪氣地道：「我讓人將董禎毅揍一頓，讓他不能參加鄉試，除了給妳出一口氣之外，也想試探一下舅舅的態度。我明白，這件事情定然瞞不過舅舅，只要舅舅知道這件事情是我指使的，必然能夠猜到我對妳的心思。我原以為董禎毅已經被耽擱了，而我們又兩情相悅，舅舅會考慮解除妳和董禎毅的婚約，成全我們，沒想到……看來在舅舅心中，我這個外甥遠遠比不上董禎毅，而妳的幸福也不及董禎毅可能給林家帶來的好處。」

林舒雅心裡原本就對父母充滿了恚恨，覺得他們就是不管自己的死活，不管自己的終生幸福，被吳懷宇這麼一說，愈發傷心起來，哭得泣不成聲。

「好了，妳別哭了。妳哭得我的心都亂了，都不知道該怎麼和妳說話了。」吳懷宇輕輕地將林舒雅摟進懷裡，道：「表妹，我現在有一個主意，可是我不知道該不該這樣做。」

「表哥，你說，我聽著。」林舒雅偎在吳懷宇的懷裡覺得安心無比，哭聲也漸漸小了。

「表妹，我問妳幾個問題，妳一定要很慎重地想想之後再回答我。」吳懷宇扶著林舒雅，看著她的臉，很鄭重地道：「表妹，我問妳，妳願意嫁給我嗎？」

「當然願意。」林舒雅毫不猶豫地點點頭。

「就算舅舅、舅媽反對，會因此不認妳，就算會錯過以後可能會位列公卿、權傾一時的董禎毅也不後悔嗎？」吳懷宇看著林舒雅的眼睛，一字一頓地道。

「只要能夠嫁給表哥，和表哥永遠在一起，不管以後要面對什麼，我都不會後悔。」林舒雅無比認真。

「那麼……」吳懷宇咬咬牙，彷彿做了對他來說萬分艱難的決定般地看著林舒雅，道：「表妹，我帶妳遠走高飛吧！」

私奔？林舒雅沒有想到吳懷宇的主意會是這個，她遲疑了。她再笨也知道聘者為妻奔為妾的道理，要是那樣的話，固然能夠毀了和董禎毅的婚約，但是她也不能堂堂正正地嫁給吳懷宇了，這可不是她想要的啊！

看著遲疑的林舒雅，吳懷宇深深地嘆息一聲，將林舒雅推出自己的懷抱，苦笑一聲道：「我知道這個主意一點都不好，也是我腦子發昏才會說出這樣的話，表妹就當沒有聽到吧！」

林舒雅被推離溫暖的懷抱，心頭一陣失落。她有答應吳懷宇的衝動，但話到嘴邊又猶豫了——事關自己一輩子，她需要慎重再慎重。

「時間不早了，我該走了，要不然的話該有人起疑心了。」吳懷宇熟諳欲擒故縱的道理，他看著還在那裡天人交戰的林舒雅，輕聲道：「我會找機會再來見妳的，妳不用太擔心了。」

機會？還有機會再見面嗎？林舒雅不知道，但是她能夠肯定，越是靠近婚期，林太太對她的看管就會越嚴。

看著轉身欲走的吳懷宇，她狠下心，咬牙道：「表哥，你留下來，可好？」

林舒雅的話讓吳懷宇緊繃的心鬆下來——他等的就是林舒雅這句話，所謂的私奔，帶著林舒雅遠走高飛不過是說說而已，他可沒有把握將林舒雅帶出去，而不驚動林家的人；就算能，那也和他的利益不相符，林舒雅的猶豫正和他的心意。

「表妹，這不妥。」雖然林舒雅的話正中下懷，他原本的打算也就是生米煮成熟飯，但卻不能一口答應，要不然讓林舒雅起了疑心，可是會功敗垂成的。

「有什麼不妥？」林舒雅頗有些豁出去的意思，再撲進吳懷宇的懷裡，道：「除非我已經是你的人，要不然的話，就算我跟著你遠走高飛了，爹爹也能把我抓回來，當作什麼事情都沒有發生一樣，將我嫁到董家。」

「表妹，妳一個姑娘家，這樣的事情對妳不公平。」吳懷宇頗有些苦口婆心的姿態。

「表哥，你會負我嗎？」林舒雅緊緊地摟著吳懷宇不放。

「當然不會，我對表妹的心日月可鑒。」吳懷宇說著不要本錢的話。

「那你會因為這件事情看不起我嗎？」林舒雅再問。

「當然不會，我憐惜妳都還來不及呢。」他自然不會說喪氣話。

「那麼還有什麼不妥的？」林舒雅抬頭，望著吳懷宇，道：「表哥，這是我們唯一的機會了。過完今天，在嫁給董禎毅之前，我們不一定有機會再見面，就算見了面，也定然不能單獨相處，難道你要眼睜睜看著我嫁給董禎毅，然後一輩子不開心嗎？」

林舒雅的話似乎觸動了吳懷宇的心弦，他不再抗拒，而是主動地將林舒雅抱起來，溫聲道：「表妹，我今生今世定不負妳。」

第四十八章

「妳說什麼？」林太太不敢相信自己的耳朵，她看著臉上帶了幾分瘋狂的林舒雅，一字一頓地道：「妳再說一遍？」

「再說十遍也是一樣的。」林太太的驚訝讓林舒雅心裡升起了一股快意，她笑著道：「我已經是表哥的人了，我不能嫁給董禎毅，這個嫁衣我不用試了，你們也別忙著張羅婚事，還是想想該怎麼退婚的好。」

林舒雅的話讓林太太眼前一黑，她看著帶了幾分得意，帶了幾分瘋狂，還帶了幾分豁出去絕然的女兒，長長地吐了一口氣，穩住心神，問道：「這是什麼時候發生的事情。」

「這個娘不用知道，娘只要知道我要嫁人的話，只能嫁給表哥就足夠了。」林舒雅避而不答，才不會說那是表哥趁著家裡人為林永星慶祝，翻牆到了她的閨房，然後和她成就好事的。

林太太氣得倒仰，伸手就是一巴掌，將林舒雅臉上的得意搧走，罵道：「妳……妳……我怎麼能生了像妳這麼愚蠢，這麼不害臊，這麼不知廉恥的女兒啊！」

「如果不是因為妳和爹爹逼著我嫁給董禎毅，我會出此下策嗎？我這樣做都是被你們給逼的！」林舒雅從小到大唯一不順心的便是婚事，從來沒有被林太太動過一根指頭，這一巴掌將她打懵了，也讓她將心裡所有的不滿都迸發出來。她看著林太太，道：「妳別以為我不知道你們在打什麼如意算盤，不就是想著董禎毅能夠有出息，可以幫襯林家，可以幫襯大哥嗎？可是你們有沒有想過我的感受？憑什麼為了大哥、為了林家，犧牲我的終生幸福？」

「妳就這樣想？」林太太失望地看著女兒，然後搖搖頭，對身側不敢吭聲的陳媽媽道：「妳立刻把老爺請過來，就說我有重要的事情要馬上和老爺商量，一刻都不能耽誤。」

「是，夫人。」陳嬤嬤點點頭，立刻去了。

「還有妳，把這院子裡上上下下伺候的人都給我集中起來，問問她們，前些天家中為大少爺設慶功宴的時候，是哪些人在姑娘身邊伺候。查出來之後不用回稟我，每人五十板子，打完了直接叫人牙子發賣出去。尤其是那個香茉，把她給我狠狠地打。」林太太這一次是發狠了，恨不得將在女兒身邊伺候的人都直接打殺了。

冷靜下來仔細一想，林太太就猜到了女兒是什麼時候和吳懷宇有了首尾的，除了那天以外，恐怕也沒有別的機會了。而林舒雅身邊的人，就算不是同謀，也難逃伺候不力的罪責，這一頓板子一點都不冤枉。

「娘，您不能這麼做！」林舒雅驚呼一聲，別的人她倒是不覺得心疼，但是香茉和她的情分不一樣，而且她那天送走吳懷宇之後也緩過神來了，香茉那天一定幫著她將別的人給支開，要不然的話，他們倆別說發生點什麼，恐怕連話都說不完就被人給發現，然後撞破了。

「不能？為什麼不能？」林太太冷笑一聲，道：「她是妳的貼身大丫鬟，時時刻刻都要在妳身邊伺候的，妳現在出了這樣的事情，她百分之百是幫凶，這樣的賤婢就算直接打殺了，也是應該的。」

王嬤嬤沒有多問就去了，很快院子裡就響起了求饒聲和哀嚎聲，那聲音之慘烈，聽得林舒雅的臉色都變了。

「娘，您怎麼能這樣……這樣……」林舒雅被嚇到了，她一向都知道林太太是厲害的，但是卻從來都沒有想過林太太能夠面不改色地下這樣的命令，一點都沒有將人命放在眼中。

「有什麼不能？」林太太冷冷看著林舒雅，淡淡地道：「妳以為這家裡的人為什麼那般忌諱我？妳奶奶對我這樣不滿、那樣不滿，也不過是為難我，在妳爹面前說我的不好，卻不敢太過了是為什麼？不是她們心善，知道分寸，而是她們知道，我是不能被惹毛了。」

林舒雅這個時候才想起來，林太太曾經撐起了風雨飄搖中的林家，要是沒有幾分殺伐決斷，林家恐怕早就散了。她心裡害怕，但是還強撐著，倔強地看著林太太，道：「我知道娘很厲害，也知道娘真的要發起狠來，連爹爹都得讓您三分，娘把女兒也給打殺了好了，反正，在娘心裡，我什麼都不算。」

林太太反手又是一巴掌，然後看著捂著臉卻一臉倔強的女兒，道：「妳很好，很有幾分娘當年的樣子，只是妳的眼光實在是太差，挑中了一個心懷叵測的男人。娘會讓妳如願以償地嫁進吳家，娘只希望妳不要為今天的任性而後悔。」

「妳說這話是什麼意思？」大步走進來的林老爺只聽到了這句話，他眉頭深鎖，問道：

「什麼叫做如願以償地嫁進吳家？我說過，舒雅和董家的婚事不能有任何的變故。」

「那你得問問你那個好外甥做了什麼不要臉的事情。」林太太沒有好臉，道：「前幾日家中為星兒設宴慶祝，不是說他有些不舒服，早早回去了嗎？我看不是不舒服，而是起了壞心，避開所有的人到了舒雅房裡，行了那苟且之事。你說，這樣的女兒你能將她嫁給禎毅嗎？我們是想要和董家結親，不是結仇！」

「什麼？」林老爺被林太太的話驚得瞪大了眼，怎麼都不敢相信自己的外甥和女兒會做了這樣的事情，他看看林太太，再看看還捂著臉的林舒雅，問道：「舒雅，妳娘說的可是事實？」

「我和表哥兩情相悅，要不是你們執意要拆散我們，要將我嫁到董家，我們也不會出此下策。」林舒雅依舊不認為自己錯了，她還是認為自己這是被逼無奈，娘當年可以不顧外公的強烈反對，執意要嫁給爹爹，為什麼她就不能嫁給表哥呢？再說……她恨恨地看著父母，道：「表哥說，在和董家訂親之前，姑母曾經表示過願結兩姓之好的意思，卻被你們拒絕了……你們明明知道我從小就喜歡表哥，卻做了這樣的事情，你們根本就沒有為我考慮。」

「妳怎麼知道我沒有為妳著想？」林老爺看著越想越偏的女兒，道：「如果不是為了妳著想的話，我就不會拒絕妳姑母的建議了。」

林太太搖搖頭，拍拍比自己更氣惱、更失望的林老爺，道：「老爺，你也不用浪費口舌了，她不知道吃了什麼迷魂藥，現在已經把我們的好心當成了驢肝肺，說什麼她都聽不進去了。何況，事情到了這個地步，重要的是應該怎麼解決這件事情，而不是說什麼話。」

「妳的意思是……」林老爺看著林太太，知道沈寂了好多年沒有發威的林太太，這一次必然不會輕易放過這件事情，而他也不準備勸說什麼。

「首先是董家，就算舒雅說的那些話不過是為了讓我們改變主意，她和禎毅的婚事也只能到此為止了。」林太太苦笑一聲，道：「我原想著，只要成了親，兩個人相處一段時間之後，舒雅就能明白禎毅的好，明白我們的苦心，然後和禎毅好好過日子。但是現在看來，她已經被吳懷宇迷魂了，要是讓她嫁過去的話，她不是將董家鬧得雞犬不寧，就是將我們林家的臉面丟盡。我還是那句話，我們是結親的，不是結仇的，這門親事結不得。」

「好，就依妳說的辦。」林老爺點點頭，道：「這件事情需要和董夫人、禎毅好好地商議，董夫人那裡妳去說，禎毅那裡我負責。」

「讓永星去吧！他和禎毅是朋友，他們好說話……」林太太搖搖頭，然後苦笑一聲道：「再說，永星是我們的長子，就算不能繼承你的衣缽，接手林家的生意，但也不能只會讀書，那只會讓他的腦子變僵硬了。」

「也好。」林老爺沒有意見地點頭。

「其次是吳家，事情發展到這一步，舒雅要負一部分責任，但是吳家也有不可推卸的罪責。這件事情還請老爺去做，我要姊姊、姊夫綁著吳懷宇上門解決這件事情，不然的話，我絕對不會輕易放過。」林太太看著林老爺，道：「我的心思老爺必然能夠猜到，還請老爺成全。」

「就算妳肯放過，我也不肯。」林老爺點點頭，再嘆一口氣，道：「我這就去吳家，最遲明天，我就會讓姊姊帶了人上門來處理這件事情。」

「至於妳……」看著臉上露出喜色的林舒雅，林太太閉上眼，再睜開時眼中一片冷靜，道：「我會讓妳如願以償地嫁給吳懷宇，但是也不容許妳丟了林家的臉。紅鯉，妳一會兒去藥房抓一副藥，妳親自看著熬了給姑娘灌下去，我不想見到自己的女兒挺著肚子嫁人。」

陳嬤嬤低聲應著。抓什麼藥，不用林太太交代，她心裡就已經清楚了。

林老爺微微一怔，卻輕輕地嘆了一口氣，轉身離開了。這裡他一刻都不想留，而林舒雅這個女兒也讓他失望透了。

林舒雅過了好一會兒才反應過來林太太說的是什麼意思，將手放在肚子上。這裡可能已經孕育了一個小生命，當然，也可能沒有；但是娘怎麼能那麼冷情地說那麼狠毒的話，要真的有的話，那可是她的外孫啊！

「怎麼，又覺得娘太狠毒了？」林舒雅什麼都不用說，一個眼神、一個動作，林太太就猜到了她心裡在想什麼。她冷笑一聲，道：「這藥是一定得吃的，沒有最好，對妳沒有任何的損傷，但如果有的話……現在妳可能會恨娘，但是妳終究有一天會明白娘這樣做的苦衷。」

「好了，我累了。紅鯉，妳帶著人把姑娘給看好了，不能讓她再出什麼亂子，我折騰不起了。」不等林舒雅再說什麼，林太太疲倦地揮揮手，轉身離開。和林老爺一樣，她也不想看見這個讓她失望透了的女兒。

——未完，待續，請看文創風182《貴妻》2

逗趣而深情，歡笑又動人／油燈

貴妻

全套五冊

凡璞藏玉，其價無幾

他是慧眼識妻，一眼定終生；
她是曖曖內含光，只給有緣人欣賞；
她的好既然只有他知道，那娶了當然不放嘍……

文創風 181 **1**

莫拾娘賣身葬父入林府，雖然只是個二等丫鬟，
卻能讀書識字，畫得一手好畫，機靈又心思剔透，
偏偏她有萬般好，就是臉上有個嚇人的胎記，
但美人兒可是林家少爺的心頭好，怎能忍受這樣的醜丫鬟？
這齣「丫鬟鬥少爺」的戲碼一旦展開，是誰輸誰贏……

文創風 182 **2**

林家小姐已與董家公子訂親，卻和表哥暗通款曲，
林太太一氣之下，竟說出要從丫鬟之中挑選一個認作義女，代小姐出嫁！
拾娘本以為這把火不會燒到身上，誰知那董家公子死心塌地求娶，
更說自己是「有幸」娶她為妻！少爺不想她離家，公子忙著說服她成親，
這下在演哪一齣？她這丫鬟竟然成了香餑餑？

文創風 183 **3**

婚後的日子不如她想像的拘束，受人照顧的滋味也挺好的，
但不代表董家一片祥和，因為自視清高的婆婆瞧不上丫鬟出身的她，
小姑又是個沒規沒矩的丫頭，族裡一向冷落他們六房，
雖然嫁了個好丈夫，當起少奶奶，可管好這一家又是一門大學問！
更頭大的是枕邊的丈夫比管家做生意還擾人，擾得她心亂如麻啊……

文創風 184 **4**

董禎毅苦讀有成，在京城一舉成名，連王公貴族也慕名結識，
如此揚眉吐氣的時刻，拾娘本是開心不已，
可京城竟有「榜下求親」之風氣，而她的完美相公也中招！
婆婆和小姑乘機推波助瀾，要串聯狐狸精逼她這正妻下堂，
她的「家庭保衛戰」就此開始，狐狸精等著接招吧……

文創風 185 **5 完**

醴陵王妃意外得知拾娘身上有故人之物，便急著要見她；
拾娘依約進了王府，塵封的記憶卻忽然湧上心頭——
難道她和醴陵王府有什麼關係？養育她的義父又是何人？
多年來圍繞著拾娘的迷霧漸漸清晰，但這時，董夫人執意要兒子休妻，
婆媳之戰也因此在她找回身分的時刻越演越烈……

國家圖書館出版品預行編目資料

貴妻 / 油燈著. --
初版. -- 臺北市 : 狗屋, 民103.05
冊 ; 公分. --（文創風）
ISBN 978-986-328-287-7（第1冊：平裝）. --

857.7　　103006731

著作者　油燈
編輯　張蕙芸
校對　沈毓萍　陳盈君
發行所　狗屋出版社有限公司
地址　台北市104中山區龍江路71巷15號1樓
電話　02-2776-5889～0
發行字號　局版台業字845號
法律顧問　蕭雄淋律師
總經銷　知遠文化事業有限公司
電話　02-2664-8800
初版　103年5月
國際書碼　ISBN-13　978-986-328-287-7
原著書名　**《拾娘》**，由起點女生網〈http://www.qdmm.com/〉授權出版

定價250元
狗屋劃撥帳號：19001626
網址：love.doghouse.com.tw　E-mail：love@doghouse.com.tw